바스커빌 가의 개

일러두기
괄호 안의 부가 설명은 옮긴이의 주입니다.

바스커빌 가의 개

초판 1쇄 발행 2019년 12월 30일
초판 10쇄 발행 2024년 5월 7일

지은이 아서 코난 도일
옮긴이 하소연
펴낸이 남기성

펴낸곳 주식회사 자화상
인쇄,제작 데이타링크
출판사등록 신고번호 제 2016-000312호
주소 경기도 고양시 덕양구 꽃마을로 34, 1006호,1007호(향동동, DMC스타팰리스)
대표전화 (070) 7555-9653
이메일 sung0278@naver.com

ISBN 979-11-90298-31-5 00840

바스커빌 가의 개

아서 코난 도일 지음
하소연 옮김

자화
상

친애하는 로빈슨에게

자네가 들려준 서부 지방의 어느 전설로 착상을
얻어 이 작품을 썼다네.
그 이야기에 대해, 그리고 그것을 발전시켜나가는
과정에서 자네가 준 도움에 대해서 깊이 감사하네.

진실한 벗,
A. 코난 도일

차례

셜록 홈즈

셜록 홈즈는 보통 밤을 샐 때 빼고는 늦잠을 잤다. 그런 그가 식탁 앞에 앉아 아침 식사를 하고 있었다. 나는 난로 앞 깔개 위에 서서 전날 밤에 우리를 만나러 왔던 손님이 놓고 간 지팡이를 손에 들었다. '페낭 로여'라 불리는, 야자나무의 줄기로 만들어진 굵고 멋진 지팡이로 손잡이 부분이 둥근 공처럼 생겼다. 손잡이 바로 밑에 폭 2.5센티미터 정도는 족히 되는 은이 둘러져 있었다. 그 위에는 '1884'라는 숫자와 함께 '영국 외과 의사회 회원인 제임스 모티머에게, C.C.H.의 친구들'이라는 글이 새겨져 있었다. 그것은 구식 개업의가 가지고 다니는 듯한 품격과 견고함을 갖춘 바로 그런 지팡이였다.

"여보게, 왓슨. 그걸 보고 무엇을 알아냈나?"

홈즈는 내게 등을 돌리고 있었고, 나는 그에게 내가 무엇을 하고 있는지 알 만한 행동을 조금도 하지 않은 상태였다.

"내가 이걸 살펴보고 있는 걸 어떻게 알았지? 자네는 뒤통수에도 눈이 달렸나 보군."

"글쎄, 반질반질 윤이 나는 은도금 커피포트가 하나 앞에 놓여 있기는 하지."

홈즈가 간단히 대꾸한 후 이어 말했다.

"그보다 손님이 놓고 간 지팡이에 대해서 어떻게 생각하나? 우리는 그 손님과 만나지 못했기 때문에 무슨 일로 찾아왔는지 용건을 모르지. 그래서 우연히 놓고 간 그 선물이 중요한 의미가 있는 걸세. 그 지팡이를 살펴보고 주인에 대해서 어떻게 추리했는지 들려주게."

나는 홈즈가 쓰는 방법을 가능한 한 따라 하면서 말했다.

"글쎄, 모티머 선생은 성공한 의사 같군. 꽤 나이가 들었고 사람들에게 존경과 사랑을 받는 의사인 것 같아. 친구들로부터 이런 감사의 선물을 받은 걸 보면 말이야."

"괜찮은데, 훌륭하군."

"그리고 시골에 개인 병원을 가진 의사로, 왕진을 하러 많이 걸어 다니는 듯하네."

"그건 왜?"

"왜냐하면 이 지팡이는 원래 아주 근사한 물건이었는데 지금은 상당히 닳았거든. 도시 의사라면 이렇게 되지는 않네. 단단한 쇠로 된 끝부분이 이렇게 닳은 걸로 보아 이걸 짚고 꽤 많이 걸어 다닌 걸세."

"굉장해."

홈즈가 말했다.

"그리고 'C.C.H.의 친구들'라고 새겨져 있는데, 민간 사냥 단체의 이름이라고 생각되네. 시골 사냥 단체의 회원들이 병을 고쳐준 보답으로 그에게 조그만 선물을 보내 성의를 표시한 게 아닐까?"

"왓슨, 정말 훌륭해."

그렇게 말하면서 홈즈는 자리에서 일어나 담배에 불을 붙였다.

"지금까지 자넨 나의 보잘것없는 활약을 기록해주었네. 하지만 자네는 자신의 능력을 과소평가하고 있어. 자네 스스로는 빛을 발하지 못할지도 모르겠지만, 자네는 훌륭하게 빛을 전달하고 있다네. 이 세상에는 하늘로부터 받은 재능은 없지만 천재를 자극하는 훌륭한 힘을 가진 사람들이 있지. 고백컨대 나 역시 상당 부분 자네의 덕을 보고 있네."

홈즈가 이렇게 칭찬해준 적이 없었기 때문에, 가슴속에서 솟아오르는 기쁨을 억누를 길이 없었다. 그의 논리 정연한 방식에 대한 나의 감탄과 그것을 만천하에 알리려는 나의 노력에 대해 그는 항상 무관심한 태도를 취했는데, 그 때문에 심술이 난 적이 한두 번이 아니었기 때문이다. 또 그에게서 칭찬을 받을 정도로 홈즈 특유의 추리법을 익혀 적용하게 되었다고 생각하니 자랑스럽기까지 했다.

홈즈는 내가 들고 있던 지팡이를 가져가 몇 분 동안 살펴보았다. 그는 곧 재미있다는 듯한 표정을 짓더니 담배를 내려놓고 창가로 지팡이를 가져가 확대경으로 다시 한번 살펴보았다.

"별건 아니지만 재미있군."

그는 자신이 아끼는 긴 의자 쪽으로 돌아가며 이어 말했다.

"이 지팡이를 통해서 한두 가지 사실을 확실하게 알 수 있네. 그리고 그것을 기초로 몇몇 추론도 가능해."

나는 자신만만하게 물었다.

"내가 뭐 빠뜨린 거라도 있나? 중요한 점은 내가 다 지적했을 텐데?"

"왓슨, 미안하지만 지금까지 자네의 결론은 대부분 잘 못됐다네. 조금 전에 자네가 나를 자극한다고 말했지? 사실은 자네가 언급한 부분을 보면 진실을 발견하는 경우가 많다는 뜻이었지, 올바른 추리라는 뜻은 아니었네. 하지만 이 지팡이를 보고 한 자네의 추리는 그렇게 커다란 오류를 범하지는 않았네. 이 사람은 틀림없이 시골 개인 병원의 의사일세. 그리고 많이 걷기도 하지."

"그렇다면 내 말이 맞지 않았는가?"

"거기까진 그렇지."

"거기서 끝이 아니었나?"

"물론 그렇다네. 예를 들면 의사가 받은 선물이었다면 사냥 단체보다는 병원에서 받았다고 보는 편이 훨씬 더 자연스럽지 않겠는가? 그렇다면 병원을 뜻하는 H(Hospital)라는 글자 앞에 있는 'C.C.'는 채링 크로스(Charing Cross) 병원이라고 생각할 수 있지."

"그럴지도 모르겠군."

"그 편이 더 정확할 걸세. 이 가설을 받아들인다면 문제의 인물에 대한 새로운 추리를 할 근거가 생기는 셈이지."

"C.C.H.가 채링 크로스 병원을 뜻하는 것이라고 하세. 거기서 어떤 추론을 이끌어낼 수 있다는 거지?"

"생각나는 게 아무것도 없나? 자네는 내 추리법을 알잖아. 그것을 응용해보게나."

"지금 떠오른 건 이 사람이 시골로 내려가기 전에 런던에서 일을 했을 거라는 사실 정도야."

"좀 더 생각을 발전시켜볼 수는 없겠나? 이런 식으로 생각해보는 건 어떻겠나? 주로 어떤 경우에 이와 같은 선물을 줄까? 어떨 때 친구들이 모여서 호의를 표시할까? 틀림없이 모티머 박사가 병원을 그만두고 개인 병원을 개업할 때였을 거네. 이것으로 선물에 얽힌 내용을 알게 된 셈이지. 박사가 병원을 그만두고 시골로 내려가 개인 병원을 차린 건 틀림없는 사실일 걸세. 그렇다면 시골로 내려갈 때 선물을 준 것이라고 생각할 수도 있지 않겠나?"

"그렇군. 정말 그런 것 같아."

"그리고 모티머 박사는 병원의 간부가 아니었다는 사실도 알 수 있네. 보통 그런 지위에 오르는 건 런던에서 웬만큼 자리 잡은 의사들뿐이며, 그런 인물이라면 시골로 내려갈 리가 없을 테니까. 그렇다면 그는 어떤 지위에 있었을까? 병원 의사이기는 하지만 간부가 아니라면, 병원 기숙사에서 묵으며 일하는 외과나 내과 레지던트였을 것이네. 실습 의학생보다 별로 나을 게 없는 위치이지. 그리고 병원을 떠난 건 5년 전이었어. 지팡이에 새긴 연호를 보면 알 수 있지. 그렇다면 자네가 말했던 인망 좋은 중년 개업 의사의 모습은 완전히 사라져버리고 마네, 왓슨. 그 대신 모습을 나타낸 건, 사람은 좋지만 야심을 갖고 있지 않은 서른 살 미만의 좀 덜렁대는 성격의 의사라네. 그리고 개를 애지중지 키우고 있지. 이건 대충 짐작하자면, 개는 테리어보다는 크고 마스티프보다는 작을 걸세."

홈즈가 긴 의자에 기대앉아서 둥글고 작은 연기를 천장으로 내뿜는 것을 보며 나는 어이가 없어서 웃음밖에 나오지 않았다.

"개에 관해서는 확인할 길이 없지만 이 사람의 나이나 경력에 대해서는 아주 간단히 확인할 수 있지."

나는 의학서가 나란히 꽂혀 있는 조그만 책꽂이에서 의사 명부를 꺼내 그의 이름을 찾아보았다. 모티머라는 성을 가진 의사가 몇 명 있었지만, 우리를 방문했을 인물로 짐작되는 이는 단 한 사람이었다. 나는 그의 기록을 소리 내어 읽기 시작했다.

"제임스 모티머. 1882년, 왕립 외과 의학회 회원. 데번셔 주 다트무어의 그림펜에 거주. 1882년에서 1884년까지 채링 크로스 병원의 기록 외과의로 근무. 「질병은 격세 유전하는가?」라는 논문으로 비교 병리학 부문에서 잭슨 상을 수상. 스웨덴 병리학회 외국 회원. 「격세 유전에 의한 기형의 예」(《렌싯》 지 1882년), 「인간은 진보하는가?」(《심리학 저널》 지 1883년 3월호) 등의 논문이 있음. 그림펜

소슬리, 하이배로우 교구의 검시의."

홈즈가 장난스레 웃으며 말했다.

"시골 사냥 단체에 대한 말은 안 나왔군. 하지만 자네의 추리대로 시골 의사인 것은 틀림없네. 내 추리도 상당히 정확한 듯하고, '덜렁대며 야심이 없는 사람 좋은 인물'이라고 본 것 말일세. 기념품을 받을 만한 사람이니 다른 사람들에게 호감을 주는 인물일 테고, 런던의 일자리를 버리고 시골로 내려간 걸 보면 야심이 있는 사람처럼 보이지는 않네. 그리고 남의 집에서 한 시간이나 기다렸으면서 명함도 놓지 않고 지팡이는 잊은 채 갔다면 틀림없이 정신을 빼놓고 다니는 사람일 걸세."

"개에 대한 추리는 어떻게 나온 거지?"

"이 지팡이를 물고 주인 뒤를 따라다니는 버릇이 있네. 이 무거운 지팡이의 한가운데를 꽉 물었기 때문에 이빨 자국이 확실히 남아 있어. 이빨 자국의 간격으로 보아 그 개의 턱은 테리어라고 보기에는 너무 넓고 마스티프라고 보기에는 너무 좁아. 그렇군. 털이 곱슬곱슬한 스패니얼이군."

방 안을 서성이며 말하던 홈즈가 밖으로 난 창가에 멈춰 섰다. 그가 너무 자신 있게 말했기에 나는 깜짝 놀라 얼굴을 들었다.

　"아주 자신 있어 보이는데 어째서지?"

　"아주 간단한 이유에서지. 현관 앞 계단에 그 개가 있거든. 주인이 벨을 누르고 있네. 아, 거기 있어주겠나? 손님은 자네와 마찬가지로 의사니 자네가 있어 준다면 내게 도움이 될 걸세. 자, 드라마틱한 운명의 순간일세, 왓슨. 계단을 올라오는 발소리가 자네의 인생으로 들어오고 있네. 하지만 자네는 그것이 길조인지 흉조인지 모른다네. 제임스 모티머 박사는 범죄전문가인 홈즈에게 무엇을 의뢰하려는 것일까? 아, 들어오십시오."

　평범한 시골 의사의 모습을 그려보고 있던 나는 방문자의 모습을 보고 놀라지 않을 수 없었다. 그는 매우 키가 크고 마른 사람이었다. 날카로운 회색 눈 사이로 솟아오른 긴 코는 마치 새의 부리와도 같았고, 미간이 좁은 두 눈은 금테 안경 속에서 반짝반짝 빛나고 있었다.

　의사다운 복장이었지만, 옷에는 거의 신경 쓰지 않은

듯 프록코트는 더러워져 있었으며, 바지는 해져 있었다. 아직 젊은데도 긴 등을 구부정하게 굽히고 고개를 앞으로 내민 채 걷는 경향이 있었는데, 전체적으로 다정한 인상을 주었다. 방으로 들어선 그는 지팡이를 발견하고 기쁜 듯 소리를 지르며 달려왔다.

"아, 다행이다. 지팡이를 두고 온 곳이 여기였는지 선박 회사였는지 헷갈려서 초조했어요. 이 지팡이만은 절대로 잃어버리면 안 되거든요."

"선물로 받으신 모양이군요?"

홈즈가 확인하듯 물었다.

"네, 그렇습니다."

"채링 크로스 병원에서 받으신 거지요?"

"결혼식 선물로 친구들에게서 받았습니다."

"이런, 잘못 짚은 모양이군."

홈즈가 고개를 저으며 말했다. 모티머 박사는 무슨 소리인지 모르겠다는 듯 안경 너머의 눈을 깜박이며 물었다.

"뭘 잘못 짚었단 말씀이시죠?"

"선생님 말씀을 듣고, 우리의 추리가 잘못되었다는 걸

알았을 뿐입니다. 결혼 선물로 이걸 받으셨다고 하셨죠?"

"네, 결혼하면서 병원을 그만뒀습니다. 그러니까 진찰의(왕진과 조제는 하지 않는 진찰 전문의)가 되겠다는 꿈도 그때 접은 셈이죠. 저도 가정을 가져야 했으니까요."

의사의 답변에 홈즈가 말했다.

"그렇다면 우리의 추리가 완전히 빗나간 건 아닌 듯싶군요. 그건 그렇고 모티머 박사님……."

"전 박사가 아닙니다. 그냥 이름으로만 부르시면 됩니다. 그저 왕립 외과 의학회 회원에 지나지 않으니까요."

"논리적으로 사고하시는 분이기도 하고요."

"과학을 배우기는 했지만, 그저 취미 정도의 지식입니다. 미지의 바닷가에서 조개껍데기나 줍는 꼴이죠. 그건 그렇고 당신이 셜록 홈즈 씨 맞죠?"

"네, 그리고 여기는 친구인 왓슨 박사입니다."

"안녕하십니까? 선생님의 이름도 홈즈 씨의 이름과 함께 이미 들은 바 있습니다. 홈즈 씨, 당신은 매우 흥미로운 외모를 가지셨군요. 이렇게 두상이 길고 눈이 발달한 분일 줄은 꿈에도 몰랐습니다. 죄송하지만 머리 위 관상

봉합 부분을 만져봐도 괜찮겠습니까? 당신의 두개골이라면 어떤 인류학 박물관에서도 소중하게 전시할 겁니다. 실물이라면 더 좋겠지만. 솔직히 말씀드리자면 당신의 두개골이 탐나는군요. 아니, 무슨 악의가 있어서 드리는 말씀은 아닙니다."

홈즈는 이 특이한 손님에게 의자를 권했다.

"저도 그렇지만 당신도 상당히 연구에 몰두하는 성격이군요. 검지를 보아하니 손으로 말아 피우는 담배를 피우시는 것 같군요. 사양하지 말고 피우세요."

손님은 종이와 담배를 꺼내더니 멋진 손놀림으로 담배를 하나 말았다. 그의 길고 가느다랗게 떨리는 손가락은 곤충의 더듬이처럼 민첩하게 움직였다. 홈즈는 아무런 말도 하지 않았지만, 쏘아 보내는 듯한 시선을 보아 이 기묘한 손님에게 흥미를 느끼는 듯했다.

"그건 그렇고 제 두개골을 조사하기 위해서 어젯밤에 이어 오늘 아침에도 다시 찾아오신 건 아닐 텐데요."

잠시 시간이 흐른 뒤에 홈즈가 물었다.

"물론입니다. 그럼 제 얘기를 한번 들어보십시오. 홈즈 씨, 별로 활동적이지 못한 제가 이렇게 찾아뵙게 된 것은 제게 갑자기 중대한 문제가 발생했기 때문입니다. 그래서 유럽에서 둘째가는 전문가인 당신에게……"

"그렇습니까? 그렇다면 명예로운 첫째가는 전문가는 누구인지 좀 들려주시겠습니까?"

홈즈는 약간 무뚝뚝하게 물었다.

"논리적인 과학 정신에 있어서는 프랑스의 인류학자인 베르티용(범죄자 식별법으로 베르티용식 인체 측정법을 제창했다)의 업적을 높이 평가하고 있습니다."

"그렇다면 베르티용 씨에게 가서 얘기해보는 게 낫지 않을까요?"

"'논리적인 과학 정신에 있어서는'이라고 말씀드린 것 같은데요. 현실 문제에 관한 한 당신이 최고임을 모든 사람이 인정하고 있습니다. 워낙 말주변이 없어서 저도 모르게 그만……"

"아, 알겠습니다. 어쨌든 모티머 선생, 쓸데없는 얘기는 그만두고 어떤 문제로 제 힘을 필요로 하는 건지 확실하게 말씀해주시면 고맙겠습니다."

바스커빌 가의 저주

"제 주머니에는 필사한 문서가 하나 들어 있습니다."

"선생이 이 방에 들어오실 때 그것을 보았습니다."

홈즈가 기다렸다는 듯이 말했다.

"아주 오래된 문서입니다."

"위조품이 아니라면 18세기 초에 만들어진 것이군요?"

"어떻게 아십니까?"

"주머니 위로 문서의 3~5센티미터가 나와 있었습니다. 그래서 당신이 말씀하시는 동안 감정을 좀 했습니다. 10년 전후의 오차 범위 내에서 문서의 작성 연대를 판정하지 못한다면 전문가라고 할 수 없겠죠. 알고 계실지 모르지만 나는 고문서 감정에 대한 논문을 발표한 적이 있거든요. 제 눈에는 1730년대의 문서로 보이는데요."

"정확한 연대는 1742년입니다."

모티머 의사가 셔츠 주머니에서 문서를 꺼내 보여주었다.

"이 문서는 바스커빌 가에 대대로 전해 내려오는 것인데, 찰스 바스커빌 경이 제게 맡겨둔 것입니다. 찰스 경은 석 달 전에 갑작스레 비극적인 죽음을 맞았습니다. 경의 죽음 때문에 데번셔에 한바탕 소동이 벌어졌습니다. 저는 찰스 경의 주치의였을 뿐만 아니라 친한 친구였습니다. 찰스 경은 의지가 강하고 머리가 좋으며 경험이 풍부한 인물로, 저와 마찬가지로 미신 같은 건 믿지 않는 성격이었습니다. 하지만 이 문서만큼은 예외적으로 아주 심각하게 받아들였습니다. 그와 같은 최후를 맞이하게 될 줄 미리 알았을지도 모릅니다."

홈즈는 문서를 받아 무릎 위에 놓고 펼쳐 보았다.

"이것 좀 보게, 왓슨. 길고 짧은 S가 번갈아가며 사용됐지? 이것도 연대를 식별하는 데 도움이 된다네."

나는 홈즈의 어깨 너머로 누런 종이에 박힌 빛바랜 글

자들을 들여다보았다. 윗부분에 '바스커빌 가'라는 제목이 있었고, 그 밑에 '1742'라고 커다랗게 흘려 쓴 글씨가 있었다.

"진술서 같군요."

"네. 바스커빌 가에 전해 내려오는 어두운 전설을 밝히려 했던 글입니다."

"하지만 좀 더 최근에 일어난 문제 때문에 여기를 찾으신 것 같은데요?"

홈즈가 말했다.

"아주 최근의 일입니다. 그것도 앞으로 24시간 내에 결정을 내려야 하는 긴박한 문제입니다. 그다지 길지 않은 문서인 데다 이번 문제와 관계가 있으니, 괜찮다면 제가 읽어드리겠습니다."

홈즈는 할 수 없다는 듯이 의자에 등을 기대고 양손을 포갠 뒤 눈을 감았다. 모티머 의사는 문서를 밝은 쪽에서 펼쳐 들고, 높은 목소리로 읽어 내려갔다.

'바스커빌 가의 개'의 유래에 대해서는 수많은 설

이 있다. 휴고 바스커빌의 직계 자손인 나는 대대로 전해 내려오는 이야기를 아버지에게서 들었고, 내 아버지는 또 당신의 아버님으로부터 이 이야기를 들으셨다. 그 이야기를 진심으로 믿고 있는 나는 그것을 여기에 써서 남긴다. 나의 자손들이여, 죄를 벌하시는 정의의 신은 넓은 마음으로 죄를 용서하기도 한다는 사실을 믿어라. 이 말을 교훈 삼아 쓸데없이 과거의 잘못으로 인한 결과를 두려워 말고 진심으로 앞날을 대비하라. 우리 집안을 고통으로 밀어 넣은 무서운 재앙이 다시 일어나는 일이 없도록 경계하라.

커다란 반란(1642~1660. 크롬웰이 왕을 쓰러뜨리고 공화제를 행하던 시대)이 일어났을 때—이 사실에 대해서는 역사가 클래랜던 백작의 『대반란사』(1702)를 읽어 볼 것을 적극 추천한다—이 바스커빌 장원은 '휴고'라는 사람의 소유지였다. 휴고는 신을 두려워하지 않았으며, 그의 야수처럼 사나운 성격에 대해 모르는 사람이 없었다는 것은 부인할 수 없는 사실이다.

성자들도 이 지방을 기피한다는 사실을 이곳 주민

들도 잘 알고 있었다. 휴고가 방탕하고 잔인한 성격으로 서부 지방에서 흉측한 망나니로 악명을 떨치고 있었기 때문이다. 그런 휴고가 어쩌다 바스커빌 저택 가까이에 살고 있는 한 농부의 딸을 사랑—그렇게 음습한 정욕을 아름다운 사랑이라고 부를 수 있다면—하게 되었다. 그러나 행실이 바르기로 소문났던 그 어린 아가씨는 휴고의 악명을 두려워하며 늘 그를 피하기만 했다.

그러던 어느 해 성 미카엘 축제가 열린 날, 휴고는 아가씨의 아버지와 남자 형제들이 집을 비웠다는 사실을 알고는, 무뢰배 친구들 대여섯 명을 데리고 그녀의 집에 숨어들어 아가씨를 납치해 왔다. 저택으로 끌려온 아가씨는 2층에 있는 한 방에 갇히게 되었고, 휴고는 친구들과 함께 매일 밤 하던 것처럼 술판을 벌였다. 밑에서 들려오는 노랫소리, 고함 소리, 무시무시한 욕설에 가엾은 아가씨는 공포에 떨었다. 틀림없이 그랬을 것이다. 술에 취한 휴고 바스커빌이 내뱉은 말은, 그것을 흉내 낸 자조차도 지옥으로 떨어뜨린다고 전해 오고 있다. 더 이상 공포를 견딜 수 없었던 아가씨는 용맹스러운 사내조차도 망설일 일을 해냈다. 남쪽 벽을 덮고 있었던 담쟁이덩굴을 타고 건물 밑으로 내려와 히스 꽃이 자라는 황무지 쪽 너머의 자기 집을 향해 도망친 것이다. 그녀 아버지의 농장까지는 바스커빌 저택에서 3리그(약 14킬로미터)나 떨어져 있었는데 그 사이는 황야였다.

　그로부터 얼마 지나지 않아 휴고는 손님들을 남겨 둔 채 먹을 것을 가지고—틀림없이 더 흉측한 것도 가지고 갔을 것이다—납치해 온 아가씨가 있는 위층으로 올라갔다가, 새는 날아가버리고 새장은 텅 비어 있다는 사실을 알게 되었다. 귀신 들린 사람처럼 날뛰며 1층의 식당으로 내려온 휴고는 술판이 벌어진 테이블 위에 올라서더니, 와인병과 접시 등을 발로 걷어차며 친구들 앞에서 큰 소리로 말했다. "그 여자를 데려올 수만 있다면 오늘 밤부터 나의 육체와 영혼을 악마에게 주어도 좋다." 먹고 마시며 떠들어대던 무리는 그가 미쳐 날뛰는 모습을 멍하니 보는가 싶더니, 그중 마음이 좀 더 악질적인 자—어쩌면 지독하게 취한 자일지도 모르겠지만—가 개를 풀어놓으라고 외쳤다.

당장 집 밖으로 달려 나간 휴고는, 말에 안장을 얹고 우리에서 개들을 끌고 나와 아가씨의 손수건 냄새를 맡게 하라고 마부들에게 명령했다. 그는 개들을 달리게 하고 자신도 고함을 지르며 달빛이 쏟아지는 황야를 향해 달렸다. 이 모든 일이 순식간에 일어났기 때문에 술을 마시던 친구들은 그저 멍하니 서 있기만 했다. 하지만 곧 정신을 차렸고, 황야에서 무슨 일이 일어날지 깨닫게 되었다. 바로 소동이 벌어졌다. 어떤 자는 권총을, 어떤 자는 말을, 어떤 자는 물을 소리 높이 찾았다.

그리고 광기가 사라진 그들은 말에 올라 함께 추적에 나섰다. 달이 그들 머리 위에서 밝게 빛나고 있었다. 아버지의 집으로 달아난 아가씨가 지났을 길을 생각하면서 그들은 서둘러 말을 달렸다. 2~3킬로미터쯤 달려갔을 때, 그들은 밤의 황야에서 양치기를 만났다. 그들은 여자를 추적하는 사람을 못 봤냐고 큰 소리로 물었다. 전하는 말에 의하면 그 양치기는 겁에 질려서 한동안 입을 열지도 못했다고 한다. 간신히 정신을 차린 양치기는 개에게 쫓기는 가엾은 아가씨를 보았다고 말했다. 이어 덧붙이기를 "더욱 무시무시한 것은, 검은 말을 타고 달리는 휴고 바스커빌 경의 뒤를, 생각만 해도 끔찍한 지옥의 사냥개가 소리도 없이 쫓아갔다는 사실입니다."라고 했다.

술에 취한 무리는 양치기에게 욕을 퍼붓고는 다시 서둘러 앞으로 나갔다. 곧 황야를 달리는 말발굽 소리가 울려 퍼지더니, 사람을 태우지 않은 검은 말이 입에 하얀 거품을 문 채 고삐만 나부끼며 달려와 그들 곁을 스치고 지나갔다. 그들은 그 모습을 보고 비명을 질렀다. 말할 수 없는 공포에 사로잡힌 그들은 말 머리를 돌려 도망가고 싶었지만, 서로를 의지하며 말의 간격을 좁혀 황야를 향해 나아갔다. 두려움에 떨며 앞으로 나가던 무리는 곧 사냥개 떼를 만났다. 용맹스럽기로 유명한 개들이 계곡의 웅덩이에 한데 모여 낑낑거리고 있었는데, 어떤 녀석은 꼬리를 내리고 슬금슬금 달아나고 있었고, 어떤 녀석은 털을 곤두세운 채 눈알을 이리저리 굴리며 좁은 계곡을 내려다보고 있었다. 이제 취기가 완전히 가신 그들은 말을 멈췄다. 그러고는 더 이상 앞으로 나아가려고 하지 않았는데, 그중 용기 있는—혹은 아직 술이 덜 깬 것일지도 모르는—세 사람이 계곡의 웅덩이 쪽으로 계속해서 말을 몰아 내려갔다. 웅덩이의 바닥이 보이기 시작했는데, 거기에는 거대한 바위 두 개가 있을 뿐이었다. 지금도 볼 수 있는 그 바위 두 개는 고대에 어떤 사람들이 옮겨다 놓은 것이라고 한다. 그림자도 없이 달빛이 쏟아지는 웅덩이의 한가운데에 공포와 피로에 못 이겨 숨이 끊어진 아가씨의 시체가 있었다.

하지만 세 술꾼들을 기겁하게 만든 것은 아가씨의 시체도, 그 옆에 누워 있는 휴고 바스커빌의 시체도 아니었다. 모습은 개와 비슷하지만 그 어떤 개와도 비교가 안 될 만큼 무시무시하게 검은 짐승이 휴고의 시체 위에 버티고 서서 목을 물어뜯고 있었다. 그때 휴고의 목을 물어뜯던 악마 같은 개가, 번뜩이는 눈과 피가 뚝뚝 떨어지는 이빨을 세 사람 쪽으로 돌렸고, 그들은 숨이 넘어갈 듯 비명을 지르며 도망갔다. 그중 한 사람은 그날 밤에 숨을 거뒀고, 두 사람은 목숨은 건졌지만 미치광이가 되었다고 한다.

나의 자손들이여, 바로 이것이 후에 우리 가문의 저주가 되어버린 개의 유래다. 내가 여기에 이 이야기를 적어 남기는 것은, 사건의 진상을 정확히 알고 있는 것이 어렴풋이 알고 있는 것보다는 두려움이 적을 것이라고 생각했기 때문이다. 우리 집안사람들 중에는 의문의 죽음을 당한 사람이 많다는 것을 부인할 수 없다. 하지만 죄 없는 자에 대한 벌은 서너 대를 넘지 않는다고 성경에 기록되어 있다. 신의 깊은 자비에 의지하여 살아가라. 나의 자손들이여, 너희의 마음을 신에게 맡겨라. 부디 악령이 꿈틀대는 어두운 밤에는 황야를 지나지 않도록 주의하라.

'휴고 바스커빌로부터 유래하는 이야기를 그의 아들 로저와 존에게 전하는 글. 너희의 여동생 엘리자베스에게는 말하지 말 것.'

기이한 이야기를 끝까지 다 읽은 모티머 의사는 안경을 이마 위로 밀어올리고 홈즈의 얼굴을 가만히 바라보았다. 홈즈는 하품을 하더니 담배꽁초를 벽난로 속에 던져넣었다.

"그래서요?"

홈즈가 물었다.

"흥미롭지 않습니까?"

"동화를 수집하는 사람이라면 흥미를 가질 만하군요."

모티머 의사가 주머니 속에서 접혀진 신문을 꺼냈다.

"그렇다면 좀 더 최근의 것을 읽어드리겠습니다. 이건 올 6월 14일자 《데번 카운티 크로니클》지입니다. 여기에는 며칠 전에 일어난 찰스 바스커빌 경의 죽음에 관한 짧은 기사가 실려 있습니다."

홈즈는 몸을 약간 앞으로 내밀었는데, 표정이 굳어져

있었다. 모티머 의사는 안경을 고쳐 쓰고 읽기 시작했다.

최근 찰스 바스커빌 경이 갑작스레 사망한 사건으로 인해 데번셔주 전체가 술렁이고 있다. 찰스 경이 바스커빌 저택에서 생활한 기간은 짧았지만, 온화한 인품과 관대한 마음씨 때문에 사람들의 애정과 존경을 한 몸에 받았다. 벼락부자들이 판치는 이 시대에 몰락한 데번셔주의 전통 있는 가문의 후예가 재산을 모아 가문을 다시 일으킨 일은 우리를 매우 기쁘게 해주는 일이었다.

찰스 경은 남아프리카로 건너가 투자하여 그곳에서 막대한 부를 얻었다. 현명하게도 물러설 때를 알았던 경은, 번 돈에 만족하며 영국으로 돌아왔다. 바스커빌 저택에서 산 것은 겨우 2년밖에 안 되었지만, 건물 보수 및 재건축에 관해 원대한 구상을 그리고 있었으며 그것이 경의 죽음으로 하루아침에 물거품이 되었다는 것은 널리 알려진 사실이다. 대를 이을 자손이 없는 찰스 경은 생전에, 재산의 일부를 우리

지역에 환원하겠다는 뜻을 밝혀 왔다. 그 때문에 불의의 죽음을 진심으로 애도하는 이가 많다. 지금까지 경이 지방의 자선 사업에 막대한 기부를 해왔다는 사실은 본지에서도 보도한 바가 있다.

검시를 통해서 찰스 경의 사인이 충분히 밝혀졌다고 말할 수는 없으나, 적어도 이 지역의 미신에서 비롯된 소문이 근거 없다는 것은 밝혀졌다. 타살이라고 의심할 만한 점은 전혀 없으며, 자연사 이외의 사인은 생각할 수도 없다. 찰스 경은 일찍이 부인을 잃고 혼자 살고 있었으며, 사고방식이 남달랐다고 한다. 막대한 재산을 소유하고 있음에도 검소한 생활을 했으며, 저택의 고용인도 배리모어 부부뿐이었다. 남편은 집사를, 아내는 가정부 일을 했다. 배리모어 부부와 몇몇 친구들의 증언에 의하면, 찰스 경은 한동안 건강이 좋지 않았다고 한다. 특히 심장병 때문에 혈색이 좋지 않았고 호흡 곤란을 느끼기도 했으며, 신경 쇠약에 의한 발작 증세를 보일 때도 있었다고 한다. 고인의 친구이자 주치의인 제임스 모티머도 같은 증언을 했다.

사건 자체는 단순하다. 찰스 바스커빌 경에게는 매일 밤 잠들기 전에 저택의 명물인 주목(朱木) 오솔길을 산책하는 습관이 있었다. 배리모어 부부의 증언에 의해서도 그 사실은 확인되었다. 6월 4일, 경은 다음 날 런던으로 떠나겠다고 집사인 배리모어에게 말하고 짐을 꾸려놓을 것을 명했다. 그리고 그날 밤 그는 평소와 다름없이 담배를 물고 산책에 나섰다가 그대로 돌아오지 않았다. 밤 12시, 배리모어는 그때까지 현관문이 열려 있는 것을 보고 놀라 램프에 불을 붙여 들고 주인을 찾아 나섰다. 그날은 비가 내렸기 때문에 주목 오솔길에 난 찰스 경의 발자국을 따라가는 것은 그다지 어려운 일이 아니었다. 오솔길 중간 지점쯤에 황야로 통하는 쪽문이 있는데, 발자국으로 보아 찰스 경이 한동안 그곳에 머물렀다는 사실을 알 수 있었다. 그런 다음 찰스 경은 다시 앞으로 나갔는데, 오솔길이 끝나는 지점에서 시체로 발견되었다.

그런데 한 가지 설명되지 않은 사실이 있다. 황무지로 통하는 쪽문을 지난 다음부터 경의 발자국 모양이 달라졌다는 것이다. 거기서부터는 마치 발꿈치를 들고 걸은 것처럼 보였다고 한다. 당시 그곳에서 멀지 않은 황야에 '머피'라고 하는 집시 말 장수가 있었는데 그의 말에 의하면 자신은 그때 술에 잔뜩 취해 있었다고 한다. 그는 비명 소리를 들었지만 그 소리가 어느 방향에서 들려왔는지는 알 수 없다고 진술했다.

찰스 경의 몸에서는 외상이 전혀 발견되지 않았지만, 경의 얼굴이 너무도 심하게 일그러져 있었다고 한다. 친구이자 주치의인 모티머 의사도 찰스 경의 시체가 아니라고 부인할 정도로 흉측하게 일그러져 있었는데, 호흡 곤란이나 심장 마비에 의한 죽음일 경우에 흔히 볼 수 있는 증상이라고 했다. 검시 결과, 오랫동안 내장 질환을 앓고 있었다는 사실이 밝혀져 모든 일을 설명할 수 있게 되었다. 검시 배심원단도 의사의 증언에 의거하여 평결을 내렸다.

찰스 경의 후계자가 바스커빌 저택으로 들어와 중단되어버린 의의 있는 사업을 계속해줄 날이 기다려지는 지금, 검시 배심원단의 평결은 희소식이라 할 수 있을 것이다. 이 사건과 관련한 풍문이 검시관의 이성적인 판단에 의해서 일축되지 않았다면, 바스커빌 저택은 새로운 주인을 찾기 힘들었을지도 모른다.

지금까지 알려진 바에 의하면 고 찰스 바스커빌 경과 가장 가까운 혈육은 경의 동생의 아들인 헨리 바스커빌 씨인 것으로 알려졌다. 어딘지 확실하지는 않지만 미국에 있다고 알려져 있으며, 그에게 이 소식을 알리기 위해 행방을 조사하고 있는 중이다.

모티머 의사는 신문을 접어 다시 주머니에 넣었다.

"여기까지가 찰스 바스커빌 경의 죽음에 대해 발표된 공식적인 사실입니다. 홈즈 씨."

홈즈가 말했다.

"먼저 감사의 말씀을 드려야겠군요. 명백히 흥미를 끄는 요소들이 있는 사건을 알려주셨으니 말입니다. 나도 그 사건에 관한 기사를 읽은 기억이 납니다만, 그때 바티칸 카메오 사건에 매달려 있었거든요. 교황님에게 심려를 끼쳐드리고 싶지 않아서 국내의 재미있는 사건에 관여하지 못했습니다. 그 신문에 실린 내용이 발표된 사실의 전부인가요?"

"그렇습니다."

"그럼 비공식적인 사실에 대해서 들려주세요."

홈즈는 몸을 젖히고 손을 포갰다. 그는 대단히 냉정하고 침착한 표정이었다. 그 모습을 보고 모티머 의사는 결심한 듯한 얼굴로 말했다.

"그렇게 하겠습니다. 지금부터 하는 얘기는 누구에게도 털어놓은 적이 없는 일입니다. 검시관에게도 말하지 않았던 이유는 과학자로서 공개적으로 대중의 미신에 영합하는 태도를 취할 수 없었기 때문입니다. 게다가 신문 기사에도 나온 것처럼, 바스커빌 저택에 대해 그렇지 않아도 꺼림칙한 소문이 떠도는 판국에 그런 선입견을 조장하는 이야기를 했다가는 그곳에 들어가 살 사람이 아무도 없을 것 같아서였지요. 이런 두 가지 이유에서, 알고 있어도 입을 다물고 있는 편이 낫겠다고 판단했습니다. 하지만 당신에게는 모든 것을 이야기하는 편이 좋겠습니다.

그 황야에는 거주민이 아주 적기 때문에, 가까이에 사는 사람들끼리 친하게 지냅니다. 그런 이유로 저는 찰스 바스커빌 경과 많은 시간을 함께 보냈습니다. 래프터 저택의 프랭클랜드 씨와 박물학자 스태플턴 씨를 제외하면, 근처 수 킬로미터 내에는 정식 교육을 받은 사람이 없습니다. 찰스 경은 사람과 어울리기를 그다지 즐기지 않는 분이었지만, 그가 병에 걸린 뒤부터 부쩍 친해졌습니다. 우리는 둘 다 과학에 관심이 있었기에 서로 얘기가 잘 통했습니다. 찰스 경은 남아프리카에서 수많은 과학적 자료를 가지고 돌아왔습니다. 우리는 부시맨 족과 호텐토트 족의 비교 해부학 등을 논하면서 멋진 밤을 보냈습니다.

최근 몇 개월간 제 눈에는 찰스 경의 신경이 극도로 날카로워져서 위험한 상태에 이른 것으로 보였습니다. 조금 전에 읽어드렸던 전설을 마음에 담고 있었던 것입니다. 저택 내에서의 산책을 그만두지는 않았지만, 너무 걱정한 나머지 밤에는 황야로 나가려 들지 않을 정도였습니다. 홈즈 씨에게는 믿기 힘든 일일지 모르겠지만, 찰스 경은 자기 집안에 무시무시한 운명이 덮치고 있다고 진심으로 믿었습니다. 자손에게는 재난이 미치지 않을 것이라는 선조의 기록이 있는데도 마음을 놓지 않았습니다. 그리고 언제나 소름 끼치는 무엇인가가 주위를 맴돌고 있다고 생각해서, 밤에 왕진을 가면 이상한 짐승을 보지 못했는지, 개가 울부짖는 소리를 듣지 못했는지 몇 번이고 묻고는 했습니다. 개가 짖는 소리에 대해서 특히 많이 물었는데, 그럴 때마다 그의 목소리는 흥분에 들떠 있었습니다.

저는 그 운명적인 사건이 있기 3주일 전쯤, 마차를 타고 바스커빌 저택까지 갔던 날 밤의 일을 잊을 수가 없습니다. 찰스 경은 그때 마침 현관에 나와 있었습니다. 경이 지켜보는 가운데 마차에서 내렸는데, 그의 시선은 제 어깨 너머에 고정된 채 움직이지 않았습니다. 극도의 두려움에 사로잡힌 표정으로 무언가를 가만히 응시하고 있었습니다. 휙 뒤돌아보니 마차가 드나드는 문 앞으로 송아지처럼 검고 커다란 짐승이 지나가는 것이 얼핏 보였습니다. 찰스 경이 너무나 두려워했기 때문에 짐승이 있었던 곳으로 가서 조사해보지 않을 수 없었습니다. 짐승은 이미 사라져버렸지만 그 일 때문에 찰스 경은 신경이 매우 쇠약해졌습니다.

그날은 찰스 경 곁에서 밤을 보냈습니다. 경이 왜 그렇게 두려워하는지에 대해서 이야기해주고, 처음에 읽어 드렸던 그 문서를 보관해달라고 제게 맡겼습니다. 이 일에 대해 말씀드리는 건, 이 일이 그 뒤에 일어난 비극과 중대한 연관이 있을지도 모른다고 생각해서입니다. 하지만 당시에는 저도 경이 쓸데없는 두려움에 떨고 있다고 대수롭지 않게 생각했습니다.

찰스 경이 런던으로 가겠다고 한 것은, 내가 권했기 때문입니다. 심장이 좋지 않은데 망상에 사로잡혀 쓸데없는 걱정을 하며 생활하는 것은 건강에 좋지 않은 영향을 줄 것이 확실하니까요. 두세 달쯤 도시에서 기분 전환을 하고 오면 마음이 한결 가벼워질 것이라고 저는 생각했습니다. 경과 저의 친구인 스태플턴 씨도 그의 건강을 걱정했으며, 제 의견에 동의했습니다. 그런데 파국이 찾아온 것은 출발 직전이었습니다.

그날 밤, 처음 찰스 경의 시체를 발견한 배리모어 집사가 마부인 퍼킨스에게 말을 타고 가서 내게 이 사실을 알리라고 명했습니다. 그날은 늦게까지 잠을 자지 않고 있었기 때문에 저는 사건이 일어난 지 채 한 시간도 되지 않아 바스커빌 저택에 도착할 수 있었습니다. 저는 사람들이 심문 때 진술한 모든 사실을 직접 살펴보고 확인했습니다. 주목 오솔길을 그의 발자국을 따라 걸어보았으며, 황야로 통하는 문 앞에서는 찰스 경이 한동안 머물러 있었던 듯한 발자국을 발견했고, 그 지점에서부터 발자국이 바뀌었다는 사실도 확인했습니다. 또한 축축한 자갈길에 배리모어의 발자국 이외에는 다른 발자국이 없다는 사실도 확인했습니다.

　마지막으로 저는 시체를 주의 깊게 살폈는데, 제가 갈 때까지 전혀 손대지 않은 상태였습니다. 찰스 경은 엎드린 채 쓰러져 있었는데, 두 팔을 벌린 채 손톱을 땅에 박고 있는 모습이었습니다. 어떤 강렬한 감정에 휩싸여 심한 안면 경련을 일으킨 듯 보였고 그 때문에 얼굴을 알아보기가 힘들 정도였습니다. 몸에 외상을 입은 흔적은 전혀 없었습니다.

그런데 심문 때 배리모어는 한 가지 잘못된 사실을 진술했습니다. 그는 시체 주위에 아무런 발자국도 없었다고 증언했습니다. 아마 보지 못했을 것입니다. 하지만 나는 보았습니다. 조금 떨어진 곳에 선명한 자국이 있었습니다."

"발자국이?"

"네, 발자국이."

"남자의 발자국이었나요? 아니면 여자의 발자국이었나요?"

모티머 의사는 일순 묘한 표정을 지으며 우리를 응시했다. 그리고 들릴락 말락 한 목소리로 대답했다.

"홈즈 씨, 그건 엄청나게 큰 개의 발자국이었습니다."

수수께끼

나는 그 말은 듣는 순간 온몸에 소름이 끼쳤다. 모티머 의사도 자신의 이야기에 커다란 두려움을 느꼈는지 목소리가 조금 떨렸다.

홈즈는 흥분해서 몸을 앞으로 내밀었다. 눈빛이 반짝거리는 모습이 꼭 열렬한 호기심에 들뜬 소년 같아 보였다.

"정말로 보셨나요?"

"정말입니다. 잘못 봤을 리가 없습니다."

"누구에게도 말하지 않았나요?"

"얘기해봤자 아무도 믿으려 들지 않았을 겁니다."

"다른 사람들은 왜 그걸 보지 못했을까요?"

"발자국이 시체에서 18미터 정도 떨어져 있었기 때문에 누구도 신경 쓰지 않았지요. 나도 그 전설을 몰랐다면 그렇게까지 샅샅이 살피지는 않았을 겁니다."

"황야에는 양치기 개가 많지 않은가요?"

"많습니다. 하지만 그것은 양치기 개의 발자국이 아니었습니다."

"발자국이 아주 컸다고 하셨지요?"

"엄청나게."

"그런데 그 개가 시체 쪽으로는 접근하지 않았단 말이지요?"

"그렇습니다."

"그날 밤 날씨는 어땠나요?"

"잔뜩 흐리고 습도가 높은 밤이었습니다."

"비는 내리지 않았고요?"

"네."

"오솔길은 어떻게 생겼죠?"

"양편에 높이 3미터 정도 되는 주목들이 울타리처럼 자라 있습니다. 꽤 오래전에 심어놓아 매우 울창하기 때문에, 그 사이를 비집고 나갈 수는 없습니다. 길의 폭은 2.4 미터 정도입니다."

"울타리와 길 사이에는 뭐가 있습니까?"

"길 양쪽에 폭 2미터 정도 되는 잔디밭이 있습니다."

"주목 울타리 밖으로 나갈 수 있는 길은 쪽문밖에 없다고 하셨죠?"

"그렇습니다. 황야로 통하는 쪽문입니다."

"다른 개구멍 같은 건요?"

"없습니다."

"그렇다면 바스커빌 저택을 통해서나 황야로 난 쪽문을 통하지 않으면 주목 오솔길로 들어설 수 없다는 말인가요?"

"오솔길 끝에 별채가 있는데, 거기에도 문이 있습니다."

"찰스 경이 거기까지 갔었나요?"

"아니요, 그분은 별채에서 15미터 정도 앞에 쓰러져 있었습니다."

"그렇다면 모티머 선생, 이건 매우 중요한 일입니다. 당신이 발견한 발자국은 오솔길에 찍혀 있었던 것이죠? 잔디에 찍혀 있었던 것이 아니죠?"

"잔디밭에는 발자국이 남지 않으니까요."

"개의 발자국은 황야로 통하는 쪽문을 향해 나 있었습니까?"

"네. 그것도 잔디와 만나는 부분에 찍혀 있었습니다."

"점점 더 재미있어지는군요. 그럼 한 가지 더, 황야로 통하는 쪽문은 닫혀 있었나요?"

"닫힌 채 자물쇠가 채워져 있었습니다."

"쪽문의 높이는 얼마나 되죠?"

"1미터 정도입니다."

"뛰어넘으려면 얼마든지 가능하겠군요?"

"네."

"쪽문 옆에 다른 발자국은 없었습니까?"

"특별한 건 없었습니다."

"맙소사! 조사한 사람이 없었나요?"

"아니오. 제가 직접 살펴봤습니다."

"그런데 아무것도 없었다고요?"

"그게 정말 이상했습니다. 찰스 경은 그곳에서 5분이나

10분가량 지체했던 것이 틀림없거든요."

"그걸 어떻게 알았지요?"

"담뱃재가 두 군데 떨어져 있었으니까요."

"정말 대단해! 당신은 탐정 못지않군요. 그런데 발자국은요?"

"자갈길의 일부에 찰스 경의 발자국이 여기저기 찍혀 있었습니다. 그 외의 발자국은 보이지 않았고요."

홈즈가 갑자기 무릎을 쳤다. 그러고는 커다란 소리로 탄식했다.

"내가 거기에 있었어야 했는데! 아주 흥미로운 사건이라 과학적인 전문가라면 누구나 조사하고 싶어 할 걸세. 내가 조사했으면 그 자갈길에서 많은 것을 알아냈을 텐데. 지금은 이미 빗물에 씻기고, 호기심 많은 사람들의 발에 엉망이 되어버렸을 거야. 모티머 선생, 왜 저를 부르지 않으셨습니까? 이건 전부 당신 책임입니다."

"부를 수가 없었습니다. 그렇게 하면 조금 전에 했던 얘기가 세상에 알려지게 됩니다. 그걸 피하고 싶었다고 조금 전에 말씀드리지 않았습니까? 게다가……."

"무슨 말이든 다 해보세요."

"제아무리 경험이 풍부하고 실력이 좋은 탐정이라도 어떻게 해볼 수 없는 영역이 있는 법입니다."

"초자연적 현상에 대해 말씀하시는 건가요?"

"꼭 그렇다는 것은 아닙니다."

"하지만 마음속으로는 그렇게 생각하고 계시죠?"

"그 비극이 일어난 뒤, 자연의 법칙으로 설명할 수 없는 몇 가지 이야기들을 듣게 되었습니다. 홈즈 씨."

"예를 들자면?"

"그 소름 끼치는 사건이 일어난 뒤에, 바스커빌 가의 악령을 닮은 짐승을 황야에서 목격한 사람이 몇 명 있었습니다. 그 짐승은 직접 본 게 아니라면 상식적으로 묘사가 불가능한 형상입니다. 그들은 모두 그 개가 거대하고 빛을 내는 괴물과 같다고 말했습니다. 저는 목격자들을 일일이 만나보았습니다. 그중 한 사람은 완고하기 짝이 없는 시골 사람이었고, 한 명은 말의 편자를 만드는 사람이었고, 또 다른 한 명은 황야의 농사꾼이었습니다. 모두 한결같이 무서운 괴물을 보았다고 했는데, 전설에 나오는 지옥의 마견(魔犬)과 똑같은 모습이었다고 합니다. 그 지방은 지금 공포에 떨고 있습니다. 소심한 사람들은 밤에 황야를 지나다니지도 못하지요."

"과학을 배운 당신조차도 초자연적인 현상을 믿는다는 말씀이신가요?"

"무엇을 믿어야 할지 모르겠습니다."

홈즈가 어깨를 한 번 으쓱했다.

"지금까지 저는 인간에 대해서만 조사해왔습니다. 이 세상의 악과 싸워왔다고 생각하고 있습니다. 하지만 상대가 진짜 악마라면 싸워서 이길 것 같지 않군요. 발자국은 현실의 것이기는 하지만."

"전설 속의 개도 마계의 존재이지만 실제로 사람의 목을 물어뜯었습니다."

"완전히 초자연주의자가 되어버린 듯한 말투군요. 그렇다면 좀 이상한데요, 모티머 선생. 초자연적 현상을 믿고 계신 거라면 왜 저를 찾아오신 거지요? 조사해봤자 소용없다고 생각하면서 더 조사해주기를 바라는 건가요?"

"저는 조사해달라고 말한 적 없습니다."

"그럼 제가 어떻게 해주길 바라는 거지요?"

"헨리 바스커빌 경에게 어떻게 해야 하는지 가르쳐주십시오."

모티머 의사는 시계를 보고는 다시 말을 이었다.

"그는 앞으로 정확히 한 시간 15분이 지나면 워털루 역에 도착할 예정입니다."

"바스커빌 가의 상속인 말입니까?"

"그렇습니다. 찰스 경이 돌아가신 뒤 캐나다에서 농사를 짓고 있던 이 젊은이를 간신히 찾아냈습니다. 제가 받은 보고서에 의하면, 흠잡을 데 없는 인물인 것 같습니다. 이건 의사로서가 아니라 찰스 경의 유언을 들은 자로서, 유언 집행자로서의 제 견해입니다."

"그 외에 상속권이 있는 자는 없나요?"

"없습니다. 우리가 조사한 바에 의하면, 불운한 찰스 경은 3형제의 장남이었습니다. 둘째 동생은 일찍 죽었는데, 그의 혈육이 바로 이 헨리라는 젊은이지요. 막내 동생인 로저는 집안의 골칫거리였던 듯싶습니다. 바스커빌 가의 그 잔인한 사람의 피를 이어받은 듯, 아직도 남아 있는 휴고의 초상화를 꼭 닮았다고 합니다. 로저는 온갖 못된 짓을 한 끝에 더 이상 이곳에 살 수 없게 되자 중앙아메리카로 달아났습니다. 그리고 1876년에 그곳에서 황열병으로 세상을 떠났습니다. 결국 바스커빌 가에 남은 사람이라고는 헨리 씨밖에 없습니다. 오늘 아침에 사우샘프턴 항구에 도착했다는 전보를 받았습니다. 얘기가 이렇게 된 겁니다. 홈즈 씨, 어떻게 했으면 좋겠습니까?"

"조상 대대로 내려온 저택으로 데려가면 되지 않습니까?"

"당연히 그래야겠지요. 하지만 바스커빌 저택에서 살았던 사람들은 모두 비참한 최후를 맞았습니다. 만약 찰스 경이 돌아가시기 전에 저와 이야기를 나누었다면, 이렇게 충고해주셨을 겁니다. 전통 있는 가문의 마지막 후손이며 막대한 부를 상속하게 될 사람을 죽음의 집으로 안내하면 안 된다고. 하지만 그 가난하고 황량한 지방이 번성하느냐 마느냐 하는 문제가 그 바스커빌 가에 달려 있습니다. 만약 바스커빌 저택에서 살 사람이 없어진다면, 찰스 경이 해왔던 중요한 일들은 전부 헛수고가 되어버리고 맙니다. 그 일만은 저 혼자만의 생각대로 처리해서는 안 될 것 같습니다. 그래서 이렇게 사정을 설명하고 의견을 구하는 것입니다."

홈즈는 한동안 생각에 잠겼다.

"간단하게 말하자면 이런 말씀이군요. 악마가 있으니 바스커빌 가의 사람들이 다트무어에서 사는 것은 위험하다."

"제 말은 적어도 그에 대한 증거가 있다는 것입니다."

"그렇군요. 하지만 당신이 설명한 초자연적 현상이 허황된 이야기가 아니라면, 헨리라는 청년은 런던에 있든 데번셔에 있든 저주를 받게 될 겁니다. 교구의 목사처럼 범위가 한정되어 있는 악마는 생각할 수도 없으니까요."

"홈즈 씨, 당신이 이 문제에 관여하게 된다면 그렇게 마음 편한 소리는 못 하실 겁니다. 당신의 의견대로라면 이 청년은 데번셔에 있어도 런던에 있는 것만큼 안전하다는 말이 됩니다. 그는 앞으로 50분 정도 지나면 이곳에 도착합니다. 어떻게 하라는 말씀인가요?"

"당신의 스패니얼이 현관문을 긁어대고 있습니다. 마차를 불러다 개와 함께 워털루 역으로 가서 헨리 바스커빌 경을 맞이하세요."

"그다음에는 어떻게 합니까?"

"그런 다음에 이 사건을 어떻게 다뤄야 할지 생각해봅시다. 그러니까 그에게는 아무런 말도 하지 마세요."

"얼마나 기다리면 되겠습니까?"

"24시간입니다. 모티머 선생, 내일 아침 10시에 이리로 오십시오. 헨리 바스커빌 경과 함께 오신다면 앞으로의 계획을 세우는 데 큰 도움이 될 겁니다."

"알겠습니다. 그렇게 하겠습니다."

모티머 의사는 셔츠의 소맷자락에 약속 내용을 적더니, 그 이상한─살피는 것 같기도 하고 방심한 것 같기도 한─태도로 서둘러 방에서 나갔다. 홈즈가 바로 뒤따라나가 계단 위에서 그를 불러 세웠다.

"모티머 선생, 한 가지만 더 물어보겠습니다. 찰스 바스커빌 경이 돌아가시기 전에 황야에서 마견을 목격한 사람들이 있다고 말씀하셨죠?"

"세 명입니다."

"그 후에도 목격한 사람이 있나요?"

"아니요. 없습니다."

"고맙습니다. 안녕히 가십시오."

방 안에 들어와 자리에 앉은 홈즈의 얼굴에서 표정이 사라졌다. 마음에 드는 일을 맡게 되었을 때 보이는 행동이었다.

"외출할 건가, 왓슨?"

"도움이 필요하다면 있겠네."

"아니, 지금은 아닐세. 자네의 도움이 필요한 건 조사가 시작된 후부터야. 어쨌든 이번 사건을 조사하는 동안은 내게 가장 빛나는 시간이라네. 가는 길에 브래들리네 가게에 들러서 제일 독한 담배 500그램만 이리로 올려 보내라고 일러주게. 귀찮게 해서 미안하네. 그리고 정말 미안하지만, 저녁때까지 혼자 있었으면 좋겠네. 이번 사건에 대해 밤에 함께 얘기를 나눈다면 무척 즐거울 걸세."

홈즈가 고도로 집중할 때는 그를 혼자 내버려두는 것이 가장 좋다. 그는 혼자 있는 동안에 온갖 증거에 대해 생각하고, 여러 가지 가설을 세워서 비교하고 중요한 문제점을 밝혀내고는 했다. 그래서 나는 저녁 시간이 지날 때까지 베이커 가로 돌아가지 않고 클럽에서 시간을 보냈다. 그러다가 밤 9시가 다 되었을 때 집으로 돌아왔다.

거실 문을 열었을 때 나는 집에 불이라도 난 줄 알았다. 테이블 위에 있는 램프의 불빛이 뿌옇게 보일 정도로 방 안에 연기가 가득했던 것이다. 안으로 들어서서야 마음을 놓을 수 있었는데, 불이 난 게 아니라 담배 연기라는 것을 알았기 때문이었다. 나는 목을 찌르듯 독하고 값싼 담배 연기에 기침을 터뜨렸다. 담배 연기 너머로 흐릿하게 홈 즈의 모습이 보였다. 그는 가운을 입고 검은 도자기로 만 든 파이프를 입에 문 채 안락의자에 앉아 있었다. 주위에 는 둘둘 말아놓은 종이가 여기저기 널려 있었다.

"왓슨, 자네 감기라도 걸린 건가?

"아니, 이 독가스 때문이지."

"그러고 보니 연기가 좀 자욱하긴 하군."

"좀 자욱하다고? 질식해서 죽을 것 같네."

"그럼 창문을 열게. 자네는 하루 종일 클럽에 있었던 모 양이군."

"홈즈!"

"내 말이 맞지?"

"맞았네. 그걸 어떻게 알았나?"

"늘 감탄해주니 정말 기쁘네, 왓슨. 그럼 자네에 대한 나의 추리를 잠깐 풀어보지. 비가 내려 길이 질퍽이는 날 신사가 외출을 했어. 저녁이 지나 그가 돌아왔는데 모자와 부츠가 모두 번쩍번쩍하고 조금도 더러워지지 않았다면, 즉 어디 한군데에서 하루 종일 있었단 얘기지. 그에게는 친구도 없네. 그렇다면 그가 어디에 있었겠는가? 어떤가? 아주 간단하지?"

"그렇군. 아주 간단하군."

"이 세상에는 너무나도 뻔한 일만 일어나고 있는데도 아무도 그걸 눈치 채지 못한단 말이야. 내가 어디에 갔다 왔는지 알겠는가?"

"자네도 종일 이곳에 틀어박혀 있었겠지?"

"정반대일세. 나는 데번셔에 갔었네."

"마음속으로?"

"그렇다네. 내 몸은 이 의자에 앉아 있었지만, 마음이 여행을 떠난 사이에 유감스럽게도 커피를 두 주전자나 마시고 종일 담배를 피워댔지. 자네가 외출한 뒤에 나는 스탬포

드의 가게로 사람을 보내서 다트무어 지방의 지도를 구해 왔네. 그리고 내 마음은 하루 종일 황야를 돌아다녔지. 어디든 자유롭게 돌아다녔으니, 정말 굉장한 일 아닌가?"

"대축척 지도였겠지?"

"물론. 아주 큰 지도네."

그는 한 장의 지도를 무릎 위에 펼쳐놓았다.

"여기가 우리와 관계있는 지역이네. 가운데가 바스커빌 저택일세."

"숲으로 둘러싸여 있군."

"맞았네. 여기에 주목 오솔길까지는 나와 있지 않지만, 황야의 왼쪽 부분에 뻗어 있는 이 부분이 그 길인 것 같네. 이 조그만 부분이 그림펜 마을로, 우리의 친구 모티머 선생이 살고 있는 곳일세. 보는 바와 같이 반경 8킬로미터 이내에는 두세 채의 집이 있을 뿐이야. 이게 바로 모티머 선생이 이야기했던 래프터 저택이고, 이 표시가 박물학자 스태플턴의 집일 걸세. 황야에 농가가 두 채 있는데, 하이 토어와 파울마이어의 집이라네. 여기서 22킬로미터 떨어진 곳에 프린스타운 대형 형무소가 있네. 드문드문 떨어져 있는 집들 주위에는 사람의 그림자라고는 찾아볼 수 없는 황량한 황야가 펼쳐져 있다네. 즉 그 비극은 이런 무대에서 펼쳐졌고, 바로 우리가 진실을 밝혀내야 할 공간이지."

"황량한 곳이겠군."

"그렇다네. 무대 장치로는 이상적이지. 만약 악마가 인간사에 간섭하려고 했다면 말일세."

"그렇다면 자네도 그 초자연적 현상에 마음이 기운 것인가?"

"악마의 대리자는 피와 살로 된 육신을 가지고 있을 것일세. 그렇지 않은가? 가장 기본적인 의문은 두 가지일세. 하나는 애당초 어떤 범죄 행위가 있었는지의 여부이고, 또 하나는 범죄 행위가 있었다면 그것이 무엇이고 어떤 방식으로 저질러졌는가야. 물론 모티머 선생의 추측이 옳다면 우리는 초자연적 힘과 맞서고 있는 것이고, 그렇다면 우리의 조사는 그것으로 끝일세. 하지만 모티머 선생의 의견에 동조하기 전에 모든 가설을 규명해봐야 하네. 그런데 이제 저 창문을 좀 닫는 게 어떨까? 물론 내가 유난스러운 편이긴 해. 그렇지만 밀폐된 공기는 생각을 집중하는 데 도움이 되거든. 실제로 상자 속으로 기어든 적은 없지만 밀폐된 곳일수록 집중이 잘된다네. 그런데 자네는 이 사건에 대해서 생각해보았나?"

"하루 종일 생각해봤지."

"그래, 어떻게 생각하나?"

"뭐가 뭔지 하나도 모르겠네."

"틀림없이 희한한 사건이지만 눈에 띄는 점이 몇 가지 있더군. 예를 들면 중간에 발자국이 바뀌었다든가 하는 것 말일세. 거기에 대해서 자네는 어떻게 생각하나?"

"모티머 선생은 그 사람이 발끝으로 걸어간 것 같다고 했지?"

"어떤 바보가 검시 때 한 얘기를 그대로 옮긴 것에 불과하네. 오솔길을 발끝으로 걸어 다니는 사람이 어디 있겠나?"

"그럼 어떻게 된 건가?"

"달린 거라네, 왓슨. 찰스 경은 이를 악물고 달린 거야. 목숨 걸고 달리다가 심장 파열로 죽은 거라네."

"무엇에 쫓기고 있었을까?"

"바로 그 점이 수수께끼라네. 찰스 경은 달리기 전부터 공포에 휩싸여 제정신이 아니었던 듯하네."

"왜 그렇게 생각하지?"

"난 찰스 경에게 공포를 안겨준 것이 황야 쪽에서 나타났을 거라고 추측하고 있네. 아마도 아니, 그렇게밖에는 생각할 수가 없네. 그런데 집과는 반대 방향으로 달리다니. 몹시 당황한 상태가 아니라면 그렇게 행동할 리가 없다네. 집시의 증언이 정확하다면, 찰스 경은 살려달라고 외치면서 도움을 받을 길이 없는 방향으로 달린 셈이 되는 걸세. 그리고 그날 밤 누구를 기다렸는지도 역시 수수께끼야. 저택 안에서가 아니라 주목 오솔길에서 기다리고 있었으니까."

"찰스 경이 누군가를 기다리고 있었다는 건가?"

"찰스 경은 나이도 많고, 병든 상태였네. 밤에 산책을 나간다는 건 얼마든지 있을 수 있는 일일세. 하지만 길은 젖어 있었고 비가 내릴 것 같은 밤이었어. 그런 날 5~6분씩이나 한곳에 머물렀다는 건 좀 이상하지 않은가? 그곳에 머물렀던 시간은 모티머 선생이 떨어진 담뱃재를 보고 추정해낸 것이었지. 눈썰미가 있는 사람처럼 보이지 않았는데."

"하지만 매일 산책을 했다고 하지 않았는가?"

"매일 밤, 황야로 통하는 쪽문 앞에 멈춰 섰다고는 보기 어렵네. 아니, 오히려 황야를 무서워했다고 하지 않았는가? 그날 밤 그는 거기서 누군가를 기다렸던 것일세. 런던으로 떠나기 전날 밤에 말일세. 이제 어떻게 된 건지 짐작이 가지 않는가, 왓슨? 서서히 윤곽이 잡히는군. 바이올린을 좀 주게나. 오늘은 이 정도만 하고 내일 아침에 다시 생각해야겠네. 이 사건은 내일 아침 모티머 선생과 헨리 바스커빌 경을 만날 때가지 잠시 접어두는 게 좋겠어."

헨리 바스커빌 경

우리는 평소보다 조금 빠르게 아침 식사를 마쳤다. 홈
즈는 평상복 차림으로 약속 시간이 되기를 기다렸다. 의
뢰인은 시간에 철저한 사람이었다. 모티머 의사는 시계가
10시를 알리는 것과 동시에 젊은 준남작과 함께 방에 들
어섰다.

준남작은 서른 살 정도로 보였는데 행동거지가 민첩한
남자였다. 키는 작았지만 몸은 다부져 보였고 숯으로 그
린 듯한 짙은 눈썹에 검은 눈동자, 싸움꾼처럼 강한 인상
이었다. 붉은 빛이 감도는 트위드자켓을 입고 있었는데,
지금까지 야외에서 활동한 시간이 많았던 듯 얼굴이 햇볕

에 검게 그을렸다. 그런데도 차분한 눈빛, 자신감에 넘치는 태도에서 그가 신사임을 알 수 있었다.

"이쪽은 헨리 바스커빌 경입니다."

모티머 의사가 소개했다.

"셜록 홈즈 씨, 이 친구로부터 당신을 찾아뵈라는 권고를 받았지만, 사실은 원래 저도 당신을 찾아뵐 생각이었습니다. 당신은 수많은 수수께끼를 푸셨다고 들었습니다. 그런데 오늘 아침 제게 영문을 알 수 없는 일이 일어났습니다."

"자, 이쪽으로 앉으세요, 헨리 경. 그런데 방금 하신 말씀은, 런던에 도착하신 뒤 어떤 이상한 일을 겪었다는 건가요?"

"그렇게 대단한 일은 아닙니다. 단순한 장난에 지나지 않을지도 모릅니다. 오늘 아침에, 이런 걸 편지라고 해야 할지 모르겠지만, 아무튼 이런 걸 받았습니다."

헨리 경이 테이블 위에 봉투 하나를 올려놓았다. 우리는 모두 그것을 들여다보았다. 아주 흔히 볼 수 있는 회색빛이 감도는 봉투에 '노섬버랜드 호텔, 헨리 바스커빌 경'

이라고 받는 사람의 이름이 흘려 쓴 글씨로 적혀 있었다. 소인은 '채링 크로스 우체국', 소인이 찍힌 날짜는 어제 저녁이었다.

"노섬버랜드 호텔에 묵을 것이라는 사실을 누가 알고 있죠?"

홈즈는 날카로운 시선으로 방문객을 바라보았다.

"아무도 몰랐습니다. 모티머 선생을 만난 다음에 결정한 일이니까요."

"하지만 모티머 선생은 그 호텔에서 묵었겠죠?"

"아니요. 저는 친구 집에서 신세를 좀 졌습니다. 헨리 경이 그 호텔에서 묵을 줄은 아무도 몰랐을 겁니다."

"흠! 누군가가 경의 일거수일투족에 대단한 관심을 쏟고 있는 모양입니다."

홈즈가 봉투에서 편지를 꺼냈다. 종이는 두 번 접혀 있었다. 홈즈는 그것을 테이블 위에 올려놓았다. 종이의 한 가운데에 글이 한 줄 있었는데, 인쇄된 글자를 오려 붙여 만든 문장이었다.

'생명과 상식의 가치를 생각한다면 **황야**에서 멀어
져라.'

'황야'라는 단어만 잉크로 쓰여 있었다. 헨리 바스커빌
경이 말했다.

"홈즈 씨, 어떻습니까? 이게 무슨 의미인지, 제게 이렇
게나 관심을 쏟는 사람이 누구인지 당신이라면 알아낼 수
있지 않겠습니까?"

"모티머 선생, 당신은 어떻게 생각하시죠? 여기에는 초
자연적 현상이 조금도 보이지 않는 것 같은데요."

"그런 것 같습니다. 하지만 이 편지는 그 사건이 초자연
적 현상이라고 믿는 사람이 보냈을 수도 있습니다."

"사건이라니요?"

헨리 경이 날카롭게 물었다. 그리고 떨떠름하게 이어
말했다.

"여러분은 저와 관련된 일을 저보다도 훨씬 더 잘 알고
계신 듯하군요."

"이곳을 나갈 때쯤이면 많은 사실을 알게 될 겁니다. 헨

리 경, 괜찮으시다면 매우 흥미로운 이 편지를 잠깐 조사해보고 싶은데요. 이건 어제 만들어 보낸 것이 틀림없습니다. 왓슨, 어제 자《타임스》지를 어디에 두었지?"

"이쪽에 있네."

"미안하지만 좀 가져다주겠나? 사설이 실려 있는 페이지가 필요하거든."

홈즈가 재빨리 사설을 훑어보았다.

"이 자유 무역에 관한 연설일세. 잠깐 읽어보겠네. '보호관세를 적용하면 각 분야의 무역과 산업이 회복될 것이라고 생각하기 쉽지만, 그것은 커다란 착각이다. 그런 법령은 곧 우리나라를 부에서 멀어지게 하여 수입품의 가치를 감소시키고 이 나라의 생명력을 떨어뜨린다는 사실은 상식이라고 할 수 있을 것이다.' 어떤가 왓슨, 멋진 의견이지 않나?"

홈즈는 기쁘다는 듯이 두 손을 비비면서 큰 소리로 말했다. 모티머 의사는 직업적인 호기심을 느낀 듯 홈즈를 바라보았다. 헨리 바스커빌 경은 어찌된 영문이냐는 듯 검은 눈으로 나를 바라보았다.

"저는 관세 같은 건 잘 모르지만, 문제의 편지와는 그다지 관계가 없는 것 같은데요."

"무슨 말씀을! 관계가 없는 게 아니라……. 역시 생각했던 대로군요. 헨리 경, 여기 있는 왓슨은 당신보다 내 추리 방식을 더 잘 알고 있습니다. 하지만 그런 왓슨조차도 이 기사의 의미를 잘 모르는 듯하네요."

"맞아. 솔직히 말하자면 무슨 관계가 있는 건지 하나도 모르겠네."

"아주 밀접한 관계가 있네. 편지는 이 기사를 오려서 만든 거야. '생명', '상식', '가치', '에서', '멀어' 등을 보게나. 이들 글자를 어디서 오려냈는지 알겠지?"

"아하, 정말이군요. 말씀하신 대로입니다. 정말 대단하십니다."

헨리 경이 큰 소리로 말했다.

"이 사실을 받아들이려 하지 않는 사람이라도, '에서'와 '멀어'라는 두 단어가 하나로 연결되어 있는 것을 본다면 곧 인정할 수밖에 없을 것입니다."

"그렇군요. 말씀하신 대로 되어 있습니다."

"정말 대단합니다. 홈즈 씨. 이렇게 훌륭한 분이실 거라고는 꿈에도 생각하지 못했습니다. 편지의 글자들을 신문에서 오려 냈다는 정도만 꿰뚫어봤다면 저는 이렇게 놀라지 않았을 겁니다. 그런데 당신은 어느 신문인지까지 알고 있었습니다. 게다가 사설에서 오려 냈다는 것까지 알아맞혔습니다. 그렇게 정확하게 추리를 해낼 줄이야. 대체 어떻게 알아낸 겁니까?"

모티머 의사가 정말 놀랐다는 표정으로 홈즈를 바라보았다.

"모티머 선생, 당신은 두개골만 보고도 흑인과 에스키모를 구별해 낼 수 있죠?"

"물론입니다."

"어떻게?"

"그건 제 연구 분야입니다. 둘 사이에는 명백한 차이점이 있으니까요. 앞머리의 돌출 정도, 안면의 각도, 턱뼈의 곡선, 그리고⋯⋯."

"바로 그겁니다. 이게 제 연구 분야니까요. 차이를 아주 명백하게 알 수 있죠. 흑인과 에스키모의 차이만큼 제 눈에는 9포인트 버조이스 활자로 찍은《타임스》지의 지면과 반 패니짜리 석간의 조잡한 인쇄의 차이점이 명확하게 보입니다. 범죄 전문가에게 있어 활자를 식별하는 능력은 아주 초보적인 지식 중 하나입니다. 저도 처음에는《리드 머큐리》지와《웨스턴 모닝 뉴스》지를 혼동한 적이 있습니다. 하지만《타임스》지의 사설은 특징이 뚜렷하기 때문에, 절대로 다른 신문과 혼동할 일이 없습니다. 이 편지는 어제 만들었어요. 그러니까 어제《타임스》지를 보면 편지의 글자들을 찾아 낼 가능성이 높을 거라고 생각한 거죠."

"말씀대로라면 누군가가 신문을 오려서 이 편지를 만들었다는……."

헨리 바스커빌 경의 말이 끝나기도 전에 홈즈가 말했다.

"손톱을 깎는 가위를 사용했어요. '멀어'를 오릴 때 가위질을 두 번 했지요. 그러니까 날이 아주 짧은 가위를 사용했다는 사실을 알 수 있습니다."

"정말이군요. 그렇게 되어 있습니다. 그렇다면 날이 짧은 가위로 글자들을 오려서 풀로……."

"고무풀입니다."

홈즈가 말했다.

"고무풀로 종이에 붙였군요. 그런데 왜 '황야'라는 글자
는 직접 썼을까요?"

"신문에서 찾을 수 없었을 테니까요. 다른 글자들은 흔
히 사용되는 글자들이라 어느 신문에서나 볼 수 있을 것
입니다. 하지만 '황야'라는 글자는 그리 자주 사용되는 글
자가 아닙니다."

"아, 그렇게 설명할 수 있겠군요. 그런데 홈즈 씨, 이 편
지에서 별다른 점은 발견하지 못했습니까?"

"몇 가지, 알아낸 점은 있습니다. 꼬리를 잡히지 않으
려고 꽤 애쓴 듯하군요. 받는 사람의 이름을 아주 심하게
흘려 썼죠? 그런데 《타임스》 지는 높은 교육을 받은 사람
들 외에는 읽지 않는 신문이라고 해도 좋을 겁니다. 그렇
다면 교육을 받은 사람이 그렇지 않은 사람처럼 보이려고
일부러 심하게 흘려 썼다는 사실을 알 수 있습니다. 필적
을 감추려고 했다는 것은 당신이 알고 있는 사람이거나,
앞으로 만나게 될 사람일 가능성이 높지요. 그리고 글자

를 똑바로 자르지 않았죠? 높이가 들쑥날쑥합니다. 예를 들어서 '생명'이라는 글자는 기묘하게 위로 솟아 있잖아요? 이건 자를 때 주의를 기울이지 않았거나 너무 흥분한 나머지 서둘러 잘랐기 때문이지요. 제 생각에는 너무 흥분한 것 같지만요. 이렇게 중요한 편지를 만드는 데 주의하지 않고 잘랐다고는 생각하기 힘드니까요. 만약 서둘러서 자른 거라면, '이번에는 왜 그랬을까?' 하는 흥미진진한 의문이 솟아납니다. 빨리 보내면 헨리 경이 호텔을 떠나기 전에 받아볼 수 있을 거라고 생각했겠죠. 그렇다면 편지를 보낸 그 사람은 방해받을까 봐 염려하고 있었다는 얘긴데, 과연 그 방해자는 누구일까요?"

"이제 추측의 영역으로 들어서는군요."

모티머 의사가 말했다.

"아니요, 여러 가지 가능성을 생각하고 비교해봐서 그 중에서 가장 가능성이 높은 것을 추려내는 영역이라고 해야겠지요. 상상력을 과학적으로 활용하는 겁니다. 그리고 제 추론은 언제나 물적 증거에 바탕을 두고 있습니다. 당신은 추측이라고 말할지 모르겠지만, 받는 사람의 이름을 쓴 것으로 보아 이 편지는 틀림없이 호텔에서 쓴 겁니다."

"그걸 어떻게 알 수 있습니까?"

"편지를 잘 보세요. 이걸 쓴 사람이 펜과 잉크 때문에 애를 먹었다는 사실을 잘 알 수 있을 겁니다. 한 글자를 쓰는 데 펜이 세 번이나 종이에 걸렸어요. 짧은 이름인데도 세 번이나 잉크가 떨어졌다는 것은 잉크병에 잉크가 거의 남아 있지 않았다는 사실을 말해주는 겁니다. 잘 생각해보세요. 자기 펜의 잉크라면 그렇게 될 때까지 그냥 내버려두지는 않을 겁니다. 그것도 양쪽 모두 그런 상태에 있다니요, 생각할 수도 없는 일입니다. 하지만 잘 아시는 바와 같이 호텔에 비치된 펜과 잉크는 늘 그런 상태입니다. 그렇지 않은 것들을 찾아보기 힘들 정도죠. 만약 채링 크로스 가 부근에 있는 호텔들의 쓰레기통을 뒤져서 사설이 오려진 《타임스》 지를 찾아내기만 한다면, 이 기묘한 편지를 보낸 사람을 간단하게 잡을 수 있을 겁니다. 앗! 이건 뭐지?"

홈즈가 글자를 붙여놓은 종이를 눈앞으로 바싹 가져다 찬찬히 살펴보았다.

"왜 그러십니까?"

"아니, 아무것도 아니에요. 그냥 흰 종이였군요. 아무런 무늬도 없어요. 이 기묘한 편지로는 더 이상 알아낼 게 없을 듯하네요. 헨리 경, 런던에 오신 이후로 다른 이상한 일은 없었나요?"

홈즈가 편지를 내려놓으며 말했다.

"글쎄요. 없었습니다."

"누군가가 미행하거나 감시하고 있는 듯한 느낌을 받은 적도 없나요?"

"마치 모험 소설의 세계 속으로 들어온 듯한 기분이네요. 제가 무엇 때문에 미행을 당하거나 감시를 당하겠습니까?"

헨리 경이 말했다.

"지금부터 그것을 조사해야죠. 그 전에 뭔가 들려주실 말씀은 없나요?"

"말할 만한 가치가 있을지 모르겠지만 말입니다."

"평범한 일만 아니라면 무엇이든 상관없습니다."

홈즈의 말에 헨리 경이 빙그레 웃으며 말했다.

"저는 지금까지 대부분을 미국과 캐나다에서 살아왔기 때문에, 영국 생활에 대해서는 아는 게 거의 없습니다. 하지만 부츠 한 짝을 잃어버린 건 영국에서도 평범한 일은 아니겠지요?"

"부츠 한 짝을 잃어버리셨나요?"

"헨리 경, 단순 분실이라니까요. 호텔에 가면 바로 찾을 수 있을 겁니다. 그런 하찮은 일은 홈즈 씨에게 말씀드려 봐야 별 도움이 안 될 겁니다."

모티머 의사가 참견했다.

"하지만 홈즈 씨께서 평범한 일이 아니라면 뭐든 말을 해달라고 하시니까요."

"그렇습니다. 아무리 하찮아 보이는 일이라도 상관없습니다. 부츠 한 짝이 없어졌다고요?"

"글쎄, 제가 잘 챙기지 않은 잘못이지만요. 어젯밤에 방 밖에 나란히 내놓았는데, 오늘 아침에 보니 한 짝밖에 없었습니다. 구두닦이에게도 물어보았지만, 잘 모르겠다는 겁니다. 어젯밤에 스트랜드 가에서 새로 산 부츠라 아직 신어보지도 못했습니다. 정말 화가 납니다."

"한 번도 신지 않았는데 왜 닦으려고 내놓은 거지요?"

"갈색 부츠였는데, 광택이 나지 않았습니다. 그래서 닦아야겠다고 생각했습니다."

"그럼 어제 런던에 도착해서 호텔을 잡은 뒤 바로 외출해서 부츠를 사신 거군요?"

"여러 가지 물건을 샀습니다. 모티머 선생께서 함께 가 주셨습니다. 시골의 지주가 돼야 하는 거라면, 그에 어울리는 차림을 해야 하니까요. 캐나다에 있었을 때는 그런 것에 신경 쓰지 않았습니다. 그래서 어제 산 것 중 하나가 갈색 부츠였습니다. 6달러나 했습니다. 그런데 한 번 신어보기도 전에 한 짝을 도둑맞은 거지요."

"어쨌든 조금 이상한 도둑이군요. 한 짝만 가져다 어디에 쓰려는 건지. 모티머 선생 말씀대로 곧 찾을 수 있을 것 같다고 밖에는 드릴 말씀이 없네요."

홈즈가 말했다.

"여러분, 이제 제가 알고 있는 모든 것을 다 말했습니다. 약속한 대로 어떻게 된 일인지 들려주시기 바랍니다."

헨리 경이 야무진 목소리로 말했다.

"그래야겠지요. 모티머 선생, 우리에게 들려준 이야기를 다시 한 번 들려주시는 것이 나을 것 같은데요."

홈즈가 권하자 모티머 의사는 주머니에서 문서를 꺼내며 어제 아침에 했던 이야기를 다시 한 번 시작했다. 헨리 바스커빌 경은 가만히 귀를 기울여 이야기를 듣다가 종종 놀랍다는 듯 소리를 질렀다. 긴 얘기가 끝나자 헨리 경이 말했다.

"그렇습니까? 그렇다면 저는 유산과 함께 저주도 상속하게 된 셈이군요. 그 개에 대한 이야기는 어렸을 때부터 들었습니다. 우리 집안에서는 종종 들을 수 있는 이야기였으니까요. 하지만 저는 한 번도 심각하게 받아들인 적이 없습니다. 어쨌든 백부님께서 돌아가셨다니……. 머릿속이 뒤죽박죽이어서 뭐가 뭔지 하나도 모르겠습니다. 여러분도 이 사건을 경찰에 이야기해야 할지, 목사에게 이야기해야 할지 결정을 내리지 못한 듯합니다만."

"그렇습니다."

"그런데 호텔에 묵고 있는 제게 편지가 온 거로군요. 이 일도 사건과 무슨 관계가 있는 것 같고요."

"황야에서 무슨 일이 있었는지 우리보다 더 자세히 아는 사람이 있는 것 같습니다."

모티머 의사가 말했다.

"그 사람은, 경에게 위험을 알리려 했던 것이니 악의는 품고 있지 않을 겁니다."

홈즈가 말했다.

"음모에 방해가 되기 때문에 제게 겁을 주려 드는 걸지도 모릅니다."

"물론 그렇게 생각할 수도 있겠죠. 모티머 선생, 여러 가지 재미있는 추론이 가능한 수수께끼를 들려주셔서 감사합니다. 이제 현실적인 문제를 생각해보죠, 헨리 경이 이대로 바스커빌 저택으로 들어가느냐 마느냐에 대해서 말입니다."

"제가 바스커빌 저택으로 가면 안 될 이유라도 있습니까?"

"위험 요소가 있으니까요."

"바스커빌 가에 내린 악마가 위험한 겁니까, 아니면 베일 속의 인물이 위험한 겁니까?"

"지금부터 그걸 밝혀내야겠지요."

"어느 쪽이든 제 대답은 분명합니다. 홈즈 씨, 이 세상에 악마는 없습니다. 그리고 세상의 누구도 내가 조상이 물려준 보금자리로 들어가는 것을 막지 못합니다. 이 결심은 절대로 바뀌지 않을 겁니다."

헨리 경은 상기된 얼굴로 시커먼 눈썹을 꿈틀거리며 말했다. 바스커빌 가의 불같은 기질이 이 마지막 후예에 와서 사라진 것은 아니었다.

"어쨌든 이야기를 듣고 생각해볼 시간이 너무 짧습니다. 누구도 이 자리에서 이해하고 판단할 수는 없을 것입니다. 아, 벌써 11시 반입니다. 홈즈 씨, 저는 이대로 호텔로 돌아가겠습니다. 왓슨 박사님과 함께 2시까지 와주실 수 있겠습니까? 점심 식사를 함께하고 싶습니다. 그때면 저도 마음을 확실하게 정할 수 있을 겁니다."

"왓슨, 자네 괜찮은가?"

"난 괜찮네."

"그럼 같이 가도록 하지요. 마차를 불러드릴까요?"

"아닙니다. 걸어가겠습니다. 이번 일로 머리가 좀 멍해서요"

"그럼 저도 같이 걷겠습니다."

모티머 의사가 말했다.

"그럼 2시에 기다리고 있겠습니다. 안녕히 계십시오."

계단을 내려가는 두 사람의 발소리가 들려온 뒤, 현관 문이 닫히는 소리가 들렸다. 그 순간 홈즈는 게으른 몽상가에서 부지런한 활동가로 변신했다.

"왓슨, 모자를 쓰고 구두를 신게. 서둘러! 어서 서두르라고!"

그는 자신의 방으로 뛰어 들어가더니 순식간에 프록코트를 입고 다시 나왔다. 우리는 계단을 뛰어 내려가 거리로 나섰다. 180미터 정도 떨어진 곳에 옥스퍼드 가를 향해 걸어가는 모티머 의사와 헨리 경의 모습이 보였다.

"뛰어가서 불러 세울까?"

"그럼 안 되지. 자네만 괜찮다면 우리 둘이면 족하네. 저 두 사람은 아주 현명한 사람들이야. 산책하기에는 정말 좋은 날씨 아닌가?"

홈즈는 빠른 걸음으로 걷기 시작했다. 거리는 곧 90미터 정도로 줄어들었다. 우리는 그대로 옥스퍼드 가에서 리젠트 가까지 따라갔다. 그들이 잠깐 걸음을 멈추고 가게의 진열대 안을 들여다보자 홈즈도 똑같은 행동을 했다. 그 직후, 홈즈는 조그맣게 환호성을 올렸다. 그의 시선을 따라가보니 영업용 이륜마차가 천천히 움직이고 있었다. 길 건너편에 멈춰 있던 이륜마차에는 한 남자 손님이 타고 있었다.

"왓슨, 저 사람일세! 따라가자고! 지금은 어쩔 수 없으니 얼굴이라도 확실히 봐두게."

그 순간 마차의 옆 창문을 통해서 검은 수염이 덥수룩하게 자란 사내가 날카로운 눈으로 우리를 쳐다보는 게 느껴졌다. 사내는 곧 마부석과 통하는 곳에 드리워진 막을 들어 올리더니 마부에게 다그치듯 무엇인가를 명했다. 마차는 미친 듯이 달려 리젠트 가를 빠져나갔다.

영업용 마차를 찾아 주위를 살펴보았지만, 빈 마차는 한 대도 보이지 않았다. 그러자 홈즈는 갑자기 마차들의 물결 속으로 뛰어들어 맹렬한 속도로 달리기 시작했다. 하지만 마차는 이미 사라지고 없었다.

"이런, 운이 없기도 했지만 나도 지독히 서툴렀어. 그렇지 않은가?"

마차의 물결을 헤치고 나온 홈즈가 숨을 헐떡이며 말했다.

"왓슨, 자네가 정직한 사람이라면 나의 성공담 옆에 오늘의 이 사건도 나란히 기록해주게."

그의 얼굴은 약이 올라 파랗게 변해 있었다.

"그 사람은 누굴까?"

"전혀 짐작도 안 가는군."

"염탐꾼일까?"

"글쎄, 아까 들은 얘기에 비추어볼 때 그것은 틀림없네. 헨리 경은 런던에 도착한 이후 누군가에게 계속 미행당했어. 그렇지 않고서야 경이 노섬버랜드 호텔에 투숙했다는 사실을 어떻게 그리 빨리 알아냈겠는가? 나는 저들이 첫날에 경을 미행했다면 둘째 날도 역시 경을 미행할 거라고 생각했네. 자네도 눈치 챘겠지만 아까 모티머 선생이 헨리 경에게 이야기를 들려주는 동안 내가 창가에 두 번 다가간 것 기억나나?"

"그랬었지."

"거리를 어슬렁거리는 자를 찾아봤는데, 결국 발견하지 못했다네. 왓슨, 상대는 빈틈없는 녀석이야. 이 사건은 수수께끼투성이일세. 우리의 상대가 선의를 품고 있는지 악의를 품고 있는지는 모르겠지만, 머리가 좋은 계획적인 사내라는 점만은 확실해. 두 사람이 우리 집에서 나간 뒤 바로 뒤를 밟은 것은, 그들을 미행하는 자를 알아낼 수 있을 것 같아서였네. 그는 아주 교활한 자여서, 마차를 이용해서 두 사람이 눈치 채지 못하게 천천히 따라가기도 하고, 앞질러 가기도 했을 걸세. 마차를 이용하면 유리한 점이 또 하나 있지. 상대가 마차를 탄다 해도 결코 놓치지 않는다는 점이야. 하지만 한 가지 결점도 있기는 하네."

"마부에게 모든 걸 맡겨야 한다는 점이겠지."

"그렇다네."

"마차의 번호를 기억해두었으면 좋았을 걸."

"왓슨, 내가 아무리 멍청한 짓을 했다지만, 정말로 마차의 번호를 놓쳤다고 생각하는 건 아니겠지? 2704번이었어. 하지만 지금은 별 도움이 되지 않을 걸세."

"자네도 할 만큼은 했네."

"그 마차를 발견한 순간 바로 뒤로 돌아섰어야 하는 건데. 그런 다음 마차를 잡아타고 적당한 거리를 두고 뒤쫓거나, 노섬버랜드 호텔로 먼저 가서 기다렸어야 했어. 그수수께끼의 인물이 헨리 경을 따라 호텔로 오면, 그때 그가 어디로 가는지 확인했어야 하는데…… 너무 서두르는 바람에 눈 깜짝할 사이에 적을 놓쳐버리고 말았다네. 그때문에 우리의 계획은 엉망이 됐고."

우리가 이런 얘기를 나누면서 리젠트 거리를 천천히 걷는 동안 앞서가던 두 사람은 어느새 시야에서 사라져버리고 말았다.

"이젠 두 사람을 따라가봐야 별수 없을 걸세. 미행자는 사라져버렸고, 다시는 돌아오지 않을 테니까. 이젠 어떤 방법을 써야 할지 잘 궁리해보고 거기에 승부를 걸어야겠네. 마차에 타고 있던 사람의 얼굴은 보았나?"

"얼굴을 온통 덮고 있는 수염만은 확실히 보았다네."

"나도. 하지만 아무리 생각해도 가짜 수염일 것 같군. 그렇게 빈틈없는 사람이 미행하면서 눈에 띄는 수염을 그냥 뒀겠나? 얼굴을 가리기 위해 붙인 거겠지. 왓슨, 여기에 잠깐 들렀다 가야겠네."

홈즈가 한 속달 우편 취급 회사의 지점으로 들어서며 말했다. 지배인이 아주 상냥하게 홈즈를 맞았다.

"아, 윌슨 씨. 전에 있었던 조그만 사건을 아직도 기억하고 계시는군요."

"잊을 리가 있겠습니까? 제 명예를 지켜주신걸요. 아니, 제 목숨을 구해준 거나 다름없습니다."

"그건 좀 과장이에요. 그건 그렇고, 여기에 카트라이트라는 소년이 있죠? 그 사건 때 상당히 큰 도움을 받았잖아요."

"네, 아직 일하고 있습니다."

"미안하지만 좀 불러줘요. 그리고 이 5파운드 지폐를 잔돈으로 바꿔주시고요."

영리해 보이는 열네 살짜리 소년이 지배인의 부름을 받고 나왔다. 소년은 존경심을 품고 유명한 탐정의 얼굴을 가만히 올려다보았다.

"호텔 리스트 좀 보여주세요. 고마워요. 자, 카트라이트, 여기에 스물세 군데의 호텔이 있지? 전부 채링 크로스 부근에 있는 호텔들이다."

"네."

"이 호텔을 모두 다 방문하거라."

"네, 알겠습니다."

"우선 문지기들에게 1실링씩 건네주며 시작해야 할 게다. 자, 이게 거기에 쓸 23실링이다."

"네."

"그런 다음, 어제 나온 폐지를 보여달라고 하렴. 중요한 전보를 잘못 배달했다고 하면 되겠지. 그래서 찾는 거라고. 알겠니?"

"네."

"하지만 네가 진짜로 찾아야 할 건 가위로 중간 부분을 몇 군데 오려낸 《타임스》지란다. 이게 바로 《타임스》지야. 이 페이지니까 잘 봐둬. 너라면 금방 알 수 있을 거다. 알겠지?"

"알겠습니다."

"어느 호텔에서나 문지기는 홀 포터를 부를 거야. 그 포터에게도 1실링씩을 건네주거라. 이게 거기에 쓸 23실링

096

이다. 스물세 군데 호텔 중에서 스무 군데 정도는 어제 나온 폐지를 태워버렸거나 처분했다고 할 거야. 그리고 나머지 세 군데 정도는 산더미처럼 쌓인 종이를 보여줄 거고, 바로 거기서 《타임스》지의 이 부분을 찾아내야 돼. 발견할 확률은 아주 낮을 거야. 10실링을 줄 테니까 만일의 경우에 쓰도록 해라. 저녁 전까지 베이커 가에 있는 우리 집으로 전보를 보내다오. 자, 왓슨. 이제는 우리가 할 일만 남았군. 전보로 2704번 마차의 마부에 대해서 물어보자고. 그리고 본드 가의 화랑에서 시간을 보내다 노섬버랜드 호텔로 가는 것이 좋을 듯하네."

끊어진 세 가닥 실

셜록 홈즈는 자신의 감정을 잘 조절하는 사람이었다. 그는 두 시간 동안 우리가 몰입해 있던 사건을 완전히 잊어버린 듯, 벨기에 거장의 그림에 완전히 매혹되어 있었다. 화랑에서 나와 노섬버랜드 호텔까지 가는 동안, 미술에 관해서는 거의 아는 것도 없으면서 그것에 대해서만 이야기했다.

"헨리 바스커빌 경이 위에서 기다리고 계십니다. 손님이 오시면 곧바로 안내하라는 말씀이 있었습니다."

프론트 담당이 말했다.

"숙박부를 좀 볼 수 있을까요?"

홈즈가 물었다.

"여기 있습니다."

숙박부에는 바스커빌 밑으로 두 그룹의 이름이 적혀 있었다. 하나는 뉴캐슬 시의 테오필루스 존슨과 그의 가족, 나머지 하나는 하이로지에서 온 올드모어 부인과 하녀였다.

"이건 내가 알고 있는 존슨일 거야. 변호사이고 백발에 걸을 때 다리를 절지 않소?"

홈즈가 프론트 담당에게 물었다.

"아닙니다. 이 존슨 씨는 광산의 주인입니다. 아주 활달한 분으로 나이도 선생님과 비슷할 겁니다."

"광산의 주인일 리가 없는데."

"아닙니다. 존슨 씨는 오랫동안 저희 호텔을 이용하셨기 때문에 잘 알고 있습니다."

"올드모어라는 이름도 들어본 적이 있는 것 같은데. 귀찮게 해서 미안하네만, 아는 사람을 만나러 왔다가 다른 사람을 만나게 되는 경우가 종종 있거든."

"부인은 몸이 약하십니다. 남편 되시는 분이 글로스터

시장을 지내셨다는 이야기를 들었습니다. 런던에 오시면 언제나 우리 호텔에 묵으십니다."

"고마워요. 아무래도 내가 알고 있는 분이 아닌 듯하군."

계단을 오르며 홈즈가 내게 가만히 털어놓았다.

"왓슨, 그런 걸 물은 건 중요한 사실을 확인하기 위해서 였다네. 이것으로 우리의 친구 바스커빌에게 묘한 관심을 쏟는 인물이 이 호텔에 묵고 있지 않다는 사실을 알게 되었네. 즉 아주 주의 깊게, 상대에게 자신의 모습이 드러나지 않도록 감시한다는 뜻이지. 어떤가? 아주 의미심장한 일 아닌가?"

"뭐가 의미심장하다는 거지?"

"그건 말이지……."

"이런, 무슨 일입니까?"

계단을 오르자마자 우리는 헨리 바스커빌 경을 만나게 되었다. 그는 화가 나서 얼굴이 시뻘겋게 달아올라 있었는데, 한쪽 손에 낡은 부츠를 하나 들고 있었다. 그는 너무 화가 나서 말도 제대로 안 나오는 모양이었다. 간신히 말을 할 수 있게 되었을 때, 그의 입에서는 서부 지역 사투리가 튀어나왔다. 오늘 아침과는 전혀 다른 말투였다.

"이 호텔에서는 나를 바보로 알고 있는 건가? 장난도 사람을 보아가면서 치라고. 그러다 큰코다칠 줄 알아! 만약 부츠를 찾아오지 못하면, 그땐 각오들 하고 있어. 홈즈 씨, 저도 가끔 장난을 칩니다. 하지만 이건 너무 도가 지나쳤습니다."

헨리 경이 고함을 질렀다.

"아직 부츠를 못 찾으셨나요?"

"네, 아직 못 찾았습니다. 무슨 수를 써서라도 찾아내고야 말 겁니다."

"없어진 건 분명히 갈색 부츠라고 하지 않으셨나요?"

"네, 맞습니다. 그런데 이번에는 제가 신던 검은 부츠가 없어졌어요."

"뭐라고요? 설마?"

"그렇다니까요. 저는 신발이 세 켤레밖에 없습니다. 어제 산 갈색 부츠, 낡고 검은 부츠, 지금 신고 있는 이 에나멜 구두, 이렇게 세 켤레입니다. 어제는 갈색 부츠를 도둑맞았고, 오늘은 검은색 부츠를 도둑맞았다니까요. 이봐, 찾았나? 멍청하게 서 있지만 말고 뭐라고 말 좀 해보라고!"

독일인 직원이 다가왔다. 겁을 먹은 듯한 표정이었다.

"죄송합니다. 호텔 안을 샅샅이 뒤져봤지만 도저히 찾을 수가 없습니다."

"뭐라고? 저녁까지는 꼭 찾아내라고. 아니면 지배인을 불러다 당장 이 호텔에서 나가겠다고 말할 테다."

"반드시 어딘가에 있을 겁니다. 선생님, 조금만 참고 기다려주시면 꼭 찾아드리겠습니다."

"암, 당연히 그래야지. 이제 이런 도둑놈 소굴에서 더이상 참고 있지 않을 테니까. 홈즈 씨 이렇게 사소한 일로 시끄럽게 해드려서 정말 죄송하군요."

"아니요. 화가 날 만한 일입니다."

"정말로 그렇게 생각하시나요?"

"경은 어떻게 생각하십니까?"

"생각하고 싶지도 않습니다. 이처럼 어처구니없는 일은 내 평생 처음입니다."

"정말로 이상한 일이에요."

홈즈가 생각에 잠기며 말했다.

"홈즈 씨는 어떻게 생각하십니까?"

"사실은 저도 잘 모르겠어요. 헨리 경, 이번 사건은 정말 복잡해요. 백부님의 죽음과 연관지어 생각해볼 때, 제가 지금까지 다뤄온 500여 건의 사건 중에서 이처럼 알 수 없는 사건도 없습니다. 하지만 단서가 될 만한 실마리 몇 가닥을 쥐고 있어요. 그것들로 풀어나가면 진상을 알게 될 겁니다. 잘못된 단서를 따라가다가 시간만 낭비하게 될지도 모르지만, 언젠가는 반드시 제대로 된 단서를 따라갈 수 있을 겁니다."

즐거운 점심 식사 시간이었는데, 정작 그 자리에서는 우리를 이렇게 만나게 해준 사건에 대해서는 거의 이야기를 나누지 않았다. 식사를 마치고 응접실에서 편안한 시간을 보낼 때 비로소 홈즈가 헨리 경에게 어떻게 할 것인지 물었다.

"바스커빌 저택으로 갈 생각입니다."

"언제요?"

"이번 주말에 가겠습니다."

"현명한 결정을 하셨군요. 당신은 지금 미행당하고 있어요. 확실한 증거도 있지만, 인구 수백만에 달하는 대도시에서 상대의 정체와 의도를 밝혀내는 것은 그다지 쉬운 일이 아닙니다. 어떤 음모를 가지고 당신을 해치려는 건지도 모르죠. 하지만 우리는 그걸 막을 수 있다고 장담할 수가 없어요. 모티머 선생, 오늘 아침에 우리 집에서 나간 뒤부터 계속 미행당했다는 사실을 모르셨죠?"

모티머 의사가 놀라 당황하며 말했다.

"미행이라고요? 대체 누구였죠?"

"안됐지만 그게 누군지는 나도 잘 모릅니다. 다트무어의 지인이나 부근에 사는 사람들 중에 검은 턱수염을 기르는 사람이 있나요?"

"아니요. 아, 잠깐만, 있습니다. 배리모어요. 찰스 바스커빌 경의 집사가 검은 턱수염을 기르고 있습니다."

"그렇군요. 그런데 배리모어는 어디에 있죠?"

"바스커빌 저택을 관리하고 있지요."

"그가 정말 거기에 있는지, 혹시 런던에 오지 않았는지 확인할 수 있는 좋은 방법이 있습니다."

"어떤 방법입니까?"

"전보용지가 있으면 좀 주세요. '헨리 경을 맞을 준비는 되어 있는가?'라고 써서 보내면 되지요. 받는 사람은 바스커빌 저택의 배리모어로 하고요. 가장 가까이에 있는 전신국이 어디죠? 그림펜이라, 아주 좋습니다. 그다음엔 그림펜의 전신국장 앞으로도 전보를 보내야 합니다. '배리모어 씨에게 보낸 편지는 반드시 당사자 앞으로 직접 배달할 것. 만약 부재중이면 노섬버랜드 호텔, 헨리 바스커빌 경 앞으로 반송해주기 바람.' 그러면 오늘 안으로 그가 제 위치에 있는지 알 수 있습니다."

"그렇군요."

헨리 경이 말했다.

"그런데 모티머 선생, 이 배리모어란 사람은 어떤 인물이지요?"

"그는 이미 고인이 된 관리인의 아들입니다. 4대째 바스커빌 저택의 관리자로 일하고 있지요. 제가 알기로는, 배리모어 부부는 그 부근에서 평판이 좋습니다."

"바스커빌 저택에 주인이 없으면 그 부부는 편안하게 생활을 할 수 있겠죠?"

"그렇습니다."

"찰스 경의 유언에는 배리모어의 몫도 있습니까?"

"부부가 각각 500파운드씩 받았습니다."

"허, 그 사람들은 자기들도 유산을 받게 된다는 걸 알고 있었나요?"

"네. 찰스 경은 유언장의 내용을 즐겨 말씀하시고는 했습니다."

"아주 재미있네요."

"찰스 경으로부터 유산을 받은 사람이라고 해서 의심의 눈초리로 보지 말았으면 합니다. 저도 1,000파운드를 받았으니까요."

"아, 그래요? 그 외에 또 받은 사람이 있나요?"

"아주 적은 액수이지만 많은 사람이 받았습니다. 그리고 상당수의 자산 단체에서도 돈을 받았습니다. 나머지는 전부 헨리 경의 몫입니다."

"그 나머지라는 게 얼마나 되지요?"

"74만 파운드입니다."

홈즈가 놀라 눈을 크게 떴다.

"액수가 그렇게 큰 줄은 몰랐어요."

"찰스 경이 재산가라는 얘기는 익히 들었지만, 그 액수는 증서와 증권 등을 조사해보고 나서야 알게 되었습니다. 총액이 100만 파운드 가까이 됩니다."

"그랬군. 그 정도라면 목숨 걸고 뛰어들 인물이 나타난다 해도 조금도 이상할 것이 없겠어. 모티머 선생, 한 가지만 더 물어볼게요. 만약 여기에 계신 젊은 분에게 무슨 일이 일어난다면, 별로 유쾌하지 않은 가정을 세워 정말 미안합니다만 재산은 누가 상속하게 되나요?"

"찰스 경의 막내 동생인 로저 바스커빌 경은 결혼도 하지 않고 죽었으니, 데스몬드 가의 사람이 상속하게 됩니다. 먼 친척이긴 하지만 사촌 형제에 해당합니다. 제임스 데스몬드 씨는 웨스트모랜드 주에서 목사를 하고 계시는데 꽤 나이가 든 분입니다."

"고맙습니다. 아주 흥미로운 얘기네요. 제임스 데스몬드 씨를 만난 적이 있나요?"

"네. 전에 찰스 경을 찾아온 적이 있었습니다. 청빈한 생활을 하고 있는 아주 훌륭한 목사였습니다. 찰스 경이 유산을 물려주겠다고 했지만, 좀처럼 받으려 들지 않아서 억지로 떠밀다시피 해서 유산을 물려주었습니다."

"그럼 그렇게 검소하신 분이 헨리 경에게 무슨 일이 생긴다면 찰스 경의 어마어마한 재산을 상속하게 된다는 말인가요?"

"한정 상속이기 때문에 부동산만 상속하게 됩니다. 동산도 상속할 수는 있지만, 그건 헨리 경이 유언으로 다른 사람을 지정하지 않았을 경우에만 가능한 일입니다."

"헨리 경, 당신도 유언장을 쓰셨나요?"

"아니요. 썼을 리가 없지 않습니까? 홈즈 씨, 사정이 이렇게 된 건 어제 처음 들었습니다. 하지만 나는 어떤 경우든 돈은 작위와 영지를 따라가야 한다고 생각합니다. 돌아가신 백부님도 그렇게 생각하셨습니다. 토지와 저택을 유지해나갈 만큼의 돈이 없다면 바스커빌 가의 영광을 되찾을 수도 없을 겁니다. 저택, 토지, 돈은 함께 관리해야 합니다."

"저도 그렇게 생각해요. 헨리 경, 서둘러 데번셔로 가야겠다는 당신의 의견에는 저도 동의합니다. 하지만 거기에는 한 가지 조건이 있습니다. 혼자 가서는 안 된다는 것입니다."

"모티머 선생께서 함께 가시지 않습니까?"

"하지만 모티머 선생은 다른 일도 있고, 집도 바스커빌 저택에서 몇 킬로미터나 떨어져 있어요. 아무리 신경을 쓴다 해도 무슨 일이 생겼을 때 제때 도착하지 못할 우려가 있어요. 헨리 경, 아무리 생각해도 혼자 가는 건 위험해요. 언제나 당신 곁에 있을 수 있는 사람을 데려가야 합니다."

"홈즈 씨, 당신이 함께 가주실 수는 없습니까?"

"위험한 일이 일어날 조짐이 보인다면 그때는 무슨 수를 써서라도 달려가지요. 하지만 이해해주시기 바랍니다. 저는 여러 가지 일에 쫓기고 있는 데다 의뢰인도 헤아릴 수 없이 많아요. 오랫동안 런던을 떠나 있을 수 없는 상황이에요. 지금도 영국에서 가장 존경받고 있는 분이 협박 때문에 명예를 잃을 위기에 놓여 있어요. 비극적인 스캔들을 막을 수 있는 건 저밖에 없어요. 그래서 저는 다트무어에 갈 수 없습니다."

"그렇다면 다른 사람을 추천해주십시오."

홈즈가 내 팔에 손을 얹으며 말했다.

"왓슨과 함께 가신다면 무슨 일이 일어나더라도 옆에서 커다란 힘이 되어드릴 것입니다. 그건 제가 보장하지요."

갑작스런 이야기에 나는 깜짝 놀랐다. 그런데 대답을 하기도 전에 헨리 경이 내 손을 잡으며 말했다.

"왓슨 박사님, 정말 기쁩니다. 당신은 저에 대해서도, 일의 사정에 대해서도 잘 알고 계십니다. 바스커빌 저택으로 오셔서 도움을 주신다면 그 은혜는 평생 잊지 않겠습니다."

나는 모험의 냄새가 나면 그 유혹을 참지 못한다. 게다가 홈즈의 말이 나의 마음을 흔들어놓았으며, 준남작도 함께 가주기를 열렬히 바라고 있었다.

"기꺼이 가겠습니다. 이보다 더 유익하게 시간을 보낼 수 있는 일도 없을 겁니다."

"모든 일에 대해서 상세하게 알려주기 바라네. 왓슨, 틀림없이 위험이 닥쳐올 걸세. 그럴 조짐이 보이면 내가 어떻게 해야 할지를 알려주겠네. 토요일에 출발할 수 있겠지?"

홈즈가 말했다.

"어떻습니까? 왓슨 박사님."

"갈 수 있습니다."

"그럼 특별한 일이 없는 한 토요일에 패딩턴 발 10시 반 기차에서 뵙겠습니다."

우리가 자리에서 일어났을 때, 헨리 경이 기쁘다는 듯 소리를 질렀다. 그는 방 한구석으로 달려가더니 장식장 밑에서 갈색 부츠 한 짝을 끄집어냈다.

"없어졌던 내 부츠다!"

그가 큰 소리로 말했다.

"이번 문제가 이렇게 간단히 풀렸으면 좋으련만."

셜록 홈즈가 말했다.

"하지만 정말 이상합니다. 점심 식사 전에 분명히 이 방을 다 찾아보았거든요. 그때는 부츠가 없었습니다."

헨리 경의 말에 모티머 의사가 말했다.

"그럼 점심을 먹는 동안에 직원이 가져다 놓은 거겠죠."

호출을 받고 달려온 독일인 급사는 자신은 전혀 모르는 일이라고 대답했고, 아무리 조사해도 진상은 밝혀지지 않았다. 차례차례로 일어나는, 정체를 알 수 없는 괴사건이 하나 더 늘어난 셈이었다. 찰스 경의 죽음을 둘러싼 괴상한 이야기는 그렇다 치더라도, 겨우 이틀 동안 알 수 없는 사건들이 연속해서 일어났다. 인쇄된 글자로 만든 편지, 이륜마차를 타고 있던 검은 턱수염의 사내, 새로 산 부츠의 분실, 낡은 검은 부츠의 분실, 그리고 방금 전에 되찾은 새로 산 부츠 등.

홈즈는 마차를 타고 베이커 가로 돌아오는 동안 내내 말이 없었다. 눈살을 찌푸린 채 골똘히 생각에 잠긴 그의 얼굴을 보니, 그도 나와 마찬가지로 아무런 관련이 없어 보이는 기이한 사건들을 어떤 논리적 맥락 속에 끼워 넣느라 고심하는 모양이었다. 오후 내내, 저녁 늦게까지 홈즈는 줄담배를 피우며 생각에 잠겨 있었다.

저녁 식사 직전에 두 통의 전보가 도착했다. 첫 번째 전보는 다음과 같았다.

'배리모어가 저택에 있다는 소식을 방금 들었음.'

두 번째 전보는 이랬다.

'지시대로 호텔 스물세 곳을 찾아다녔지만 오려진《타임스》지를 찾는 데 실패했음.'

"왓슨, 두 가닥의 실이 끊어졌군. 이렇게 일이 안 풀릴수록 투지가 더욱 불타오른단 말이야. 이젠 다른 단서를 따라가봐야겠군."

"아직 그 염탐꾼을 태웠던 마차가 남아 있지 않은가?"

"그렇지. 이미 마차 등록소에 전보를 쳤다네. 마부의 이름과 주소를 알아내기 위해서. 아, 저건 답장이 온 걸까?"

현관의 벨이 울린 건 답장이 아니라 고맙게도 마부 본인이었다. 방문이 열리자 한눈에도 마부처럼 생긴 사람이 굳은 표정으로 들어왔다.

"사무실에서 연락을 받고 오는 길입지요. 여기 사시는 분이 2704번 마차에 대해 묻고 싶은 것이 있다고 해서."

그가 이어 말했다.

"7년째 마차를 몰고 있지만 여태까지 손님들에게 불평

한마디 들어본 적이 없습니다. 당사자를 만나서 무슨 일인지 직접 들어보려고 곧장 이리로 왔지요."

"불만이 있어서 자네를 부른 게 아닐세. 불만은커녕 자네가 묻는 말에 확실하게 대답해준다면 반 파운드를 줄 생각이라네."

"야, 오늘은 정말 운수대통한 날이로군요. 그래, 뭘 알고 싶은 겁니까?"

마부가 기쁜 듯이 소리 내어 웃었다.

"우선 자네의 이름과 주소를 알고 싶네. 나중에 다시 물어볼 일이 생길지 모르니까."

"존 클레이튼, 버로우 구 터페이 거리 3번지에서 살고 있습니다. 워털루 역 옆에 있는 시플레이 마차 사무소에 소속되어 있고요."

홈즈는 그것을 받아 적었다.

"클레이튼, 오늘 아침 10시에 우리 집을 엿보다가 그후 리젠트 가까지 두 신사를 미행해 따라갔던 손님에 대해 말해주게."

마부의 얼굴에 놀라는 빛이 역력했다. 그리고 조금 난

처한 듯한 기색을 보였다.

"당신은 모든 걸 알고 있으니 얘기해봤자 별로 도움이 될 것 같지는 않습니다. 사실 그 신사가 자신은 탐정이니 누구에게도 이 사실을 말하면 안 된다고 했기 때문에……."

"이봐, 이건 아주 중요한 일이네. 그리고 자네가 자꾸 숨기려 들면 아주 난처한 입장에 빠지게 될 거야. 그 손님이 자기가 탐정이라고 했다고?"

"네."

"언제 그런 말을 했지?"

"내릴 때 했습니다."

"그 외에 다른 말은 하지 않았나?"

"자기 이름을 말했습니다."

홈즈는 이젠 됐다는 듯한 표정으로 나를 힐끗 쳐다보았다.

"그래? 어리석은 짓을 했군. 이름을 뭐라고 하던가?"

"셜록 홈즈라고 했습니다."

마부의 대답에 홈즈는 어처구니가 없다는 표정으로 한

동안 눈을 껌벅거릴 뿐이었다. 그러다 곧 웃음을 터뜨렸다.

"왓슨, 이거 완전히 당했는데. 한 방 먹었어. 솜씨가 나보다 뛰어났으면 뛰어났지 못하지 않은 녀석 같네. 그런가? 이름이 셜록 홈즈라고 하던가?"

"그렇습니다. 그 신사가 그렇게 말했습니다."

"알았네. 어디서 태웠지? 그 후에 어떤 일이 있었는지도 전부 얘기해주게."

"9시 반쯤 트라팔가 광장에서 태웠습니다. 자기는 탐정인데 오늘 하루 자기 말대로만 움직여주면 2기니를 주겠다고 했습니다. 좀처럼 찾아오지 않는 기회였죠. 처음에는 노섬버랜드 호텔로 갔습니다. 두 신사가 나타나 대기 중이던 마차에 오를 때까지 기다렸습니다. 그 뒤를 따라서 이 부근까지 왔습니다."

"이 집 앞까지였겠지?"

홈즈가 말했다.

"글쎄, 그건 잘 기억이 나지 않습니다. 어쨌든 그 손님은 무슨 일이 일어날지 전부 알고 있는 것 같았습니다. 여기로 통한 도로 중간에 마차를 세워놓고 한 시간 반 정도 기다렸을 겁니다. 그런 다음 밖으로 나온 두 신사가 제 마차 옆을 지나가자 베이커 가를 따라서……."

"그건 나도 알고 있네."

"리젠트 가를 4분의 3 정도 지났을 겁니다. 그때 손님이 갑자기 등 뒤의 막을 걷어 올리더니 전속력으로 워털루 역으로 가자고 했습니다. 채찍으로 말을 두들겨 쏜살같이 달렸습니다. 10분도 걸리지 않았지요. 역에 도착하자 약속한 대로 2기니를 주고 역으로 들어갔습니다. 맞아요, 바로 그때 뒤돌아서더니 이렇게 말했습니다. '셜록 홈즈라는 손님이 탔었다는 것을 기억해두면 재미있는 일이 일어날 걸세.' 그래서 이름을 알게 된 겁니다."

"그렇군. 이후로는 그 사람을 본 적이 없나?"

"역으로 들어가는 모습을 본 게 마지막이었습니다."

"그 셜록 홈즈 씨는 어떻게 생겼지?"

마부가 머리를 긁적였다.

"그렇게 큰 특징이 없는 손님이었기 때문에……. 나이는 마흔쯤 되어 보였습니다. 키는 중간 정도로 당신보다는 6~7센티미터 작을 겁니다. 상당한 멋쟁이였습니다. 검은 수염을 각이 지게 잘 다듬었고, 얼굴에서는 푸른빛이 돌았습니다. 제가 기억하고 있는 건 그 정도입니다."

"눈 색깔은?"

"그건 잘 모르겠습니다."

"그 외에 생각나는 건 없나?"

"하나도 없습니다."

"알겠네. 자, 약속했던 반 파운드일세. 뭔가 다른 것을 생각해낸다면 반 파운드를 더 주겠네. 이제 가보게나."

존 클레이튼은 기쁨을 주체하지 못하며 밖으로 나갔다. 홈즈가 어깨를 들썩이더니 쓴웃음을 지어 보였다.

"세 번째 실도 끊어져버렸군. 다시 원점으로 돌아와. 정말 교활한 놈이야! 녀석은 우리 집 주소도, 헨리 바스커빌 경이 내게 자문을 구하리라는 사실도 전부 알고 있었어. 리젠트 가에서는 우리의 행동을 완전히 꿰뚫어봤고, 내가 마차 번호를 보고 마부를 부를 줄 알고 그런 건방진 인사를 남긴 걸세. 왓슨, 이번 상대는 무서운 놈일세. 런던에서는 내가 완전히 궁지에 몰려 버렸네. 자네가 데번셔로 가게 되면 좀 더 운이 좋기를 바랄 수밖에. 하지만 나는 아직도 불안하네."

"뭐가 불안하단 말인가?"

"자네를 보내는 게. 왓슨, 이건 아주 복잡한 사건일세. 알면 알수록 마음에 들지 않아. 자네는 비웃을지 모르겠지만, 자네가 무사히 베이커 가로 돌아온다면 더 이상 바랄 것이 없네."

바스커빌 저택

헨리 바스커빌 경과 모티머 의사는 약속한 날까지 모든 준비를 마쳤고, 예정대로 우리는 데번셔를 향해서 출발했다. 마차를 타고 역까지 마중 나온 셜록 홈즈가 마지막으로 지시 겸 충고를 했다.

"왓슨, 여러 가지 의견과 의혹으로 자네의 눈을 흐리게 하고 싶지는 않네."

홈즈가 말했다.

"나는 자네가 최대한 객관적인 태도로 사실을 보고해주기를 바라네. 가설을 세우는 일은 나에게 맡기고 말일세."

"어떤 사실을 말하는 거지?"

"이번 사건과 조금이라도 연관이 있는 것처럼 보이는 거라면 뭐든 상관없네. 특히 헨리 경과 주변 사람들과의 관계라든지, 찰스 경의 죽음에 대한 새로운 사실에 대해서는 신경을 좀 써주게나. 그동안 나도 여러 가지로 조사해봤지만, 신통한 걸 알아내지 못했네. 단 한 가지 알아낸 게 있다면, 다음 상속인인 제임스 데스몬드 씨는 온후하기 이를 데 없는 신사로, 협박 편지와는 상관이 없을 것 같다는 점뿐이라네. 데스몬드 씨는 용의선상에서 제외시켜도 좋을 거라고 생각하네. 결국 남는 건 헨리 경을 둘러싸게 될, 황야에서 살고 있는 사람들일세."

"우선 배리모어 부부를 저택에서 나가게 하는 건 어떻겠나?"

"그건 안 될 말일세. 절대로 그렇게 해서는 안 돼. 만약 부부에게 아무런 죄가 없다면 부부에게 못할 짓인 데다 그건 정당한 방법이 아닐세. 그리고 부부가 실제로 나쁜 짓을 했다면 죗값을 치를 기회를 우리가 스스로 빼앗는 꼴이 되네. 절대로 그렇게 되어서는 안 돼. 용의선상에 올려놓고 말없이 지켜봐야 하네. 그리고 바스커빌 저택에는 마부가 있을 걸세. 황야에는 농부가 두 명 있고, 의뢰인 모티머 의사도 있네. 모티머 의사는 정말 정직한 사람이라고 생각하네. 하지만 그의 부인에 대해서는 아무것도 아는 게 없어. 그리고 박물학자 스태플턴과 그의 누이동생이 있어. 매력적인 젊은 아가씨라고 하네. 래프터 저택의 프랭클랜드 씨에 대해서는 아는 게 없지. 그 외에도 한두 사람이 더 있는 듯하네. 이 사람들에 대해서는 특히 관심 있게 조사해야 하네."

"최선을 다하겠네."

"무기는 가지고 가지?"

"그래, 아무래도 그러는 편이 나을 것 같아서."

"아무렴, 자네의 회전식 권총을 항상 지니고 있게. 절대로 방심하지 말고."

헨리 경과 모티머 의사는 이미 일등실을 예약해놓고 플랫폼에서 우리가 오기를 기다리고 있었다.

"그 뒤로 무슨 소식이 없습니까?"

"아니요. 그 뒤로는 아무 일도 없었습니다."

모티머 의사가 홈즈의 물음에 대답했다.

"그리고 지난 이틀 동안에는 미행한 자도 없었습니다. 외출할 때 충분히 주의를 기울였으니까 미행이 있었다면 못 봤을 리가 없습니다."

"두 분이 늘 함께 있었나요?"

"어제 오후에는 따로 있었습니다. 런던에 오면 늘 하루는 즐기기 위해 보냅니다. 그래서 어제는 의과대학 박물관에서 시간을 보냈습니다."

"저는 궁원에 갔습니다. 하지만 아무 일도 없었습니다."

헨리 경이 말했다.

"너무 경솔한 행동을 하셨군요."

홈즈가 진지한 얼굴로 머리를 흔들며 말했다.

"헨리 경, 제발 혼자 다니지 말았으면 합니다. 어떤 위험이 도사리고 있을지 알 수 없습니다. 그건 그렇고 검은 부츠는 찾으셨나요?"

"아니요. 찾지 못했습니다."

"그렇군요. 정말 희한한 일이네요. 그럼, 조심해서 가세요."

기차가 움직이기 시작하자 홈즈가 헨리 경에게 말했다.

"헨리 경, 모티머 선생이 읽어준 그 기묘한 전설의 한 구절을 절대로 잊어서는 안 됩니다. '악령이 꿈틀대는 어두운 밤에는 황야를 지나지 않도록 주의하라.'라는 구절 말입니다."

멀어지는 플랫폼을 돌아보니, 우리를 바라보는 홈즈의 커다란 몸은 언제까지고 움직일 줄을 몰랐다.

기차 여행은 즐거웠다. 나는 빠르게 달리는 기차 안에서 모티머 의사의 스패니얼과 노는 한편 두 길동무와 더욱 친한 사이가 되었다. 몇 시간이 지나자 갈색 대지는 붉은빛으로 바뀌며 화강암 바위가 나타났다. 관목 울타리가 서 있는 들판에서 붉은 소들이 풀을 뜯고 있었다. 무성한 수풀과 싱그러운 초목으로 보아 유난히 비가 많고 토양이 비옥한 지역인 듯했다. 바스커빌 가의 젊은 후계자는 열심히 창밖을 내다보다가 데번셔 지방의 낯익은 풍경을 알아보고 기쁨의 함성을 질렀다.

"왓슨 박사님, 나는 이곳을 떠난 뒤 세계 방방곡곡을 돌아다녔지만 이곳에 비할 만한 땅은 아직 찾아내지 못했답니다."

헨리 경이 말했다.

"데번셔에서 태어난 남자치고 맹세할 때 자신의 고향을 내세우지 않는 사람은 아직 못 봤습니다."

내가 대꾸했다.

"그건 데번셔라는 땅뿐만 아니라 인종의 영향도 크게 작용했기 때문입니다."

모티머 의사가 말하더니 설명을 더했다.

"헨리 경의 모습을 자세히 살펴보면 켈트족 특유의 둥근 머리를 알아볼 수 있습니다. 그런 머리형에는 켈트족의 정열과 애정이 잘 나타나 있습니다. 돌아가신 찰스 경의 머리는 아주 희귀한 모양이었는데, 게일족과 이베리아족의 특징을 두루 갖추고 있었습니다. 그건 그렇고 마지막으로 바스커빌 저택을 보신 건 아주 어렸을 때였지요?"

"바스커빌 저택은 본 적이 없습니다. 아버지가 돌아가셨을 때 저는 10대 소년이었고, 남부 해안의 조그만 섬에서 살고 있었으니까요. 그 후에 바로 미국에 있는 친구에게 갔기 때문에 왓슨 박사님과 마찬가지로 전혀 낯선 곳이라, 황야가 보고 싶어 견딜 수 없었습니다."

"그렇습니까? 하지만 그 소망은 아주 간단하게 이루어

질 겁니다. 보세요. 황야가 마중을 나왔습니다."

모티머 의사가 창밖을 손가락으로 가리키며 말했다.

사각형으로 구획된 푸른 밭과 부드러운 곡선을 그리고 있는 숲, 그 멀리 뒤편으로 험준한 정상이 보이는 음험한 잿빛 언덕이 희미하게 모습을 드러내고 있었다. 꿈에서나 볼 수 있는 환상적인 풍경이었다. 헨리 바스커빌은 오랫동안 그곳을 응시하며 꼼짝도 않고 앉아 있었다. 나는 그가 조상 대대로 지배해오며 그 흔적을 남겨 왔던 땅을 처음으로 바라보며 격렬한 감정에 휩싸여 있다는 사실을 잘 알 수 있었다.

평범한 객차 안에 미국식 영어를 구사하는 청년이 트위드자켓을 입고 앉아 있었다. 하지만 볕에 그을리고 감정이 풍부한 그의 얼굴을 가만히 바라보고 있자니, 이 사람이야말로 틀림없이 위세 좋은 귀족의 후손이라는 인상을 받았다. 짙은 눈썹, 풍부한 감성이 드러나는 코, 갈색의 커다란 눈에는 자부심과 용기, 힘이 넘쳐났다. 비록 위험천만하고 곤란한 일이 저 황야에서 기다리고 있을지라도, 이 사람이라면 용감하게 그 위험을 함께 해결해줄 것이라는 확신을 주는, 더할 나위 없이 믿음직스러운 인물이었다.

기차가 조그만 시골 역에 멈춰 섰고, 우리는 기차에서
내렸다. 낮고 흰 울타리 밖에서 쌍두마차가 기다리고 있
었다. 우리의 도착은 커다란 사건이었다. 역장과 짐꾼들
이 몰려와 짐을 들어주었다.

아름답고 소박한 마을이었다. 그런데 역을 막 나선 곳
에 검은 제복을 입은 병사 두 명이 소총을 들고 서 있어
서 깜짝 놀라지 않을 수 없었다. 그들은 우리가 옆으로 지
나칠 때 날카로운 시선으로 노려봤다. 몸집은 작지만 험
상궂은 얼굴에 다부진 체격을 가진 마부가 헨리 바스커빌
경을 맞으러 왔다. 곧 우리는 하얀빛이 도는 넓은 길을 달
렸다.

기복이 심하지 않은 목초지를 올라가면서 울창한 나
무들 사이로 박공을 댄 옛집들을 볼 수 있었다. 하지만
그 햇볕을 받고 있는 평화로운 전원 풍경 너머에는 음침
한 황야가 펼쳐져 있었으며, 황야의 끝으로는 저녁 하늘
을 머리에 올린 음울한 언덕이 이어져 있었다. 마차가 옆
길로 벗어나더니, 오랜 세월 동안 바퀴 자국에 움푹 패인

좁은 길을 따라 올라갔다. 양편의 높은 둑에는 이슬을 머금은 두툼한 이끼와 다육질 양치류가 빽빽하게 자라 있었고, 청동색 고사리와 얼룩덜룩한 가시나무가 저녁 햇빛에 희미하게 빛나고 있었다. 천천히 언덕을 따라 올라가자 화강암으로 만들어진 좁다란 다리가 나왔다. 우리는 잿빛 바위 사이로 거품을 일으키며 소리 높이 흘러가는 냇물을 따라갔다. 길도 냇물도 낮은 참나무와 전나무가 빽빽하게 자란 골짜기를 따라 구불구불 뻗어 있었다.

헨리 경은 모퉁이를 돌 때마다 탄성을 지르며 주위 풍경에 시선을 빼앗긴 채 쉴 새 없이 질문을 해댔다. 그의 눈에는 모든 풍경이 아름답게 보였겠지만, 내가 보기에 그곳은 기나긴 세월의 흔적을 고스란히 간직하고 있어 자연히 애상(哀想)을 불러일으키는 쇠락한 땅이었다. 늦가을임을 알리는 풍경 속에 침울한 빛이 감돌고 있었다. 낙엽이 길을 가득 메우고 있었으며, 지나가는 우리의 머리 위로 떨어졌다. 바닥에 나뒹굴며 썩어가는 낙엽이 바퀴 소리마저 집어삼켰다. 돌아온 바스커빌 가의 주인을 맞이하기 위해서 자연이 내던지는 선물치고는 참으로 쓸쓸하다는 생각이 들었다.

"맙소사!"

모티머 의사가 놀라며 큰 소리로 물었다.

"그런데 저건 뭐죠?"

황야에서 벗어난 곳에 히스(진달래목의 식물로 흰색, 분홍색, 적색 등의 꽃을 피운다)가 무성한 기슭이 있었다. 그 꼭대기에, 말을 탄 군인들이 동상처럼 부동자세로 서서 총을 겨누고 있었다. 그들은 우리가 가는 길을 지켜보고 있었다.

"퍼킨스, 무슨 일인가?"

모티머 의사가 마부에게 물었다.

마부가 앉은 자리에서 반쯤 고개를 돌리며 말했다.

"프린스타운 형무소에서 죄수가 탈출했습니다. 벌써 사흘이나 되었죠. 간수들이 길과 역을 완전히 차단했는데 죄수는 온데간데없이 사라졌다고 합니다. 이 부근 사람들 모두가 두려움에 떨고 있습니다. 이래서야 어디 두 다리 쭉 뻗고 잘 수 있겠습니까?"

"단서가 될 만한 사실을 신고하면 10파운드를 받을 수 있지 않나?"

"네. 하지만 10파운드 때문에 목이 떨어질지도 모르는 일을 누가 하겠습니까? 그놈은 보통 죄수가 아닙니다. 무슨 짓을 저지를지 모르는 놈이랍니다."

"이름이 뭐지?"

"노팅힐 살인범 셀든입니다."

나는 그 사건을 기억하고 있었다. 범죄 수법이 유난히 잔인하고 횡포했던 까닭에 홈즈가 관심을 두었기 때문이었다. 셀든이 사형을 면한 것은 정신에 이상이 있을지도 모른다는 의문이 제기되어서였다.

마차가 언덕 위로 올라서자 끝없는 황야가 눈앞에 펼쳐졌다. 울퉁불퉁한 돌무덤과 바위산이 곳곳에서 눈에 띄었다. 황야를 건너가는 싸늘한 바람에 우리는 몸서리를 쳤다. 저 황량한 황야 어딘가에, 자신을 밖으로 내몬 세상을 향한 증오심을 불태우는 흉악범이 야수처럼 토굴 속에 몸을 숨기고 있는 것이다. 그런 생각이 들자 이 불모의 땅과 싸늘한 바람, 기울어가는 저녁 하늘에서 섬뜩함마저 느껴졌다. 헨리 바스커빌조차도 입을 다문 채 외투 깃을

135

끌어올려 단단히 여몄다.

우리는 비옥한 땅을 뒤로 하고 계속 올라갔다. 뒤돌아보니 기울어가는 저녁 해가 계곡을 황금빛 띠로 물들이고, 쟁기로 갈아엎은 붉은 대지와 한데 어울려 넓게 퍼져 있는 숲을 벌겋게 불태우고 있었다. 우리가 가는 길은 더욱 황량해져만 갔다. 거대한 바위들이 흩어져 있는 검붉은색과 올리브색 경사지를 향해 길이 길게 뻗어 있었다. 드문드문 눈에 띄는 황야의 농민의 집은 벽과 지붕이 그대로 드러난 석조 건물이었는데, 거칠게 다듬은 윤곽을 감추어 줄 담쟁이조차 보이지 않았다.

갑자기 눈앞에 분지가 펼쳐졌다. 오랜 세월 동안 거친 바람에 시달려 비틀어진 참나무와 전나무가 여기저기 널려 있었다. 그런 나무들 사이로 가늘고 기다란 탑 두 개가 솟아 있었다. 마부가 채찍으로 가리키며 말했다.

"저기가 바스커빌 저택입니다."

저택의 주인은 자리에서 일어나 상기된 얼굴로 그곳을 가만히 바라보았다. 그의 눈이 반짝이고 있었다.

몇 분 후, 마차는 문지기의 집이 딸린 문 앞에서 멈췄다. 환상적이며 정교하게 새겨진 무늬가 있는, 연철로 만들어진 문 양편으로 비바람에 시달리고 이끼로 뒤덮인 기둥이 있었다. 기둥의 윗부분에는 바스커빌 가의 상징인 멧돼지 머리가 조각되어 있었다. 문지기의 집은 완전히 폐허가 되어 검은 화강암과 서까래만이 남아 있었다. 하지만 그 맞은편에 공사 중인 문지기의 새집이 있었는데, 그것은 찰스 경이 남아프리카에서 가지고 온 부를 가장 처음으로 보여주는 상징물이었다.

문 안으로 들어서자 오솔길이 나타났다. 길을 가득 메운 낙엽 때문에 마차 바퀴 소리조차 들리지 않았고, 머리 위로 뻗은 고목들의 가지가 어두운 터널을 만들었다. 헨리 바스커빌은 길게 뻗어 있는 어두운 오솔길 끝에 희미하게 서 있는 저택을 보는 순간 몸서리를 쳤다.

"바로 여깁니까?"

헨리 경이 낮은 목소리로 모티머 의사에게 물었다.

"아닙니다. 주목 오솔길은 저쪽입니다."

젊은 상속인은 어두운 얼굴로 주위를 둘러보았다.

"이런 곳이었으니, 백부님이 불길한 예감에 휩싸일 만

도 합니다. 누구나 두려움에 떨게 될 겁니다. 6개월 이내에 전등을 설치해야겠군요. 현관 앞에는 천 개의 촛불만큼 밝은 전등을 달아야겠습니다. 그렇게 하면 이런 느낌에서 벗어날 수 있을 겁니다."

오솔길에서 벗어나자 널따란 잔디밭과 저택이 눈에 들어왔다. 저물어가는 희미한 빛 속에 튼튼해 보이는 건물이 서 있었으며, 그 중앙에 현관이 앞으로 돌출되어 있었다. 정면은 어두운 장막을 두른 것처럼 담쟁이로 덮여 있었지만, 창문과 가문의 상징이 있는 부분은 손질을 해서 밝게 드러나 있었다. 그 중앙부에 수많은 총구멍과 작은 창이 뚫린 낡은 탑이 쌍둥이처럼 솟아 있었다. 그리고 탑 주위에는 탑보다 나중에 지어진, 검은색 화강암 건물이 펼쳐져 있었다. 세로로 창살이 들어간 튼튼해 보이는 창을 통해서 둔탁한 빛이 흘러나오고 있었으며, 경사가 급한 지붕 위로 솟아오른 굴뚝에서는 가느다란 검은 연기가 피어오르고 있었다.

"어서 오십시오. 주인님! 바스커빌 저택에 오신 것을 환영합니다."

현관의 어두운 그늘에서 키가 큰 남자가 나타나더니 마차의 문을 열었다. 홀의 노란 불빛을 등에 업고 여자가 그림자처럼 나타나더니, 밖으로 나와서 남자를 도와 우리의 짐을 내렸다.

"헨리 경, 저는 바로 집으로 가겠습니다. 아내가 기다리고 있어서요."

모티머 의사가 말했다.

"함께 식사라도 하고 가시지요."

"아니, 이만 가봐야겠습니다. 게다가 일도 밀려 있을 겁니다. 저택 내부도 안내해드리고 싶지만, 그건 집사인 배리모어가 잘 알아서 해드릴 겁니다. 제 힘이 필요하면 한밤중이라도 상관없으니, 언제든지 사람을 보내십시오."

마차의 덜컹거리는 소리가 길을 따라 멀어져가고 헨리 경과 내가 저택 안으로 들어서자, 뒤쪽에서 쿵 하고 육중한 소리를 내며 문이 닫혔다. 거실은 천장이 높았는데, 올려다보니 참나무로 만든 두꺼운 서까래가 반들반들 윤이 나고 있었다. 훌륭한 거실이었다. 쇠로 만든 커다란 장작 받침 뒤로 고풍스럽지만 단단해 보이는 난로가 있었는데,

장작이 탁탁 소리를 내며 맹렬하게 타고 있었다. 오랫동안 마차를 타고 와서 몸이 완전히 얼어버린 헨리 경과 나는 바로 난로 쪽으로 손을 내밀었다. 주위를 둘러보니 고풍스러운 스테인드글라스로 장식한 가늘고 긴 창문, 창나무 판자로 만든 바닥, 수사슴 머리의 박제, 벽에 새겨진 가문의 문양 등이 거실 중앙에 있는 램프의 어두운 빛 속에서 희미한 모습을 드러냈다.

"상상한 그대로군요. 조상 대대로 내려온 유서 있는 집이라는 것이 그대로 느껴집니다. 여기서 바스커빌 가 일족이 500년이나 살아 왔다고 생각하니 숙연한 기분이 듭니다."

헨리 경이 말했다. 검게 그을린 얼굴로 빨려 들어갈 듯 주위를 둘러보는 그의 눈은, 마치 무엇인가에 열중하는 소년의 눈처럼 반짝반짝 빛나고 있었다. 빛을 받으며 서 있는 그의 뒤쪽으로 그림자가 벽과 천장을 따라 길게 드리워져 있었다.

우리 방으로 짐을 옮겨놓고 배리모어가 들어왔다. 그는 잘 훈련된 하인답게 얌전한 태도로 서 있었다. 잘생긴 얼굴에 키가 컸으며, 검은 턱수염을 각이 지게 다듬어 기르고 있었다. 그의 창백하고 특징 있는 얼굴은 사람의 눈길을 끄는 데가 있었다.

"바로 식사를 하시겠습니까?"

"준비가 되었나?"

"바로 준비할 수 있습니다. 방으로 더운 물을 가져다 놓았습니다. 새로 준비하실 때까지 저희 부부는 기꺼이 나리를 모시겠습니다. 상황이 달라졌으니, 앞으로는 상당히 많은 사람이 필요할 것입니다."

"상황이 달라지다니, 무슨 소리지?"

"지금까지 찰스 나리는 조용한 생활을 즐기셨기 때문에 저희 부부만으로도 충분히 모실 수 있었습니다. 그걸 말씀드린 겁니다. 나리께서는 널리 교제하실 테니, 그렇게 되면 부리는 사람들이 더 필요하게 될 겁니다."

"자네 부부는 그만 나가고 싶다는 말인가?"

"그렇습니다. 나리의 생활이 안정되면 천천히 물러나도록 하겠습니다."

"하지만 벌써 몇 대째 여기서 일하지 않았나? 가족과도 같은 사람들과의 오랜 인연을 끊고 여기서 새로 생활을 시작할 생각은 없네."

집사의 창백한 얼굴에 감정의 변화가 나타났다.

"저도 그렇게 생각하고 있고, 아내도 역시 같은 생각입니다. 하지만 솔직히 말씀드리자면, 저희는 찰스 나리를 잊을 수가 없습니다. 그분이 돌아가신 일로 상당한 충격을 받았습니다. 그래서 여기서 지내기가 매우 고통스럽습니다. 바스커빌 저택에 있는 한 마음 편하게 지낼 수 없을 것입니다."

"그럼 여기서 나가 어떻게 살 생각인가?"

"어디서 장사나 하며 살아갈 생각입니다. 찰스 나리 덕분에 밑천을 장만할 수 있었습니다. 그만 방으로 안내해 드리겠습니다."

고풍스러운 거실 위에 사방으로 난간이 딸린 회랑이 있었는데, 마주 보는 두 개의 계단이 설치되어 있었다. 회랑의 중심점으로부터 두 개의 복도가 갈라져 건물 전체에 걸쳐 길게 뻗어 있었고, 침실은 전부 복도를 따라 위치해 있었다.

내 침실은 헨리 경의 침실과 같은 쪽 복도에 거의 붙어 있다시피 했다. 우리가 쓰는 방은 저택의 중앙부에 비해 훨씬 현대적으로 꾸며져 있었고, 밝은 색깔의 벽지와 여러 개의 촛불은 이곳에 도착했을 때부터 내 마음에 아로새겨진 음침한 인상을 걷어내주는 듯했다.

그러나 홀과 붙어 있는 식당은 어둠의 공간이었다. 긴 식당 방은 높낮이를 다르게 해놓아서 높은 단에는 가족들이 앉고 낮은 자리엔 하인들이 앉게끔 되어 있었다. 한쪽 끝에는 음유시인을 위한 자그마한 무대가 마련되어 있었다. 머리 위에는 검은 서까래들이 얹혀 있었고 그 너머로 연기에 그을린 천장이 보였다. 이글거리는 횃불이 식당 안을 밝혀주고 있다면, 그리고 옛날식 연회의 흥청거리는 분위기에서라면 이곳은 다소 부드러워 보였을지도 모른다. 그러나 검은 옷을 입은 신사 둘이 갓을 씌운 램프의 동그란 불빛 속에 앉아 있는 지금, 말소리는 저절로 기어들고 기분은 가라앉았다. 또한 엘리자베스 여왕 시대의 기사부터 섭정 시대 멋쟁이 신사에 이르기까지 다양한 복장을 한 조상들의 초상화가 말없이 우리를 내려다보고 있다고 생각하니, 왠지 주눅도 들었다.

대화도 별로 나누지 않은 채 간신히 식사를 마치고 당구대가 있는 세련된 인테리어의 방으로 들어가 담배에 불을 붙이자, 나는 그제야 마음을 조금 놓을 수 있었다.

"그다지 기분 좋은 곳이라고는 말할 수 없네요. 곧 익숙해지겠지만, 한동안은 차분하게 지내기는 어려울 것 같습니다. 이런 집에서 혼자 지내셨기 때문에 백부님의 신경이 날카로워지셨던 것 아닐까요? 그건 그렇고 오늘은 일찍 주무십시오. 내일 아침이 되면 기분이 한결 나아지지 않겠습니까?"

잠자리에 들기 전에 나는 커튼을 열고 창밖을 내다보았다. 현관 앞에 펼쳐져 있는 잔디밭이 여기까지 이어져 있었다. 그 건너편으로 숲이 두 개쯤 있었는데, 이제 막 불기 시작한 바람에 흔들리며 아우성을 치고 있었다. 흘러가는 구름 사이로 반달이 얼굴을 내밀었고, 숲 너머로 울퉁불퉁한 바위산과 음울한 황야가 차가운 별빛을 받고 있는 것이 보였다. 나는 커튼을 닫으며 역시 지금까지 받은 인상과 조금도 다를 것이 없다고 생각했다.

하지만 그것이 그날의 마지막이 아니었다. 피곤한데도 쉽게 잠들지 못했다. 나는 이리저리 뒤척이기만 했다. 어디선가 15분 간격으로 시계 종이 울렸다. 그 소리 외에 이 오래된 저택은 죽음의 정적에 휩싸여 있었다. 그런 한밤중에 갑자기 선명한 소리가 내 귀를 파고들었다. 억누를 길 없는 슬픔을 참지 못해 자신도 모르게 흘리는 신음 소리였다. 나는 침대에서 일어나 앉아 귀를 기울였다. 멀리서 들려오는 소리는 아니었다. 틀림없이 저택 안에서 들려오는 소리였다. 30분 정도 신경을 곤두세운 채 가만히 기다렸다. 하지만 시계 종소리와 벽에 들러붙은 담쟁이 잎이 살랑거리는 소리 외에 더는 아무 소리도 들려오지 않았다.

메리핏 저택의 스태플턴 남매

다음 날, 아침나절의 풋풋한 아름다움은 전날 바스커
빌 가에 와서 받았던 음침하고 칙칙한 인상을 씻어 내기
에 충분했다. 헨리 경과 내가 아침 식사를 하고 있을 때,
세로로 연결된 창의 문양을 통해 아침 햇살이 쏟아져 들
어와 흔들리는 빛의 그림자를 만들었다. 쏟아지는 금빛에
검은 바닥조차 청동색으로 빛났다. 어젯밤에 그렇게 어두
운 인상을 주던 방이 맞는지 의심스러울 정도였다.

"문제는 집이 아니라 바로 우리 자신인 것 같군요!"

준남작이 이어 말했다.

"여행에 지친 데다 마차를 타고 오느라 몸이 얼어서 이

곳이 회색으로만 보였나 봅니다. 잘 자고 상쾌한 기분으로 일어나니 모든 것이 다시 즐겁기만 하군요."

"하지만 꼭 그렇지만은 않은 것 같습니다."

나는 헨리 경에게 답하며 아까부터 궁금했던 것을 물었다.

"혹시 어젯밤에 여자 울음소리를 듣지 못하셨나요?"

"거참 재미있군요. 나도 언뜻 잠이 든 상태에서 그런 소리를 들었거든요. 하지만 한참을 기다려도 아무 소리도 나지 않기에 내가 꿈을 꾼 줄로만 알았습니다."

"나는 이 귀로 똑똑히 들었습니다. 틀림없이 여자가 흐느껴 우는 소리였습니다."

"바로 확인해봐야겠습니다."

헨리 바스커빌이 종을 울려 배리모어를 불러다 뭔가 아는 것이 있느냐고 물었다. 주인의 말을 들으며 집사의 창백한 얼굴이 더욱 질리는 듯했다.

"이 저택에 여자라고는 둘밖에 없습니다. 한 사람은 부엌일을 거드는 여자로, 잠은 다른 건물에서 잡니다. 다른 한 사람은 제 아내인데, 어젯밤에 울지 않았습니다."

하지만 그의 말은 거짓이었다. 아침 식사를 마친 뒤 긴 복도를 걷던 나는 햇살 속에 서 있던 배리모어 부인과 마주쳤다. 그녀는 몸집이 크고 무표정한 여자였는데, 입매가 엄격하고 단호해 보였다. 하지만 부어오른 듯한 눈 언저리와 힐끗 나와 마주친 충혈된 눈이 모든 것을 말해주고 있었다. 어젯밤에 운 것은 이 여자였다. 그렇다면 남편이 모를 리 없었다. 그런데도 배리모어는 금방 들통날 거짓말을 했다. 왜 그런 것일까? 그리고 그녀는 왜 그렇게 슬피 울었던 것일까?

검은 턱수염을 기른 창백한 얼굴의 미남 주위에는 벌써부터 의문의 기운이 감돌기 시작했다. 찰스 경의 사체를 발견한 것도 그였다. 그리고 노인의 죽음에 대한 경위도 그의 입에서 나온 것이 전부였다. 리젠트 가에서 마차에 타고 있었던 사람이 배리모어였을까? 턱수염을 기른 사내와 동일 인물일까? 마부의 말대로라면 손님은 그보다 좀 더 키가 작은 사람이겠지만, 그날 처음 본 사람이 진술한 인상이란 그다지 믿을 만한 것이 못 된다.

어떻게 해야 이 의문을 풀 수 있을까? 우선 해야 할 일은, 그림펜 우체국장을 만나서 전에 홈즈가 보냈던 전보가 확실하게 배리모어 본인에게 전달되었는지 확인하는 일이다. 그리고 그 답과는 상관없이 어쨌든 이 일은 홈즈에게 보고해야 한다.

아침 식사 후 헨리 경은 살펴봐야 할 서류가 많았기 때문에, 나는 가벼운 마음으로 혼자 탐사를 나가기로 했다. 황야를 따라서 6킬로미터 정도 산책을 즐기자, 조그만 부락이 나타났다. 눈에 띄는 집은 여관과 모티머 의사의 집이었다. 식료품점도 함께 운영하고 있는 우체국장은 전보에 대해서 확실하게 기억하고 있었다.

"그 전보는 틀림없이 배리모어 씨에게 전달했습니다."

"배달한 사람이 누구지요?"

"여기에 있는 제 아들입니다. 제임스, 지난주에 온 전보를 바스커빌 저택의 배리모어 씨에 전달해주었지?"

"네. 전했어요. 아빠."

"그분에게 직접 건넸니?"

"그때 배리모어 씨는 다락방에 있었어요. 그래서 직접 건네지는 못하고 배리모어 부인한테 전했어요. 하지만 바로 건넨다고 했어요."

"배리모어 씨를 보았어?"

"아니요, 다락방에 있는데 어떻게 봐요?"

"직접 보지 못했다면 다락방에 있는지 어떻게 알았지?"

"그거야 부인에게서 들었을 테지요. 부인은 남편이 어디 있었는지 알고 있었을 테니까요. 배리모어 씨가 전보를 못 받았나요? 그런 거라면 배리모어 씨에게 직접 물어보는 것이 좋겠습니다."

우체국장이 화를 내며 대신 답했다. 더 이상 물어봐야 소용없을 것 같았다. 홈즈의 책략에도 결국 우리는 배리모어가 런던에 오지 않았다는 증거를 잡을 수가 없었다. 가령 배리모어가 런던에 있었다고 해보자. 찰스 경을 마지막으로 본 사람과 영국으로 돌아온 상속인을 미행했던 사람이 동일 인물이라면, 그건 또 무엇을 의미한다는 말인가? 누구의 수하일까? 아니면 그 자신이 세운 계획일까? 바스커빌 가 사람들에게 고통을 주는 것이 자기에게 무슨 득이 된단 말인가? 나는 《타임스》지의 사설을 오려 만든 기묘한 경고문에 대해서 생각해보았다. 그건 그가 만든 것일까? 아니면 그의 계획을 방해하려는 어떤 자가 만든 것일까?

생각할 수 있는 유일한 동기는, 헨리 경이 지적한 것처럼 바스커빌 가의 사람이 두려워서 저택에 살지 않으면 배리모어 부부는 영원히 편안하게 생활할 수 있다는 것이다. 하지만 이 정도의 설명으로 젊은 준남작 주위에 그물처럼 둘러진, 교묘하고 속내를 알 수 없는 음모를 전부 갖다 맞출 수는 없는 일이었다. 홈즈는 오랫동안 이상한 사건들을 조사해왔는데, 그런 그가 아주 복잡한 사건이라고 했다. 잿빛 황량한 길을 따라 저택으로 돌아가면서 나는, 친구가 한시라도 빨리 일을 마무리 짓고 여기로 와서 내 어깨에 지워진 무거운 짐을 내려주기를 바랐다.

그때 뒤쪽에서 누군가가 달려오는 발소리와 함께 내 이름을 부르는 소리가 들려와 생각이 끊기고 말았다. 모티머 의사인 줄 알고 뒤돌아보았는데, 낯선 사람이라서 깜짝 놀랐다. 몸집이 작고 호리호리하며, 깨끗이 면도를 한 단정한 인상의 사내였다. 머리카락은 금발이고 턱이 뾰족하며, 나이는 30대로 보이고, 회색 옷에 밀짚모자를

쓰고 있었다. 어깨에는 식물 채집용 양철통을 메고, 손에
는 초록색 잠자리채를 들고 있었다.

내가 멈춰 서자 그는 숨을 헐떡이며 달려와서 물었다.

"실례지만, 왓슨 박사님이시죠? 이 황야에 살고 있는 사
람들은 모두 마음을 터놓고 지내는 사람들뿐이기 때문에
형식적인 인사 같은 건 하지 않습니다. 제 이름은 우리의
친구인 모티머 선생으로부터 들으셨을 줄 압니다만, 스태
플턴이라고 합니다. 메리핏 저택에서 살고 있습니다."

"잠자리와 식물 채집용 양철통을 보고 그럴 거라고 생
각했습니다. 박물학자라고 들었습니다. 그런데 어떻게 저
를 알아보셨죠?"

"모티머 선생을 찾아갔었습니다. 그런데 진찰실 창 너
머로 당신이 지나가는 모습이 보였고, 그가 가르쳐주었습
니다. 가는 방향이 같으니 뒤따라가서 인사라도 해야겠다
고 생각했습니다. 헨리 경은 여행 때문에 많이 지치셨나
보군요?"

"저택에서 서류를 보고 있습니다."

"찰스 경이 그처럼 안타깝게 가신 후에, 우리 모두는 상

속자가 여기 와서 살겠다고 하지 않을까 봐 걱정했습니다. 사실 부유한 사람에게 이런 시골에 내려와 살라는 것은 지나친 요구이지만, 이 시골에서 그것이 얼마나 큰 의미인지는 굳이 말할 필요가 없을 것입니다. 헨리 경은 그 문제에 관해 미신적인 공포는 없겠죠?"

"아마 그럴 겁니다."

"물론 바스커빌 가에 얽힌 마견에 대한 전설은 알고 계시겠지요?"

"알고 있습니다."

"이 부근 사람들은 모두 미신을 믿고 있습니다. 황야에서 그런 짐승을 봤다며 고집을 부리고 있지요."

그는 웃으며 말했지만 눈빛은 심각했다.

"찰스 경은 잠시라도 그 이야기를 마음속에서 떨쳐버리지 못하셨지요. 나는 찰스 경이 돌아가신 것이 그 때문이라는 것을 믿어 의심치 않습니다."

"그건 무슨 뜻입니까?"

"신경이 극도로 날카로워져 있었기 때문에, 전혀 상관없는 개의 모습을 보고 심장 마비를 일으켰을 가능성도 있습니다. 그날 밤 주목 오솔길에서 정말로 개를 본 게 아닐까 생각됩니다. 저는 그 노인을 좋아했고 심장이 나쁘다는 사실도 알고 있었기 때문에 뭔가 좋지 않은 일이 일어나는 게 아닐까 늘 걱정했습니다."

"심장이 나쁘다는 걸 어떻게 아셨죠?"

"친구인 모티머 선생에게 들었습니다."

"그럼 찰스 경이 개에게 쫓기다가 너무나도 두려워서 심장 마비로 죽었다고 생각한단 말이죠?"

"그보다 나은 설명을 하실 수 있습니까?"

"저는 아직 결론에 이르지 못했습니다."

"셜록 홈즈 씨는 어떻게 생각하고 있습니까?"

이 말을 듣는 순간 나는 가슴이 덜컥 내려앉았다. 하지만 스태플턴은 상당히 차분한 표정을 짓고 있었고, 그것으로 보아 나를 놀라게 하려고 일부러 꺼낸 이야기가 아님을 알 수 있었다.

"우리가 아무것도 모를 거라고 생각하지는 않으셨겠지요? 왓슨 박사님, 당신이 쓰신 사건 기록은 이 시골구석까지 흘러들어왔습니다. 박사님이 홈즈 씨를 칭찬하시면 당

157

연히 당신의 이름도 알려지게 됩니다. 모티머 선생에게서 당신의 이름을 듣자마자 바로 알 수 있었습니다. 당신이 이곳에 오실 정도라면 홈즈 씨도 이번 사건에 관심을 갖고 있는 것이지요. 그러니 홈즈 씨가 어떤 생각을 갖고 있는지 궁금해지는 것은 당연한 일 아닙니까."

"그 점에 대해서는 대답해드릴 수 없습니다."

"홈즈 씨도 여기로 오시겠지요?"

"지금은 런던을 떠날 수 없는 상황입니다. 다른 사건을 맡고 있어서요."

"안타깝군요. 홈즈 씨라면 수수께끼를 풀 수 있을 텐데. 어쨌든 왓슨 박사님께서 조사하는 데 도움이 필요하면 언제든 협조하겠습니다. 사건에 관해서 조사할 것이나 조사 방향 등을 알려주신다면, 지금 당장 도움을 드릴 수 있을지도 모릅니다."

"저는 헨리 경을 따라 방문했을 뿐입니다. 그러니 도움을 청할 일은 없을 겁니다."

"역시 대단하십니다. 언제나 주의를 기울여야겠지요. 죄송합니다. 쓸데없는 참견을 한 듯합니다. 더 이상 사건에 대해서는 이야기하지 않겠습니다."

우리는 큰길에서 풀이 자라나 길이 갈라져 나가는 곳까지 이르렀다. 이 조그만 길은 구불구불 뻗어나가 황야로 이어져 있었다. 오른쪽으로 바위들이 나뒹굴고 있는 험준한 언덕이 보였다. 예전에 화강암을 캐던 채석장의 모습도 보였다. 언덕의 이쪽 편은 검은 절벽이었는데, 고사리와 얼룩덜룩한 가시나무가 빽빽하게 자라나 있었다. 그 너머 조금 높은 곳에서 잿빛 연기가 희미하게 피어오르고 있었다.

"이 황야 쪽으로 난 길을 조금만 더 가면 제가 살고 있는 메리핏 저택이 나옵니다. 누이동생을 소개시켜드리고 싶은데, 한 시간 정도만 시간을 내주실 수 있습니까?"

그 순간 머릿속에 떠오른 것은 항상 헨리 경의 곁에 있어야 한다고 말하던 홈즈의 얼굴이었다. 하지만 그 후에 바로 헨리 경의 서재 안 책상 위에 산더미처럼 쌓여 있던 서류와 청구서가 떠올랐다. 내가 그의 곁에 있어 봤자 아무런 도움도 되지 않을 터였다. 그리고 홈즈가 황야에 사는 사람들을 조사해달라고 거듭 부탁한 일도 생각났다.

나는 스태플턴의 청에 응하기로 하고 황야 쪽으로 난 길을 함께 걷기 시작했다.

"황야는 멋진 곳입니다."

스태플턴이 주위의 구릉지대를 둘러보며 말했다. 풀들이 푸른 파도가 되어 물결치고 있었으며, 여기저기 모습을 드러내고 있는 거친 화강암은 거품을 일으키며 스러지는 파도와도 같았다.

"황야는 아무리 봐도 싫증이 나지 않습니다. 얼마나 멋진 비밀을 간직하고 있는지 상상도 못 하실 겁니다. 끝도 없이 펼쳐진 불모의 땅은 신비함도 간직하고 있습니다."

"그럼 황야에 대해서 아주 잘 알고 계시겠군요?"

"여기에 온 지 이제 겨우 2년이 지났을 뿐입니다. 이곳 사람들은 저를 새로 이사 온 사람이라고 부른답니다. 찰스 경이 저택에 들어온 바로 직후의 일이었습니다. 하지만 취미 덕분에 이 부근을 샅샅이 뒤지고 다녀서 저보다 이곳을 더 잘 아는 사람은 거의 없을 겁니다."

"황야를 알기가 그렇게도 힘듭니까?"

"정말 힘듭니다. 예를 들자면 북쪽에 기묘한 형태를 한 언덕이 돌출되어 있는 넓은 초원이 있습니다. 어떻게 생각하십니까?"

"말을 타고 달리면 멋지겠군요."

"보통 그렇게 생각하실 겁니다. 하지만 그렇게 생각했기 때문에 지금까지 수많은 사람이 목숨을 잃었습니다. 여기저기에 다른 곳보다 한층 더 짙은 초록색을 띠고 있는 곳들이 있지요? 어떻게 생각하십니까?"

"다른 곳보다 토지가 비옥한 거겠죠?"

스태플턴이 웃음을 터뜨렸다.

"저기가 바로 그림펜 늪지대입니다. 일단 저기에 빠지면 사람이고 짐승이고 나올 수가 없습니다. 어제만 해도 황야에 있던 망아지가 빠진 걸 봤습니다. 끝내 나오지 못하더군요. 진흙 위로 오랜 시간 동안 목만 내밀고 있었는데, 역시 빨려 들어가고 말았습니다. 강수량이 적은 계절에도 건너는 건 위험하니, 요즘과 같은 우기에는 그야말로 살인적인 장소라고 할 수 있습니다. 하지만 저는 깊은 곳까지 들어갔다가 살아서 나올 수 있었습니다. 이런 가엾게도 또 망아지가!"

갈색의 무엇인가가 푸른 사초 속에서 기다란 목을 내민 채 고통스러운 듯 하늘을 향해 필사적으로 몸부림치고 있었다. 귀를 막고 싶을 정도로 참혹한 비명이 황야에 울려 퍼졌다. 나도 모르게 등줄기에 식은땀이 흘렸지만, 스태플턴은 아무렇지도 않은 것 같았다.

"사라졌군요!"

그가 말했다.

"늪이 녀석을 삼켜버렸습니다. 이틀에 두 마리라, 아마 그보다 더 많을 겁니다. 왜냐하면 짐승들은 건기에 저 늪을 지나다니는데, 늪이 자신의 발목을 잡아채기 전까지는 저곳이 어떻게 변했는지 알지 못하거든요. 참 흉측한 곳입니다, 그림펜 늪지라는 곳은."

"그런데 당신은 저기를 건널 수 있단 말입니까?"

"네. 날랜 사람이 지닐 수 있는 길이 한두 군데 있습니다. 제가 발견했죠."

"저렇게 위험한 곳에 왜 들어가는 겁니까?"

"저쪽을 좀 보세요. 언덕이 있지 않습니까? 저곳은 늪지로 둘러싸여 있기 때문에 사람들이 접근할 수가 없습니

다. 오랜 세월이 지나는 동안 고립되어버린 거겠죠. 그런
데 저기에는 희귀한 식물과 나비가 살고 있습니다. 들어
갈 재주만 있으면 많은 걸 발견할 수 있습니다."

"나도 언젠가는 저기서 내 운을 시험해봐야겠군요."

스태플턴이 놀란 표정으로 말했다.

"그런 쓸데없는 생각은 버리세요. 죽어서 내게 들러붙
을 생각이십니까? 절대로 살아 돌아오지 못할 겁니다. 나
도 나만이 알아볼 수 있는 표시를 따라가는 겁니다."

"어, 이건 무슨 소리죠?"

나도 모르게 큰 소리를 질렀다. 말로 표현할 수 없을 정
도로 낮고 슬픈 신음 소리가 황야에 울려 퍼졌다. 어디선
가 솟아올라 흐르는 그 소리가 주위를 온통 뒤덮었다. 둔
탁한 울부짖음에서 주위를 떨게 하는 포효로 바뀌더니,
다시 슬프게 떠는 울부짖음으로 잦아들었다.

스태플턴이 기묘한 눈빛으로 나를 보았다.

"황야는 정말 신비한 곳입니다."

"저게 무슨 소리죠?"

"농부들은 저 소리가 바스커빌 가의 사냥개가 먹잇감

을 부르는 소리라고들 합니다. 전에도 한두 번 들은 적이 있지만 이렇게 큰 소리를 들은 것은 처음입니다."

나는 섬뜩한 기분이 들어서 주위를 둘러보았다. 눈에 들어오는 것이라고는 여기저기 무성한 골풀(높이 1미터가량의 여러해살이풀)이 자란 넓은 들판뿐이었다. 끝없이 펼쳐진 황야에서 움직이는 것이라고는 뒤쪽 바위산에서 높은 소리로 우는 까마귀 두 마리가 전부였다.

"당신은 교육을 받은 분입니다. 설마 그렇게 터무니없는 이야기를 믿으시는 건 아니겠지요? 저 기괴한 소리가 어디서 난다고 생각하십니까?"

"늪은 가끔 이상한 소리를 내지요. 진흙이 가라앉거나 물이 끓어오르거나 할 때 말입니다."

"하지만 조금 전에 들려온 건 생물의 소리였지 않습니까?"

"그럴지도 모르겠습니다. 박사님은 혹시 알락해오라기의 울음소리를 들어보신 적이 있습니까?"

"아뇨, 없습니다."

"아주 희귀한 새로 영국에서는 지금 멸종되었다고 봐도 좋을 겁니다. 하지만 이 황야에서는 무슨 일이든 있을 수 있습니다. 지금 들은 게 딱 한 마리 살아남은 알락해오라기의 울음소리였다고 해도 조금도 이상할 게 없는 곳입니다."

"저렇게 기분 나쁘고 이상한 소리는 지금까지 들어본 적이 없습니다."

"정말 기분 나쁜 곳입니다. 저쪽 언덕의 경사진 곳을 보세요. 저게 뭔지 아시겠습니까?"

언덕의 경사가 가파른 곳에 잿빛 돌들을 둥그렇게 쌓아 올린 곳이 보였다. 적어도 20개 정도는 되는 듯했다.

"글쎄요. 양을 가둔 울타리인가요?"

"아니요. 저것은 자랑스러운 우리 조상들의 주거지입니다. 선사 시대 사람들은 이곳 황무지에서 군거 생활을 했답니다. 하지만 그 이후에는 저곳에 거주한 사람들이 없었기 때문에 선사 시대 사람들이 거주한 그대로 보존되어 있지요. 여기 이것들은 선사 시대 사람들이 살았던 움집입니다. 지붕은 무너져버렸지요. 하지만 안에 들어가보면 당시에 쓰던 화덕과 침상이 아직 남아 있는 것을 볼 수 있습니다."

"보아하니 꽤 큰 마을이었겠군요. 어느 시대 것입니까?"

"신석기 시대입니다. 연대는 알 수 없습니다만."

"어떤 생활을 했을까요?"

"이곳 경사면에서 목축 생활을 했던 것 같습니다. 청동 검이 돌도끼를 대신하게 되면서부터 주석을 채굴하게 되었을 겁니다. 반대쪽 언덕에 커다란 웅덩이가 보이지 않습니까? 저게 바로 그것입니다. 황야에서는 아주 보기 드문 것을 여러 가지 찾아볼 수 있습니다. 아, 잠깐 실례하겠습니다. 저건 키클로피데스입니다."

스태플턴은 조그마한 파리인지 나방인지 하는 것이 하늘하늘 날아가는 것을 보고 놀라운 힘과 속력으로 뒤쫓았다. 스태플턴은 나의 걱정 같은 것은 아랑곳하지 않고 아무런 망설임도 없이 초록색 잠자리채를 휘두르며 이쪽 수풀에서 저쪽 수풀로 뛰어다녔다. 회색 옷을 입고 이쪽저쪽 힘차게 뛰어다니는 모습이 마치 거대한 나방처럼 보였다.

나는 그 자리에 선 채로 그의 놀라울 정도로 빠른 동작을 바라보면서 위험한 늪으로 들어가지 말았으면 하고 애태우고 있었다. 그때 발소리가 들려와 뒤돌아보니, 한 여성이 좁은 길을 따라 바로 옆까지 다가와 있었다. 희미한 연기를 피워 올리고 있는 메리핏 저택 방향에서 온 듯한데, 황야가 움푹 패여 있었기 때문에 바로 옆에 올 때까지도 전혀 기척을 느끼지 못하고 있었다.

말로만 듣던 스태플턴의 누이동생이 틀림없었다. 황야에는 숙녀가 적은 데다가, 그녀가 미인이라고 했던 것을 기억하고 있었기 때문이다. 가까이 다가온 여자는 확실히 미인이었다. 그것도 흔치 않은 미인이었다. 이렇게 대조되는 남매는 그들 말고는 없을 것 같았다. 스태플턴은 금발에 회색 눈동자였고 피부도 흰빛을 띠고 있었지만, 동생은 지금까지 영국에서 본 어떤 여자보다도 피부가 우아하게 어두운 빛깔이었으며, 머리카락과 눈도 검은 빛을 띠고 있었다.

그리고 키가 컸으며 아름다웠다. 섬세한 입술과 정열적이고 아름다운 검은 눈이 아니었다면, 기품이 넘치는 이목구비가 너무나도 가지런해서 차갑게 보였을 것이다. 훌륭한 몸매에 우아한 옷을 두른 그녀의 모습은 적막한 황야의 오솔길에 나타난 신비한 환영과도 같았다. 내가 뒤

돌아보았을 때 그녀의 눈은 오빠의 모습을 뒤쫓고 있었는데, 이내 재빠르게 내 옆으로 다가왔다.

내가 모자를 벗어 인사말을 건네려는 순간, 그녀가 뜻밖의 말을 했다.

"돌아가세요! 지금 당장 런던으로 돌아가세요!"

나는 깜짝 놀라 바보처럼 그녀의 얼굴을 바라보기만 했다. 그녀는 타는 눈동자로 나를 응시하며 초조하게 발을 구르기까지 했다.

"왜 그런 말씀을 하시는 거죠?"

내가 물었다.

"이유는 말씀드릴 수 없어요. 하지만 제발 부탁이니, 제 말을 들으세요. 돌아가셔서 다시는 여기 오지 마세요."

그녀는 낮은 목소리로 간절하게 말했는데, 어딘지 묘하게 혀 짧은 소리를 내고 있었다.

"하지만 이제 막 온 걸요."

"오, 하느님! 잘 들으세요. 당신을 위해 경고하는 거예요. 런던으로 돌아가세요. 오늘 밤에라도 당장 떠나세요. 무슨 수를 써서라도 여기서 멀리 떠나세요! 쉿, 오빠가 와요. 지금 한 말은 비밀로 해주세요. 죄송하지만, 저기 쇠뜨기말 사이에 핀 난초를 좀 따주시겠어요? 이곳에는 난이 아주 많아요. 하지만 이 황무지의 아름다움을 보기에는 때가 좀 늦었답니다."

스태플턴은 키클로피데스의 추적을 포기하고 상기된 얼굴로 숨을 몰아쉬며 다가왔다.

"안녕, 베릴!"

스태플턴이 말했는데 그의 목소리는 어쩐지 냉담하게 들렸다.

"오빠, 얼굴이 아주 빨개졌어."

"그래, 키클로피데스를 쫓고 있었지. 그놈은 늦가을에는 거의 찾아보기 힘든 녀석이라 꼭 잡았어야 했는데 말이다."

스태플턴은 태연하게 말했지만 그의 작은 회색 눈은 쉼 없이 동생과 나를 살피고 있었다.

"네 소개를 한 것 같은데."

"응, 조금만 더 일찍 오셨더라면 황야의 참된 아름다움을 맛볼 수 있었을 텐데 너무 늦었다고 말씀드리던 참이었어."

"응? 이분이 누군 줄 알고?"

"헨리 경이시잖아."

"천만의 말씀, 나는 그저 평민에 불과합니다. 헨리 경의 친구인 의사 왓슨입니다."

표정이 풍부한 그녀의 얼굴이 부끄러움으로 발갛게 달아올랐다.

"그래서 그렇게 얘기가 엇나간 거로군요."

"그렇게 많은 이야기를 나누지도 않았을 텐데."

뭔가 탐색하는 듯한 눈으로 그녀의 오빠가 말했다.

"왓슨 박사님이 여기에 살려고 오신 분인 줄 알고 이야기했어요. 난을 보기에는 너무 이르다는 둥 늦었다는 둥, 그다지 관계없는 얘기였네요. 어쨌든 여기까지 오셨으니, 저희 집에 들렀다 가세요."

그녀가 변명이라도 하는 것처럼 내게 말했다. 메리핏 저택은 멀지 않은 곳에 있었다. 황야에 외로이 홀로 서 있었는데, 옛날 번영을 누리던 시대에 목장 주인쯤 되는 사람이 살던 것을 현대식 주택으로 개조한 것이었다. 집 주위는 과수원을 이루고 있었는데, 그곳의 나무들도 황야의 다른 나무들과 마찬가지로 제대로 자라지 못했기 때문에 주변이 전체적으로 어둡고 초라한 분위기를 주었다.

허름한 복장의 나이 든 하인이 우리를 맞았다. 그 모습이 이 집과 잘 어울렸다. 하지만 안으로 들어가보니, 세련된 가구들이 놓인 넓은 방이 여러 개 있었다. 여자의 세련된 취향을 알 수 있었다. 화강암이 여기저기 흩어져 있는 황야가, 저 멀리 지평선까지 기복을 이루며 펼쳐져 있는 창밖의 풍경을 바라보고 있자니, 이처럼 교양 있는 사내와 이처럼 아름다운 여자가 왜 이런 곳까지 와서 살게 되었는지 궁금해서 견딜 수 없어졌다.

"참 묘한 곳에서 살고 있죠? 하지만 꽤 즐겁게 살아가고 있답니다. 안 그러니, 베릴?"

스태플턴이 내 마음을 읽기라도 한 듯이 말했다.

"아주 즐거워요."

그녀의 대답에는 확신이 담겨 있지 않았다.

"저는 과거에 학교를 경영했습니다."

스태플턴이 말했다.

"북아일랜드 지방에서요. 물론 나 같은 기질의 소유자에게 학교 일은 기계적이고 지루한 것이었습니다. 젊은이들 사이에서 생활하며 그들이 성장할 수 있도록 도움을 주고, 그들의 인격을 길러주고 이상을 심어준다는 특권은 제게 아주 귀한 것이었습니다. 하지만 불행하게도 교내에 지독한 전염병이 돌아서 학생이 세 명이나 죽었습니다. 그 쓰라린 충격에서 벗어날 수가 없었고, 그때까지 쌓아놓은 자금도 전부 날리게 되었습니다. 하지만 학생들과 즐거운 시간을 보낼 수 없게 되었다는 슬픔만 아니었다면, 저는 오히려 그 불행을 기뻐했을지도 모릅니다. 워낙 동물학과 식물학을 좋아했는데, 이곳에는 연구 재료가 도처에 넘쳐나니까요. 여동생도 나와 마찬가지로 자연에 마음을 빼앗겼답니다. 왓슨 박사님도 창밖의 황야를 바라보면서 같은 생각을 하지 않으셨나요?

"여기서 사는 게 좀 지루할 것 같다는 생각은 했지요. 스태플턴 씨는 몰라도 누이동생 되시는 분께는 말입니다."

"아니요, 아니에요. 난 하나도 지루하지 않아요."

스태플턴의 동생이 얼른 끼어들어 말했다.

"우리한테는 책이 있고, 연구 과제도 있습니다. 재미있는 이웃들도 있고요. 모티머 선생은 자기 분야에 대해 누구보다 조예가 깊은 사람입니다. 가엾은 찰스 경도 존경할 만한 어른이었지요. 우리는 그분하고 아주 친했는데 나는 말할 수 없이 그분이 그립습니다. 오늘 오후에 헨리 경을 찾아뵙고 싶은데 혹시 폐가 되지 않을는지요?"

"틀림없이 기뻐할 겁니다."

"그럼 박사님이 좀 전해줄 수 있겠습니까? 헨리 경이 새로운 곳의 생활에 적응할 때까지 조금이라도 도움을 주고 싶습니다. 2층에 가보지 않으시렵니까? 나비 표본을 보여드리고 싶습니다. 영국 남서부에서 이처럼 온갖 표본을 갖춘 곳도 없을 것입니다. 그것을 전부 보고 나면 점심 식사 준비가 거의 다 되어 있을 겁니다."

하지만 나는 헨리 경의 일이 마음에 걸렸다. 음울한 황야, 불행한 망아지의 죽음, 바스커빌 가의 불길한 전설을 떠오르게 하는 섬뜩한 울음소리, 이 모든 것이 내 마음속에 어두운 그림자를 드리웠다. 이 모든 다소 모호한 인상 위에 스태플턴 양의 분명한 경고가 더해진 것이다. 그 뜨거운 목소리를 생각한다면 뭔가 그럴 만한 이유가 있다는 것을 확신할 수밖에 없었다. 나는 점심을 먹고 가라는 권유를 뿌리치고 곧장 메리핏 저택을 나섰다. 그리고 아까 지나온 풀밭 길을 되짚어갔다.

그러나 어딘지 지름길이 있는 모양이었다. 갈림길을 벗어나기도 전에 스태플턴 양이 앞질러 나와 길옆의 바위에 걸터앉아 있었던 것이다. 나는 깜짝 놀랐다. 여기까지 뛰어온 듯 그녀는 얼굴을 아름다운 빛으로 물들인 채 손을 옆구리에 대고 있었다.

"따라잡으려고 서둘러 왔더니 앞질러버렸군요, 왓슨 박사님. 모자를 쓸 틈도 없을 정도였으니까요. 시간이 없어요. 서두르지 않으면 오빠가 눈치 챌 거예요. 사과를 드리고 싶어서 왔어요. 헨리 경인 줄 알고 어처구니없는 실수를 저질렀습니다. 아까의 일은 잊어주셨으면 해요. 당신과는 상관없는 일이니까요."

"그건 어렵겠는데요, 스태플턴 양. 나는 헨리 경의 친구입니다. 그 사람에 관한 일을 말없이 지켜보고만 있을 수는 없습니다. 왜 그렇게 헨리 경이 런던으로 돌아가기를 바라는지 그 이유를 들려주십시오."

"여자의 변덕이었어요. 나 자신도 내가 무슨 말을 하는지 모를 때가 있으니, 박사님이 이해 못한다고 해도 조금도 이상할 건 없겠죠."

"아니, 그럴 리가 없습니다. 그때 당신의 목소리는 떨리고 있었습니다. 당신의 눈빛도 정확하게 기억하고 있습니다. 스태플턴 양, 제발 확실하게 말씀해보세요. 여기에 온이후로 계속해서 어두운 그림자가 나를 따라다니고 있다는 걸 알기 때문에 하는 말입니다. 이곳의 생활은 푸른 풀숲이 펼쳐져 있는데도 언제 사람의 발목을 잡아당길지 모르는, 아무런 표시도 없는 그림펜 늪지를 걷는 것과 마찬가지입니다. 그러니까 그 말이 무슨 의미인지 말씀해주세요. 그 경고는 반드시 헨리 경에게 전달하겠습니다."

한순간 그녀의 얼굴에 망설이는 기색이 스쳤다. 하지만 그녀는 곧 냉정함을 되찾았다.

"박사님, 너무 깊이 생각하지 마세요. 찰스 경이 돌아가신 일로 우리는 커다란 충격을 받았습니다. 황야로 산책을 나오시면 늘 우리 집에 들르시곤 하셨거든요. 남의 일

175

이라고는 생각되지 않았어요. 찰스 경은 집안에 내려오는 저주를 늘 마음에 두고 계셨기 때문에, 이런 비극이 일어났을 때 저는 그분이 느꼈던 공포에는 분명히 어떤 근거가 있었던 것이 아닐까 생각했어요. 그런데 다른 혈육이 와서 살게 될 것이라는 말이 들려왔고, 불안해졌지요. 그래서 위험이 있다는 사실을 알리고 싶었을 뿐입니다."

"그럼 그 위험이란 어떤 것이지요?"

"개에 대한 전설을 알고 계시죠?"

"저는 그런 터무니없는 얘기는 믿지 않습니다."

"하지만 저는 믿어요. 만약 박사님이 헨리 경에게 어떤 영향력을 발휘할 수 있다면 그분의 집안사람이 불행한 사건을 당한 이 황야에서 그분을 데리고 나가세요. 세상은 넓잖아요. 굳이 이런 위험이 도사리고 있는 곳에서 살 필요는 없어요."

"아니요, 바로 위험이 도사리고 있기 때문에 살기로 결심한 겁니다. 헨리 경은 그런 사람입니다. 좀 더 확실한 이유를 말씀해주시지 않으면 그를 데리고 떠날 수는 없을 겁니다."

"확실한 얘기는 드릴 수 없어요. 저도 아는 게 아무것도 없거든요."

"스태플턴 양, 한 가지만 더 물어보겠습니다. 처음 말씀을 하셨을 때, 왜 오빠에게는 비밀로 해달라고 했습니까? 이 정도의 얘기라면 오빠도 크게 반대하지는 않을 텐데요."

"오빠는 바스커빌 저택에서 살 사람을 진심으로 기다리고 있었어요. 그래야 황야의 빈곤한 사람들에게 도움이 된다고 생각하기 때문이지요. 내가 헨리 경에게 여기서 떠나라고 말했다는 사실을 알면, 굉장히 화를 낼 거예요. 이것으로 제가 할 일을 다 한 셈이에요. 이젠 돌아가야 해요. 아니면 내가 없다는 사실을 눈치 채고 박사님을 만나러 갔다고 의심할 거예요. 이만 실례하겠습니다."

그녀의 뒷모습은 여기저기 흩어진 바위 사이로 어느새 사라져버렸다. 나는 뭔지 모를 두려움이 마음 가득 차오르는 것을 느끼며 바스커빌 저택을 향해 걸음을 재촉했다.

왓슨 박사의 첫 번째 보고서

내 앞에는 내가 셜록 홈즈에게 보낸 편지가 쌓여 있다. 지금부터 이 편지에 의거하여 사건의 추이를 설명할 생각이다. 편지 한 장이 없어지기는 했지만 그 외에는 보고서 그대로다. 커다란 비극이었기 때문에 아직도 선명하게 기억하고 있지만, 그래도 편지를 인용하는 것이 당시 나의 감정과 의혹을 보다 정확하게 전달할 수 있을 것이다.

10월 13일 바스커빌 저택에서
친애하는 홈즈에게

지금까지 보낸 편지와 전보를 통해 신에게 버림받은 이 벽지에서 일어난 사건의 흐름을 잘 알게 되었으리라 짐작하네. 여기서 머무는 시간이 길어지면서 끝없이 펼쳐진, 기분 나쁜 매력을 지닌 황야의 정령이 더욱 마음속으로 스며드는 것 같은 기분을 느끼게 되네. 일단 황야에 발을 들여놓은 자는 대도시 영국 같은 것은 완전히 잊고, 선사 시대 사람들의 유적과 유물에 시선을 빼앗기게 된다네.

한 걸음 밖으로 나와 주위를 둘러보면 잊힌 사람들의 집들이며, 무덤이나 사원이었을 것으로 생각되는 거대한 바위를 볼 수 있다네. 찢어진 듯한 자국이 있는 언덕의 경사면에 남아 있는 회색 돌집들을 바라보면, 마음은 고대를 향해 날아간다네. 낮은 출입구에서 털옷을 입은 털투성이 사내가 기어 나와 돌로 만든 화살촉이 달린 화살을 활에 메긴다 해도 조금도 이상할 것 같지 않으며, 오히려 내가 시대착오적인 인물이라는 생각이 든다네. 예부터 불모지였던 이 땅에 많은 사람이 살고 있었다는 게 좀 이상하지 않은가? 고고학에 대해서는 별로 아는 게 없지만, 전쟁을 싫어하는 종족이었기 때문에 다른 부족에서는 쳐다보지도 않는 이 땅에서 살게 된 것이 아닌가 하고 내 마음대로 상상해보고는 한다네.

하지만 이런 것들은 파견을 나온 내 사명과는 아무런 관계도 없고, 언제나 일을 가장 중요하게 여기는 자네에게는 전혀 흥미 없는 이야기에 지나지 않을 걸세. 태양이 지구의 주위를 돌건, 지구가 태양의 주위를 돌건, 별 상관이 없다는 자네의 말을 기억하고 있네. 이제부턴 헨리 경에 관한 이야기를 하겠네.

최근 2~3일간 보고를 하지 않은 것은 특별히 알릴 만한 일이 없었기 때문이었네. 그런데 오늘 참으로 놀라운 일이 일어났다네. 그것에 대해서는 조금 뒤에 쓰겠네. 그 전에 자네가 사태에 대해서 미리 알아두어야 할 점이 있기 때문이라네.

우선 지금까지 거의 이야기하지 않은, 황야로 도망친 탈옥수에 관해서 이야기하겠네. 지금은 벌써 다른 지방으로 도망쳤다고 말할 수 있을 만큼 시일이 지났기 때문에 외딴집에서 살고 있는 이곳 사람들은 안심하고 있지. 탈옥한 지 2주일이 지났는데도 전혀 행방을 찾을 수가 없다네. 그동안 계속해서 황야에 숨어 있었을 리가 없어. 물론 몸을 숨길 만한 장소는 여기저기 널려 있지. 돌집은 몸을 숨기기에 아주 좋은 곳이니까. 하지만 황야에 풀어놓은 양을 잡아 죽이지 않는 한 먹을 것은 얻을 수가 없네. 그런 이유로 탈옥수는 이미 다른 지방으로 달아난 것이라고 생각할 수밖에 없기 때문에, 황야의 주민들은 두 다리 쭉 뻗고 잘 수 있게 되었다네.

바스커빌 저택에는 건장한 사내 넷이 있으니 그다지 걱정될 게 없지만, 스태플턴 남매를 생각하면 불안감을 떨칠 수가 없다네. 누구에게 도움을 청하려 해도 워낙 멀리 떨어져 있으니 말일세. 가정부에 나이 든 하인과 오누이 이렇게 넷이서 생활하고 있는데, 오빠도 그렇게 믿음직한 사람이라고는 할 수가 없네. 만약 이 노팅힐 살인범에게 습격을 받게 되면, 아무런 손도 쓸 수 없을 걸세. 헨리 경과 나는 걱정이 되어서 마부 퍼킨스를 그 집에서 묵게 하려고 했지만, 스태플턴이 이를 받아들이지 않았다네.

사실 우리의 친구 준남작 헨리 경은 지금 아름다운 이웃에게 상당한 호감을 품고 있다네. 시간마저도 멈춰버린 듯한 이 쓸쓸한 지방에서는 넘쳐나는 정열을 해소할 길이 없는데, 상대는 매력이 넘쳐나는 아름다운 아가씨이니 어찌 보면 당연한 얘기겠지. 스태플턴 양은 열정적이며 이국적인 분위기를 풍긴다네. 감정을 겉으로 드러내지 않는 냉정한 오빠와는 정말 신기할 정도로 대조적이라네. 오빠도 마음속으로는 불꽃을 태우고 있는 듯하지만 말이야.

그는 동생에게 놀랄 정도로 강력한 영향력을 행사한다네. 그녀는 말할 때 언제나 오빠의 눈치를 살핀다네. 그는 틀림없이 동생에게 다정해. 하지만 그의 눈에는 차가운 빛이 있으며, 얇은 입술은 굳게 닫혀 있다네. 차갑고 의지가 강한 성격이라는 걸 금방 알 수 있지. 자네에게는 아주 좋은 연구 재료가 될 걸세. 이 스태플턴이라는 사람은 내가 그를 처음으로 만난 날 바스커빌 저택을 방문했고, 그 다음 날에는 우리 두 사람을 잔혹한 휴고 전설의 발상지가 되는 곳으로 안내해주었다네. 그곳은 황야를 가로질러 몇 킬로미터 떨어진 곳이었는데, 실로 기분 나쁜 곳이어서 전설과 아주 잘 어울리는 곳이었다네.

울퉁불퉁한 바위산 사이에 조그만 계곡이 있고, 그 계

곡은 하얀 황새풀이 드문드문 자라 있는 풀밭으로 통하였네. 그 풀밭 한가운데쯤에 커다란 돌 두 개가 서 있지. 침식에 의해 끝부분이 뾰족해졌기 때문에, 마치 짐승의 거대한 이빨이 풍화된 것처럼 보였다네. 비극적인 전설에 아주 어울리는 무대였지.

헨리 경은 무척 마음에 걸렸는지 이 세상에 초자연 현상이 있다고 진심으로 믿느냐며 몇 번이고 스태플턴에게 물어봤다네. 대수롭지 않다는 투로 말하기는 했지만, 심각하게 여기고 있음을 명확하게 알 수 있었어. 스태플턴은 소극적으로 대답했네. 준남작의 기분을 생각해서였는지 그다지 많은 말을 하지는 않았지. 그는 악마의 저주를 받은 여러 집안의 이야기를 해주었는데, 그 역시도 이번 사건에 대해서 세상 사람들이 하는 이야기를 믿고 있는 듯했어.

돌아오는 길에 우리는 메리핏 저택으로 가서 점심 대접을 받았다네. 거기서 헨리 경은 스태플턴 양을 알게 되었지. 헨리 경은 처음 만난 순간부터 그녀에게 강하게 끌린 듯했네. 그녀 역시 같은 마음이었던 듯하고. 돌아오는 길에 헨리 경은 스태플턴 양에 대한 이야기만 했고, 그날부터 거의 매일 스태플턴 남매와 오가는 사이가 되었다네. 오늘은 이곳으로 남매를 초대하여 함께 식사했고, 다음 주에는 우리가 찾아갈 것 같아.

아주 잘 어울리는 두 사람이니 진심으로 기뻐할 만한데, 헨리 경이 그녀에게 친절하게 대할 때 스태플턴이 불쾌한 표정을 짓는 것을 나는 몇 번이고 보았다네. 스태플턴이 동생을 끔찍이 사랑하고 있으며, 그녀가 없으면 쓸쓸한 생활을 해야 한다는 것은 틀림없는 사실이네. 그렇다고 해서 더할 나위 없는 상대와의 결혼을 반대할 생각이라면, 그보다 더한 이기주의가 어디 있겠나? 스태플턴은 분명히 헨리 경과 동생이 친해져서 사랑하는 사이가 되는 걸 바라지 않고 있다네. 그들 둘이서만 이야기하는 것을 방해하려 드는 것을 몇 번이나 보았거든.

가뜩이나 상황이 곤란한데 그들의 연애까지 보태진다면, 헨리 경을 절대로 혼자 내보내지 말라고 했던 자네의 지시를 더욱 지키기 어려워질 것 같네. 편지의 지시를 충실하게 지키면 나는 곧 미움을 사게 될 테니까.

지난 목요일, 좀 더 정확히 말하면 모티머 의사가 여기 와서 점심 식사를 한 날이었네. 모티머 의사는 롱다운 구릉지의 고분을 조사하던 중에 선사 시대 사람의 두개골을 발굴해 냈다며 아주 기뻐했어. 그 사람만큼 한눈 팔지 않고 한 가지 일에 열중하는 사람도 드물 걸세. 그 후에 스태플턴 남매가 찾아왔지. 헨리 경의 청을 받고 친절한 의사는 우리를 주목 오솔길로 데리고 가서 운명의 밤에 일어났던 일을 자세하게 설명해주었다네.

주목 오솔길은 음침한 산책길이었네. 길 양편으로 가지런하게 정돈된 주목들이 울타리처럼 늘어서 있고, 울타리 밑에는 넓지 않은 폭의 잔디가 깔려 있다네. 산책길 끝에는 무너져가는 별관이 있고, 산책길 중간쯤에 황야로 통하는 쪽문이 있어. 노신사가 담뱃재를 떨어뜨린 곳이지. 그 쪽문은 색을 칠하지 않은 나무로 만들었는데 빗장이 달려 있다네. 그 너머로 황야가 펼쳐져 있지.

나는 자네의 추리를 생각하며 그날 밤에 있었던 일을 머릿속에 그려보려 했다네. 거기에 노인이 서 있었다. 황야에서 무엇인가 달려오는 것이 보였다. 제정신을 차릴 수 없는 무시무시한 무엇인가. 노인은 허겁지겁 도망쳤지만, 결국에는 공포와 피로 때문에 숨을 거뒀다. 길고 어두운 터널을 달려 도망치다가 말일세.

대체 무엇일까? 황야에 있던 양치기 개? 소리도 없이 달려든 마견? 아니면 인간의 음모일까? 창백한 얼굴의 배리모어는 무엇을 감추고 있는 것일까? 아무것도 확실한 것은 없지만, 그 배후에는 틀림없이 범죄의 어두운 그림자가 아른거리고 있다네.

전에 편지를 쓴 이후로 또 다른 이웃 한 명을 만났다네. 래프터 저택에 살고 있는 프랭클랜드 씨로, 바스커빌 저택에서 남쪽으로 6킬로미터 정도 떨어진 곳에 살고 있다네. 백발에 얼굴이 불그레하고 걸핏하면 화를 잘 내는 노인인데, 법률에 깊은 관심을 갖고 있어서 소송에 상당한 재산을 쏟아부었다고 하네. 소송 그 자체가 삶의 보람인 듯 소송을 걸기도 좋아하고 당하는 것도 좋아한다고 하니, 자신의 즐거움을 위해서 돈을 쏟아붓는다고 할 만하네. 본인 사유지의 도로를 막아놓고는 마을 사람들에게 통행권 침해로 고소해보라고 했던 적도 있었다고 하네.

프랭클랜드 씨는 옛날부터 전해 내려오는 장원과 촌락의 권리에 대해서도 매우 잘 알고 있었는데, 마을 사람들은 그 지식 때문에 때로는 도움을 얻기도 하고 때로는 어려움을 겪기도 했다고 해. 그래서 마을 사람들은 때로는 노인을 업고 마을을 돌아다니기도 하고, 때로는 노인의 모습을 본떠 만든 인형을 화형에 처하기도 한다더군.

프랭클랜드 씨는 지금 7건의 소송을 끌어안고 있다고 하는데, 그것으로 재산이 완전히 없어질 테니 이젠 이빨 빠진 호랑이가 될 거라는 소문이 있네. 법률에 관한 것만 빼면 프랭클랜드 씨는 친절하고 기품 있는 사람인 듯하네. 이 노인에 대해서는 보고하지 않으려 했지만, 주위 사람들에 대해 적어 보내라고 자네가 특별히 부탁했기에 적어 보내는 것뿐일세. 아마추어 천문학자이기도 한 그는 지금 기묘한 일에 몰두하고 있다네. 탈옥수의 모습을 한 번이라도 보기 위해서 고급 망원경을 가지고 자기 집 지붕으로 올라가 하루 종일 황야를 살펴보고 있다네.

그저 그런 일에나 신경을 쓰면 좋으련만, 소문에 의하면 모티머 의사를 고소할 예정이라고 하네. 모티머 의사가 롱다운 구릉지의 고분에서 신석기 시대 사람의 두개골을 발굴한 것을 보고는, 근친자의 승낙 없이 무덤을 파헤쳤다며 트집을 잡고 있다고 하네. 프랭클랜드 씨 덕분에 생활이 따분하지 않으니 참으로 고마운 분일세.

이것으로 탈옥수, 스태플턴 남매, 모티머 의사, 프랭클랜드 씨 등에 대한 최신 정보의 보고는 끝이네만, 마지막으로 중요한 사실을 알려주겠네. 배리모어 부부에 관한 이야기인데, 어젯밤에 놀랄 만한 일이 있었다네.

우선 자네가 런던에서 보냈던 전보에 관한 것부터 쓰겠네. 배리모어가 저택에 있는지 확인하기 위해서 보낸 전보를 말하는 걸세. 우체국장의 증언에 의해 그 시도가 무위에 그쳤다는 사실은 전에도 설명한 바가 있었지? 그 일에 관해서 헨리 경에게 이야기했더니, 직선적인 성격대로 그는 바로 배리모어를 불러다 전보를 직접 받았는지 단도직입적으로 물었다네. 배리모어는 자신이 직접 받았다고 대답했네.

"그 애가 자네에게 직접 전보를 전했나?"

헨리 경이 물었지. 배리모어는 깜짝 놀라서 잠시 생각

을 더듬더니 이렇게 말했네.

"아닙니다. 제가 아내에게 답장 내용을 불러주었고 아내가 아래층으로 내려가서 그대로 옮겨 적었습니다."

그런데 저녁때 배리모어가 그 얘기를 다시 꺼냈다네.

"주인님, 저는 주인님이 오늘 아침에 무슨 이유로 그런 질문을 하셨는지 전혀 이해가 가지 않습니다. 제가 믿지 못할 행동이라도 했다는 겁니까?"

헨리 경은 의심해서 물어본 것이 아니라고 말하며, 때마침 런던에서 도착한 옷을 여러 벌 주며 그를 달랬다네.

배리모어 부인도 흥미로운 사람이라네. 다부진 몸매에 청교도처럼 체면을 중히 여기는 여인인데, 놀랄 정도로 감정을 드러내지 않는다네. 저택에 도착한 날 밤, 격렬하게 우는 소리를 들었다는 이야기는 전에 했지? 그 후에도 울고 난 듯한 얼굴을 몇 번이나 보았다네. 말 못할 깊은 슬픔이 있어서 늘 괴로워하는 것이겠지. 지난날 저지른 죄 때문에 괴로워하는 걸지도 모른다는 생각, 배리모어가 폭력을 휘두르고 있는 건지도 모른다는 생각 등 이런저런 생각을 해보았다네. 배리모어에게는 어딘지 미심쩍은 부분이 있었는데, 어젯밤에 일어난 묘한 사건으로 그런 생각이 더욱 강해졌다네.

하지만 별일 아닌지도 모르겠네. 알다시피 나는 잠을 잘 못 자거든. 더구나 이 집에서 나는 경호원 역할을 맡고 있기 때문에 평소보다 더 잠을 잘 못 자고 있네.

그런데 어젯밤 새벽 2시쯤, 발소리를 죽이고 누군가 내 방 앞을 지나가는 기척에 잠이 깼어. 난 일어나서 문을 살짝 열고 밖을 살폈지. 복도에 검은 그림자가 길게 드리워져 있었네. 한 남자가 손에 촛불을 들고 복도를 살금살금 걷고 있었던 거야. 그는 옷을 걸치고 있었지만 맨발이었네. 어두워서 자세히 보이지는 않았지만 키가 큰 걸 보니 배리모어 였네. 그는 소리가 나지 않도록 아주 천천히 걷고 있었는데 어쩐지 떳떳하지 못한 일을 몰래 하고 있는 듯한 인상을 풍기더군.

앞서 말했던 것처럼, 복도는 중간 부분에서 홀 전체가 내려다보이는 발코니로 이어지고 다시 반대편 복도로 연결되지. 나는 배리모어 집사가 발코니로 들어설 때까지 기다렸다가 그의 뒤를 따라갔네. 내가 발코니를 돌았을 때 그는 반대쪽 복도의 맨 끝에 있었어. 나는 문틈으로 흘러나오는 불빛을 보고 그가 방으로 들어갔다는 사실을 알 수 있었지. 그쪽 방들은 가구도 없을 뿐 아니라 사용하는 사람도 없기 때문에 그의 행동은 더욱 수상하게 보였다네. 문틈으로 새어나오는 불빛의 흔들림이 없는 것으로 보아 그는 꼼짝 않고 서 있는 것 같았어. 나는 되도록 소리를 내지 않고 복도를 내려가 방 안을 엿보았지.

배리모어는 촛불을 손에 든 채 창문에 몸을 바짝 대고 있었어. 그는 이쪽으로 얼굴을 살짝 돌리고 있었는데, 무엇인가를 찾아 황무지의 어둠 속을 응시하는 얼굴이 딱딱하게 굳어 있더군. 그는 창밖을 한동안 열심히 쳐다보고 서 있었네. 그러다 무슨 말을 내뱉더니 서둘러 촛불을 꺼버렸어. 나는 곧 내 방으로 돌아왔지. 잠시 후 살금살금 걸어서 방문 앞을 지나가는 소리가 다시 들렸다네. 한참 있다가 살짝 잠이 든 나는 어딘가에서 열쇠 돌아가는 소리를 들었네. 하지만 그것이 어디서 나는 소리인지는 알 수 없었어.

이 모든 것이 무엇을 의미하는 것인지는 알 수 없지만,

어쨌든 이 음침한 집에서 어떤 비밀스러운 일이 벌어지고 있는 것만은 틀림없네. 조만간 우리는 그것이 어떤 일인지 똑똑히 알게 될 걸세. 자네를 내가 세운 추리로 괴롭히지는 않겠네. 오로지 사실에만 충실해달라는 자네의 부탁이 있었으니까. 나는 오늘 아침에 헨리 경과 장시간 대화를 나누었고, 함께 모종의 작전을 짰다네. 그것이 어떤 것인지 지금 당장 말해주지는 않겠네. 그러면 나의 다음 보고서가 재미없어질 테니까.

왓슨 박사의 두 번째 보고서
— 황야의 불빛 —

10월 15일 바스커빌 저택에서
친애하는 홈즈에게

이곳에 처음 왔을 때는 이렇다 할 것들을 적어 보내지
못했지만, 이제는 제대로 보고할 수 있을 것 같네. 조그만
사건들이 하나둘 일어나기 시작했기 때문일세. 지난 편지
는 창가에 서 있던 배리모어에 대한 이야기로 끝을 맺었
는데 이제 내 수중에는 자네를 깜짝 놀라게 할 만한 이야
기보따리가 있다네. 예상치 못한 일들이 차례로 일어났
지. 어떻게 보면 상황은 지난 48시간 동안 더 분명해진 것
같기도 하고, 더 복잡해진 것 같기도 하네. 자네에게 모든

걸 털어놓을 작정이니 알아서 판단하게.

다음 날 아침, 나는 아침 식사 전에 간밤에 배리모어가 서 있던 방으로 가서 그곳을 조사해보았고, 그가 가만히 내려다보았던 서쪽 창에 이 저택의 다른 창들에서는 볼 수 없는 특징이 있다는 사실을 깨달았다네. 황야에서 가장 가까우며, 황야를 가장 잘 내려다볼 수 있다는 점이었지. 다른 창을 통해서는 황야가 언뜻 보일 뿐이지만, 서쪽 창에서는 두 그루 나무 사이로 공간이 생겨 황야를 훤히 내다볼 수 있네. 즉 배리모어는 그 창을 통해서 황야에 있는 사람, 혹은 무엇인가를 내다보고 있었다는 사실을 알게 된 걸세.

하지만 어젯밤은 굉장히 어두웠기 때문에 무엇인가를 보려고 했던 것 같지는 않아. 나는 그가 남몰래 사랑에 빠진 게 아닌가 하는 생각을 했다네. 그렇다면 그의 은밀한 행동과 괴로워하는 그의 부인까지 설명할 수가 있네. 빼어난 미남이니 시골 처녀들의 마음을 빼앗기란 쉬운 일일 걸세. 이렇게 가설을 세운다면 상당히 많은 부분을 이해할 수 있을 걸세. 그날 밤에 방으로 돌아와서 들었던 열쇠 소리는 그가 비밀스러운 만남을 위해서 밖으로 나가는 소리였을지도 모르고. 다음 날 아침, 나는 그런 식으로 추리를 해봤는데, 사실은 그것이 터무니없는 상상에 불과한 것이었다네.

어쨌든 배리모어가 왜 그런 행동을 하는 건지는 알 수 없었지만 그 진상이 밝혀질 때까지 혼자 가슴속에만 묻고 있을 수가 없었다네. 아침 식사를 마친 뒤 나는 서재로 가서 준남작에게 내가 본 사실들을 이야기했다네. 그는 그렇게 놀라지는 않았네.

"배리모어가 밤중에 돌아다닌다는 사실은 저도 알고 있습니다. 안 그래도 당신에게 얘기하려던 참이었습니다. 당신이 말씀하신 시각에 복도를 왔다 갔다 하는 발소리를 두어 번 들은 적이 있습니다."

"그럼 매일 밤마다 그 창가로 가는 모양이군요?"

"아마 그럴 겁니다. 만약 그렇다면 무엇 때문에 그러는 건지 뒤를 밟아보면 알 수 있겠죠. 셜록 홈즈 씨라면 어떻게 하셨을까요?"

"그라면 틀림없이 경이 제안한 그대로 했을 겁니다. 뒤를 밟아 배리모어의 행동을 끝까지 지켜볼 겁니다."

"그럼 밤에 우리 둘이서 해볼까요?"

"하지만 들킬지도 모르지 않습니까?"

"집사는 귀가 약간 어두워요. 어쨌든 들키지 않게 해보는 수밖에 없지 않겠습니까? 오늘 밤에는 제 방에서 배리모어가 나갈 때까지 자지 말고 기다리는 게 어떻겠습니까?"

헨리 경은 기쁘다는 듯이 두 손을 비벼댔어. 황야에서의 따분한 생활에서 벗어날 수 있다는 생각에서 이 모험을 반긴다는 걸 잘 알 수 있었다네. 돌아가신 찰스 경은 건축가에게 설계를 의뢰하기도 하고, 런던의 청부업자에게 견적을 부탁해놓기도 했다네. 준남작이 그들과 계속 교섭 중이니, 곧 대대적인 개축 공사가 시작되겠지. 플리머스 시에서 실내 장식가와 가구상을 불러오기도 했다네. 우리의 친구가 엄청난 일을 계획하고 있다는 것을 확실하게 알 수 있었지. 바스커빌 가의 부흥을 위해서라면 노력과 돈을 아끼지 않을 생각인 것 같네.

저택의 개축 공사가 끝나고 가구가 새로 들어오면, 그

다음에 남는 일은 아내를 맞아들이는 일뿐이겠지. 자네에게 말해두겠네만, 상대만 승낙을 한다면 이 문제도 쉽게 실현될 것 같은 조짐이라네. 왜냐하면 지금까지 나는 헨리 경이 아름다운 이웃 스태플턴 양을 대하는 것보다 뜨거운 마음을 지닌 남자를 본 적이 없었으니까. 하지만 열렬한 사랑에는 언제나 방해자가 있기 마련일세. 예를 들어서 오늘 있었던 일만 해도 전혀 예상치도 못했던 파문이 일어 우리의 친구를 괴로움 속으로 밀어 넣었다네.

배리모어에 대한 이야기가 끝나자 헨리 경은 모자를 쓰고 외출 준비를 했네. 당연히 나도 따라서 외출 준비를 했지.

"왓슨 박사님도 함께 가시려고요?"

"황야로 나가실 생각이라면 같이 가야죠."

"황야로 나갈 생각입니다만."

"그렇다면 제가 왜 여기로 왔는지는 알고 계시겠죠? 귀찮으시겠지만, 홈즈가 무슨 일이 있어도 혼자 계시게 해서는 안 된다고 했습니다. 특히 황야에는 혼자 가시지 말았으면 합니다."

헨리 경은 밝은 미소를 지으며 내 어깨에 손을 얹었다네.

"박사님, 홈즈 씨는 틀림없이 명석한 분이십니다. 하지만 이곳에 온 뒤로 제게 일어난 일을 전부 예측하지는 못했습니다. 그건 박사님도 아시겠지요? 박사님은 다른 사람의 즐거움을 방해하실 분이 아닙니다. 제발 혼자 가게 해주십시오."

참으로 난감했네. 뭐라고 대답해야 좋을지, 어떻게 해야 좋을지 망설이고 있는 사이에 헨리 경은 지팡이를 들고 밖으로 나가버렸다네. 하지만 양심에 비추어 생각해보았을 때 어떤 이유에서건 그를 혼자 내보낸 것이 심히 후회스러웠네. 나는 런던으로 돌아가서 자네의 지시를 따르지 않아 불행한 일이 생겼다는 얘기를 털어놓을 때 내 기분이 어떨까를 상상했네. 정말이지 그 생각만으로도 얼굴이 붉어졌지. 헨리 경을 따라잡기에는 아직 늦지 않은 것 같아서 당장 메리핏 저택이 있는 방향으로 달려갔네.

길을 따라 힘껏 뛰어갔지만 황야로 가는 길이 나올 때까지 헨리 경은 그림자도 보이지 않았네. 길을 잘못 들었구나 싶어서 주위를 한눈에 둘러볼 수 있는 언덕에 올라가려고 했다네. 검은 바위들이 드러나 있는 그 채석장이 있는 언덕이라네. 거기에 올라가보니 바로 그의 모습이 보이더군. 황야의 오솔길에, 500미터쯤 떨어진 곳에 있었는데, 그의 곁에 여자가 보였어. 말할 필요도 없이 스태플턴 양이었다네. 틀림없이 서로 만날 약속을 했던 것이겠지. 그들은 천천히 걸으면서 서로 이야기를 주고받았다네. 그녀는 자신의 말을 강조하듯이 자주 두 손을 움직이고 있었네. 헨리 경은 가만히 듣고 있었지만, 강하게 반대하듯 한두 번 고개를 흔들었다네.

　나는 바위 뒤에 숨어서 두 사람을 지켜보았는데, 어떻게 해야 좋을지 몰랐다네. 따라가 두 사람의 대화에 끼어드는 것은 너무나도 무례한 방법 같았네. 하지만 헨리 경에게서 한시도 눈을 떼지 않는 것이 나의 역할이 아니겠는가? 친구를 미행해야 하다니, 정말 싫은 일이었다네. 그래서 언덕에서 지켜보는 것 외에는 달리 방법이 없었어. 나중에 그에게 모든 것을 밝히면 마음도 편해질 것이라고 생각했지. 만약 그의 신변에 위험이 닥치면 너무 멀어서 도움을 주지 못할 것이 뻔했지만, 자네도 내가 난처한 입장에 있었고 달리 방법이 없었다는 것에 동의해주리라 생각되네.

헨리 경과 스태플턴 양은 오솔길에 서서 대화에 온 정신을 팔고 있었다네. 그런데 나는 나 외에도 두 사람을 감시하는 사람이 있다는 사실을 깨닫고는 깜짝 놀랐네. 공중에 떠 있는 푸른색이 언뜻 보여서 눈을 들어보니 그것은 잠자리채에 달린 망이더군. 한 남자가 잠자리채를 들고 기복이 심한 땅에서 움직이고 있었네. 스태플턴이었지. 그는 두 남녀에게 나보다 훨씬 가깝게 접근해 있었을 뿐만 아니라 그쪽을 향해 다가가고 있었다네. 그 순간이었다네. 갑자기 헨리 경이 스태플턴 양을 와락 껴안았지. 경의 팔은 숙녀를 안고 있었지만 그녀는 고개를 외면한 채 몸을 빼내려고 애쓰는 것 같았네. 경은 그녀를 향해 고개를 숙였네. 스태플턴 양은 뭐라고 항의하는 것처럼 한 손을 들어 올렸네. 다음 순간 나는 두 남녀가 황급히 떨어진 다음 등을 돌리는 모습을 보았네.

그것은 스태플턴 때문이었어. 그는 맹렬한 스피드로 달려들었는데, 잠자리채의 움직임이 좀 우스웠다네. 두 사람 앞에서 그는 너무나도 흥분한 나머지 미쳐 날뛰는 것처럼 보였다네. 어떻게 된 일인지 나는 영문을 알 수가 없었지만 그가 헨리 경에게 거친 말을 해대는 것 같았어. 헨리 경이 사정을 설명했지만 그가 받아들여주지 않자, 헨리 경도 매우 화가 난 듯했네. 스태플턴 양은 아무런 말도 하지 않은 채 다른 쪽으로 고개를 돌리고 있었어. 곧 그가 헨리 경에게 등을 돌리더니 단호한 태도로 동생을 손짓해 불렀지. 그녀는 망설이듯 헨리 경을 보다가 오빠와 함께 걸어가기 시작했네. 그 행동으로 보건대 오빠는 동생에게 화가 난 듯했어.

준남작은 그들의 뒷모습을 한동안 바라보다가 곧 풀죽은 모습으로 발걸음을 되돌렸다네. 의기소침한 그의 모습은 보기에도 안쓰러웠다네. 대체 왜일까? 나는 이유를 알 수 없었다네. 어쨌든 봐서는 안 될 것을 본 것 같아 나 자신이 부끄러워졌다네. 그래서 언덕에서 내려와 준남작을 기다렸지. 그는 분노로 얼굴을 붉히고 눈썹을 꿈틀대며 어쩔 줄 몰라 했다네.

"아니, 왓슨 박사님! 대체 어디서 나타나신 거죠? 설마 제 뒤를 밟으신 건 아니겠죠?"

나는 모든 사실을 설명했다네. 가만히 기다리고만 있을 수는 없었다는 사실, 뒤를 밟다가 모든 것을 보았다는 사실을 이야기했다네. 그는 한순간 나를 노려봤지만, 내가 모든 것을 솔직하게 털어놓자 화가 풀렸는지 결국에는 어이없다는 표정으로 웃음을 터뜨렸다네.

"들판에서라면 아무도 모르게 만날 수 있을 거라고 생각했는데, 모두가 구애 장면을 보고 있었군요. 그것도 퍽이나 비루한 장면을! 박사님은 어느 좌석에서 구경을 하셨나요?"

"저 언덕 뒤에서요."

"꽤 멀리 떨어진 자리로군요. 그녀의 오빠는 가장 앞자리에서 봤습니다. 달려오는 모습을 보셨죠?"

"네."

"그 사람 말인데, 광기를 띠고 있다고 생각하신 적은 없습니까?"

"그렇게 본 적은 없었습니다."

"저도 그렇습니다. 조금 전까지만 해도 괜찮은 사람이

라고 생각하고 있었습니다. 하지만 아무리 생각해도 그는 조금 미친 것 같습니다. 아니면 제가 미쳐버린 거겠죠. 아, 저는 어떻습니까? 여기서 함께 생활한 지도 벌써 몇 주일이 지나지 않았습니까? 박사님, 솔직하게 대답해주십시오! 저는 사랑하는 여인과 결혼하고 싶습니다. 그게 뭐가 잘못됐다는 거죠?"

"어디 한 군데도 잘못된 점은 없습니다."

"저의 사회적 지위에 대해서는 그도 불만이 없을 겁니다. 그렇다면 틀림없이 저라는 사람 자체를 미워하는 것이겠죠. 하지만 왜죠? 지금까지 저는 한 번도 남에게 피해를 준 적이 없습니다. 그런데도 그 사람은 동생에게 손가락 하나 대지 못하게 하겠다고 했습니다."

"그런 말을 했나요?"

"네. 더 심한 말도 들었습니다. 두 사람을 만난 지 이제 겨우 몇 주밖에 지나지 않았습니다. 하지만 처음 본 순간부터 이 사람밖에 없다고 느꼈습니다. 그녀도 마찬가지로, 저와 함께 있을 때 행복해합니다. 그녀의 눈동자는 그 어떤 말보다도 많은 걸 말해줍니다. 하지만 그 사내는 우리 둘만 있게 내버려두지 않았습니다. 오늘 처음으로 단둘이 이야기를 나눌 수 있었습니다. 그녀는 저를 만나 기쁜 듯했습니다. 하지만 사랑의 말을 속삭이려 들지는 않았습니다. 그뿐만 아니라 저의 입까지 막으려 했습니다. 그녀는 '여기는 위험한 곳입니다. 당신이 이곳을 떠날 때까지 안심할 수 없습니다.'라는 말만 되풀이했습니다. 저는 '당신을 만났기 때문에 이곳을 떠날 생각이 없으며, 진심으로 떠나기를 바란다면 함께 가자.'라고 했습니다. 즉 청혼을 한 겁니다. 그런데 그녀가 대답도 하기 전에 오빠가 미친 사람처럼 뛰어들었습니다. 잿빛 눈동자가 불타오르는 듯했습니다. 제가 뭘 그렇게 잘못했다는 거죠? 싫다는 걸 억지로 설득하기라도 했단 말입니까? 제가 준남작이라는 지위를 한 번이라도 멋대로 이용한 적이 있었습니까? 그녀의 오빠만 아니었어도 제가 준남작이라는 사실을 깨닫게 해줄 뻔했습니다. 동생에 대한 저의 마음에는 한 점 부끄러움이 없으며, 가능하다면 아내로 맞이하고 싶다는 말 외에는 달리 할 말이 없었습니다. 그래도 그는 받아들일 수 없었던 듯했습니다. 결국에는 저도 화를 내고 말았습니다. 그녀의 앞이었으니 제가 지나쳤던 것일지도 모르겠습니다. 그다음은 아시는 바와 같이 그가 동생을 데리고 떠나버렸고, 참담한 기분에 빠진 저만이 홀로 남게 되었습니다. 박사님, 대체 뭐가 잘못된 겁니까? 가르쳐주십시오. 그 은혜는 평생 잊지 않겠습니다."

한두 가지 생각나는 일들을 얘기하기는 했지만, 사실은 나도 왜 그러는 건지 도무지 이유를 알 수 없었다네. 헨리 경은 지위, 재산, 나이, 성격, 용모 등 무엇 하나 흠잡을 데가 없는 사람일세. 한 가지 마음에 걸리는 게 있다면, 집안에 내려오는 어두운 운명뿐이었지.

그런 그가 청혼을 했는데 동생의 마음은 확인하지도 않고 무례하기 짝이 없게 거절해 버렸다는 사실을, 게다가 그녀도 아무런 반대를 한 것도 아니었는데 그랬다는 사실을, 나는 도무지 이해할 길이 없다네.

하지만 그날 오후 스태플턴이 직접 바스커빌 저택으로 찾아와서 그 의문을 풀어주었다네. 그는 황야에서의 일을 사과하러 온 것이었네. 두 사람은 서재에서 오랫동안 이야기를 나눈 뒤 모든 일을 잊기로 했지. 그런 의미로 다음

주 금요일에 메리핏 저택에 모두 모여서 식사를 하기로 했다네.

"아직도 저 사람이 제정신이라고는 생각하지 않습니다. 오늘 아침에 황야에서 달려올 때의 눈빛이 아직도 마음에 남아 있습니다. 하지만 그가 사과하는 모습은 정말 멋졌습니다."

스태플턴을 배웅하고 온 헨리 경이 말했네.

"오늘 아침의 일에 대해서 뭐라고 말하던가요?"

"동생이 자기 인생의 전부라고 하더군요. 당연한 일입니다. 저는 그가 동생의 가치를 알고 있다는 사실이 기쁩니다. 지금까지 늘 동생과 함께 생활해왔고, 마땅히 이야기 상대도 없이 고독하게 살아온 사람이기 때문에 동생이 떠날지도 모른다고 생각하니 미쳐버릴 것만 같았다고 하더군요. 제가 그녀를 마음에 두고 있었을 줄은 꿈에도 몰랐다고 합니다. 그런데 동생을 빼앗길 것 같은 장면을 자기 눈으로 확인한 순간 너무 큰 충격을 받아서 한동안은 어떤 언동을 했는지조차도 기억할 수 없었다고 하더군요. 그는 자신이 한 행동을 진심으로 후회하고 있으며, 동생처럼 아름다운 여자를 평생 붙잡아둘 수 있을 거라고 생각한 것은 자신의 이기적인 마음 때문이었다고 인정했습니다. 동생이 시집을 가게 된다면 다른 어떤 사람보다 저와 같은 이웃이 좋을 거라고도 말했습니다. 하지만 자신에게도 마음의 준비를 할 시간이 필요하다고 했습니다. 석 달 동안 이 문제를 거론하거나 구애하지 않고 그저 친구처럼 지내겠다고 약속한다면, 그도 절대 반대하지 않겠다고 했습니다. 저는 약속을 했습니다. 그러니 이 문제는 당분간 없었던 일로 해야 할 것 같습니다."

이렇게 해서 조그만 의문이 풀린 셈일세. 우리는 진흙 속에서 몸부림을 치고 있었지만, 어쨌든 발이 바닥에 닿았으니 한숨을 돌릴 수 있게 된 셈일세. 스태플턴이 동생에게 청혼한 사람에게, 그 구혼자가 헨리 경처럼 유망한 청년임에도 곱지 않은 시선을 보낸 이유를 알게 되었네.

자, 다음은, 뒤엉킨 실 꾸러미에서 뽑아낸 또 하나의 실을 더듬어보려 하네. 깊은 밤에 들려오는 울음소리, 배리모어 부인의 얼굴에 남아 있던 눈물 자국, 남몰래 서쪽 창가를 오가는 집사, 이것들에 관한 수수께끼 말일세.

기뻐해주게, 홈즈. 자네의 대역을 훌륭하게 소화해 냈다네. 나를 믿고 보내준 자네에게 멋지게 보답할 수 있게 되었다네. 하룻밤 사이에 모든 일을 해결했으니 말이야. '하룻밤'이라고 말했지만 사실은 '이틀 밤'이라고 하는 게 더 정확할 것 같네. 첫날밤에는 보기 좋게 헛수고를 했거든. 새벽 3시까지 헨리 경의 서재에서 버텨보았지만, 계단 위에 있는 자명종 소리만 들릴 뿐 다른 소리는 하나도 들려오지 않았다네. 몹시 우울한 불침번이었는데, 결국은 두 사람 모두 의자에 앉은 채로 잠이 들어버리고 말았다네. 그래서 다시 마음을 다잡고 하룻밤 더 해보기로 했다네.

다음 날 밤, 우리는 등잔불을 낮춰놓은 채 아무 소리도 내지 않고 담배를 피우며 기다리고 있었네. 시간은 정말 한없이 느리게 가더군. 하지만 우리 둘 다 인내심과 호기심 하나로 버티며 그 시간을 견뎌냈지. 사냥감이 덫에 걸리기를 기다리는 사냥꾼처럼 정신을 똑바로 차리고 있었다네. 시계가 1시를 알렸고, 2시를 알렸지. 오늘 밤에도 틀린 모양이라고 생각한 순간이었네. 두 사람 모두 깜짝 놀라 의자에 앉은 채 움직일 수가 없었지. 그리고 다시 온 신경을 집중했다네. 복도에서 삐걱거리는 발소리가 들려왔다네.

두 사람 모두 숨을 죽이고 발소리가 들리지 않을 때까지 기다렸다. 그리고 준남작이 가만히 문을 열어 추적을 시작했다네. 이미 회랑에 집사의 모습은 없었으며, 복도는 어두웠다네. 우리는 발소리를 죽여 옆 건물까지 갔지. 그 순간 검은 수염을 기른 키 큰 사내가 몸을 웅크린 채 살금살금 걸어가고 있는 모습이 눈에 들어왔다네. 사내는 전과 같은 방으로 들어갔네. 촛불이 문틈으로 새어나와 한 줄기 노란빛이 어두운 복도에 드리워졌다네. 복도 바닥이 소리를 내지 않도록 한 걸음 한 걸음, 조심하면서 다가갔네. 두 사람 모두 부츠를 신지 않았지만, 그래도 바닥 소리를 내고 말았다네. 그런 우리의 발소리를 듣지 못하는 것이 신기할 정도였다네. 다행히 상대는 귀가 좀 어두운 데다, 자신이 하고 있는 일에 완전히 마음을 빼앗기고 있었던 듯하네.

드디어 문 앞까지 이르러 방 안을 들여다보니, 그는 한 손에 초를 든 채 창가에서 몸을 웅크리고 있었다네. 긴장으로 파랗게 질린 얼굴을 창 가까이 대고 있는 모습은 이틀 전과 다를 바 없는 모습이었다네. 미리 작전을 세우지 않았어도, 거침없는 성격의 준남작은 갑자기 성큼성큼 걸어 방 안으로 들어갔다네. 그 순간 배리모어는 날카로운 비명을 지르며 창가에서 떨어져 하얗게 질린 얼굴로 벌벌 떨었다네. 우리를 본 배리모어의 얼굴은 하얀 가면을 쓴 사람처럼 변했으며 검은 눈에는 경악이 가득했으며 몸을 움직이지 못했다네.

"배리모어, 여기서 뭘 하고 있는 건가?"

"아무것도 아닙니다. 창 때문에, 밤마다 창문이 닫혔는지 살피고 있습니다."

너무 당황한 나머지 그는 한동안 말도 제대로 못했다네. 손에 들고 있던 초가 떨려 사람의 그림자가 흔들렸지.

"2층 창문을?"

"네. 모든 창문을 살피고 있습니다."

"배리모어, 우리는 자네에게 진실을 들으러 온 것일세. 알겠는가? 얼른 말하는 게 자네에게도 좋을 걸세. 자, 이제 거짓말은 그만두고 진실을 말해보게! 창가에서 뭘 하

216

고 있었던 거지?"

헨리 경의 말투가 엄하게 바뀌었다네. 배리모어는 절망적인 표정을 지으며, 공포와 슬픔으로 양손을 비틀어대고 있었지.

"아무 짓도 하지 않았습니다. 그저 초를 들고 창가에 서 있었을 뿐입니다."

"왜 그런 짓을 한 거지?"

"나리, 제발 용서해주십시오. 제발 묻지 말아주십시오. 결코 제게 어떤 비밀이 있는 게 아닙니다. 그렇기 때문에 더욱 말씀드릴 수가 없습니다. 저만의 일이라면 나리에게 무엇도 숨기거나 하지 않을 것입니다."

문득 떠오른 생각이 있어서 나는 집사가 창틀에 올려놓은 초를 집어 들었지.

"틀림없이 이걸 들어서 신호를 보냈을 겁니다. 한번 해보죠. 저쪽에서 신호가 올지도 모릅니다."

나는 배리모어처럼 초를 들고 밤의 어둠 속을 들여다보았지. 달이 구름 속으로 숨어버렸기 때문에 나무들의 어두운 그림자와 그보다는 조금 밝게 펼쳐진 황야를 간신히 구별할 수 있을 정도였다네. 나는 곧 환호성을 올렸다네. 갑자기 밤의 장막 속에서 바늘 끝만큼 조그맣고 노란 불빛이 반짝이더니, 어둡고 네모난 창의 중간쯤에서 빛을 발하기 시작했다네.

"저거다!"

나는 소리를 질렀다네.

"아닙니다. 아무것도 아닙니다. 저건 아무것도 아닙니다. 저건 절대로……."

집사가 허둥지둥 말을 자르더군.

"박사님, 초를 천천히 움직여보십시오."

준남작이 커다란 소리로 말했다네.

"보세요. 저쪽 불빛도 움직입니다. 어떤가? 자네, 이래도 신호가 아니었다고 할 건가? 자, 어서 말을 해보라고! 저쪽에 있는 놈이 누구지? 무슨 음모를 꾸미고 있는 거야!"

배리모어 집사가 결심한 듯 말했다네.

"내버려두십시오. 얘기할 생각이 없습니다."

"그래? 지금 당장 자네를 해고하겠네."

"알겠습니다. 그렇게 하겠습니다."

"이건 단순한 해고가 아니야. 부끄러운 줄 알라고! 자네 집안은 바스커빌 가에서 100년도 넘게 살아왔어. 그런데 이런 음모를 꾸밀 줄이야!"

"아닙니다! 그런 게 아닙니다! 그런 짓을 한 게 아닙니다!"

그때 여자의 목소리가 들려왔다네. 배리모어의 아내가 남편보다도 더 새파랗게 질린 얼굴로 문가에 서 있었다네. 굳은 표정을 짓고 있지 않았다면, 커다란 여자가 숄을 걸치고 스커트를 입은 그 모습은 꽤 우습게 보였을 걸세.

"일라이자, 이 집에서 쫓겨났어. 이젠 모든 게 끝이야. 짐을 꾸려요."

집사가 말하더군.

"오, 여보, 내가 왜 당신을 이 일에 끌어들였을까요? 주인님, 저 때문이에요. 모든 게 다 저 때문이에요. 남편은 저를 위해서, 제가 부탁했기 때문에 이 일을 한 겁니다."

"그럼 어디 한번 말해보게! 대체 어떻게 된 일이지?"

"가엾게도 제 동생이 황야에서 죽어가고 있습니다. 제가 어찌 그냥 보고만 있을 수 있겠습니까? 촛불은 음식이 준비되었다는 신호고, 저쪽 불빛은 음식을 놓아야 할 곳을 알려주는 신호입니다."

"그런 네 동생이란……."

"탈옥했습니다. 죄수인 셀든입니다."

"모든 것이 사실입니다. 저만의 비밀이 아니었기 때문에 말씀드릴 수가 없었습니다. 이걸로 나리에 대한 음모가 아니라는 사실을 아셨을 것입니다."

배리모어가 말했다네. 이렇게 해서 심야의 은밀한 행동과 창가의 불빛에 대한 진상을 밝혀낼 수 있었다네. 헨리 경과 나는 놀라서 여자를 바라봤지. 성실하기만 한 이 여자와 나라 안을 떠들썩하게 만들었던 악명 높은 범죄자가 남매였다니, 어찌 그런 일이 있을 수 있겠는가?

"맞습니다, 나리. 저의 처녀 때 성은 셀든이었고, 그는 제 동생입니다. 어렸을 때 애지중지 키우며 무슨 투정이든 다 받아주었습니다. 결국 동생은 세상은 자신을 위해 있는 것이며, 무엇이든 자기 맘대로 할 수 있다고 생각하게 되었습니다. 그렇게 성장하면서 좋지 않은 친구들을 사귀게 되었습니다. 악마가 씌여 어머니를 비탄에 빠지게 했으며, 집안에 먹칠을 했습니다. 차례차례 악행을 저질렀고

끝도 없이 타락했지만, 신의 가호가 있어 간신히 사형만은 면하게 되었습니다. 하지만 나리, 제게는 언제까지나 어렸을 때 같이 놀던 귀여운 동생일 뿐입니다. 동생이 탈옥한 것도 제가 이 집에 있으니 자신이 죽게 내버려두지는 않을 거라는 사실을 알았기 때문입니다. 어느 날 밤, 간수에게 쫓기던 동생이 굶주림과 피로에 지친 몸을 이끌고 이곳으로 찾아왔습니다. 우리는 도와줄 수밖에 없었습니다. 안으로 불러들여 먹을 것을 주고 보살펴주었습니다.

그때 주인님이 오셨습니다. 동생은 추격이 끝날 때까지 황야에 숨어 있는 것이 가장 안전하다고 생각했습니다. 그래서 이틀에 한 번씩 창가에서 신호를 보내 아직 황야에 있다는 사실을 확인한 뒤에 남편이 빵을 가져다준 것입니다. 어서 다른 곳으로 가주었으면 좋겠다는 생각을 한시도 잊은 적이 없습니다. 하지만 여기에 있는 동안은 돌보지 않을 수가 없었습니다. 저는 기독교인입니다. 이제 모든 걸 솔직하게 말씀드렸습니다. 남편을 탓하지 말고 저를 탓해주십시오. 남편은 저를 위해 모든 일을 한 것뿐입니다."

그녀의 말은 열의에 넘쳐 있었으며, 설득력 있게 들렸다네.

"배리모어, 정말인가?"

"네. 한 치의 거짓도 없습니다."

"좋아, 자네가 아내를 위해서 한 일이라니 탓할 수도 없겠군. 조금 전에 했던 말은 잊어주기 바라네. 이제 두 사람 모두 방으로 돌아가게. 이 문제에 대해서는 내일 아침에 다시 이야기하세."

배리모어 부부가 방에서 나간 뒤 우리는 다시 한 번 창밖을 내다보았지. 헨리 경이 창문을 열어젖히자 차가운 바람이 얼굴을 스쳤네. 멀리 어둠 속에서는 아직도 노란 불빛이 희미하게 빛나고 있었네.

"대단한 녀석이군."

헨리 경이 말했네.

"여기서만 볼 수 있는 장소겠지요?"

"틀림없이 그럴 겁니다. 저기까지 거리가 얼마나 될 것 같습니까?"

"바위산 부근 같은데요."

"기껏해야 2~3킬로미터 떨어진 곳이군요."

"그렇군요. 배리모어가 먹을 것을 날랐다니 그렇게 멀지는 않겠네요. 탈옥수는 저 불빛 옆에서 기다리고 있을 겁니다. 저는 녀석을 잡으러 가겠습니다."

나도 같은 생각을 하고 있었다네. 배리모어 부부가 우리를 믿고 모든 사실을 털어놓은 것은 아닐 것이네. 더 이상 숨길 수 없어서 밝힌 거겠지. 셀든은 사회의 적으로, 동정할 가치도 사정을 봐줄 가치도 없는 사람이라네. 그러니 다시는 나쁜 짓을 하지 못할 곳으로 되돌려 보내는 게 우리의 의무라는 생각이 들었네. 잔인하고 난폭한 놈이니 그냥 내버려두면 희생자가 나올지도 모르는 일이니까. 가령 오늘밤에 이웃인 스태플턴 남매가 그의 습격을 받게 될지도 모르는 일 아닌가? 헨리 경이 녀석을 잡으러 나서겠다고 한 것도 그런 생각에서였는지도 모르지.

"저도 가겠습니다."

"그럼 가서 신발을 신고, 리볼버 권총을 몸에 지니십시오. 이왕이면 빨리 출발하는 것이 좋을 겁니다. 놈이 불을 끄고 다른 데로 튈지도 모르니 서둘러야 할 겁니다."

5분 뒤에 우리는 저택에서 나와 모험을 떠났다네. 신음

하는 가을바람 소리와 바스락거리는 낙엽 소리를 들으며 어두운 관목 숲을 서둘러서 지나갔지. 무겁게 내려앉은 밤공기는 썩은 듯한 냄새를 풍기고 있었네. 가끔 달이 얼굴을 내밀기도 했지만 구름이 하늘을 온통 뒤덮은 채 흘러가고 있었다네. 황야로 나오자 가랑비가 내리기 시작했다네. 앞쪽의 불빛은 아직도 타고 있었지.

"경은 어떤 무기를 가져오셨죠?"

내가 물었네.

"사냥 때 쓰는 채찍을 가지고 왔습니다."

"녀석은 생명을 우습게 아는 녀석이라고 하니, 기습을 할 수밖에 없습니다. 허를 찔러서 저항할 틈을 주지 말고 제압하는 겁니다."

"박사님, 홈즈 씨라면 뭐라고 하실까요? 악마가 날뛰는 늦은 밤에 이렇게 모험을 나왔으니 말입니다."

헨리 경의 말에 답하듯이 갑자기 끝없이 펼쳐진 황야의 어둠 속에서 이상한 소리가 들려오기 시작했다네. 전에 그림펜 늪지 부근에서 들었던 그 소리가 밤의 정적을 뚫고 바람에 실려 들려왔다네. 신음과도 같은 소리가 길게 이어지더니 곧 커다란 포효가 되어 천지에 울렸고, 다시 슬픈 신음 소리가 되었다가 사라져버렸네. 자꾸만 들려오는 그 소리에 밤이 겁을 먹어 부들부들 떨고 있는 듯한 느낌이었다네. 준남작이 내 옷소매를 쥐었다네. 어둠 속에서도 그의 얼굴이 하얗게 보이더군.

"왓슨 박사님, 무슨 소리일까요?"

"잘 모르겠습니다. 황야에서 나는 소리라고 합니다. 전에도 한 번 들은 적이 있습니다."

그 소리가 끊기자 주위는 정적에 휩싸였다네. 가만히 귀를 기울여보았지만 아무런 소리도 들리지 않았지."

"박사님, 이건 개가 울부짖는 소립니다."

헨리 경의 목소리가 변했다네. 공포에 사로잡힌 듯 그의 목소리는 갈라져 나왔고 나는 등골이 서늘해졌네.

"저 소리에 대해서 뭐라고들 합니까?"

헨리 경이 묻더군.

"누가요?"

"이 고장 사람들 말입니다."

"모두 무지한 사람들입니다. 그들이 뭐라 하든지 신경

쓸 것 있나요?"

"가르쳐주십시오, 사람들이 뭐라고 하든가요?"

나는 말문이 막혔다네. 하지만 답하지 않을 수도 없는 일이었지.

"사람들은 그 소리가 바스커빌 가의 마견이 울부짖는 소리라고들 합니다."

헨리 경은 신음 소리를 흘리더니 한동안 입을 다물었네. 한참 뒤에 그가 말했네.

"틀림없이 개의 소리였습니다. 몇 킬로미터 떨어진 곳에서 들려온 듯했습니다."

"어디서 들려온 건지 저로서는 알 수가 없습니다."

"그 소리는 바람을 타고 날아왔어요. 혹시 그림펜 늪지 쪽에서 난 게 아닐까요?"

"그건 맞는 얘깁니다."

"틀림없이 거깁니다. 박사님도 개가 울부짖는 소리라고 생각하시죠? 나는 어린애가 아닙니다. 괜찮습니다. 생각한 대로 말씀해주세요."

"저 소리를 처음 들었을 때 옆에 스태플턴 씨가 있었습니다. 그는 희귀한 새의 울음소리일지도 모른다고 말했습니다."

"아니요, 저건 개예요. 그 전설 속에 진실도 숨어 있었다는 얘기일까요? 그 불행한 사건 때문에 나에게도 위험이 닥치게 되는 걸까요? 박사님은 그런 걸 믿지는 않으시겠죠?"

"안 믿습니다. 당연하죠."

"런던에서라면 웃음거리밖에 되지 않았을 얘기도, 막상 황야의 어둠 속에서 저런 소리를 듣고 나니 달리 생각되는군요. 게다가 백부님의 일도 있었고요. 쓰러진 곳 옆에 개의 발자국이 있었다고 하지 않습니까? 얘기가 꼭 들어맞습니다. 저는 겁쟁이가 아닌데, 그 소리를 듣는 순간 온몸의 피가 식어버리는 듯한 느낌이었습니다. 박사님, 이 손을 좀 보세요."

헨리 경의 손은 대리석처럼 싸늘했다네.

"내일이면 괜찮아질 겁니다."

"그 소리만은 잊을 수 없을 겁니다. 그건 그렇고, 이제 어떻게 하실 겁니까?"

"돌아갈까요?"

"천만에요. 죄수를 잡으러 온 거 아닙니까? 해치웁시다. 나는 탈옥수를 쫓고, 지옥의 개는 나를 쫓겠지요. 자, 갑시다. 황야의 개가 날뛰고 있는지 확인해봐야겠습니다."

우리는 여기저기 걸려 넘어지면서 어둠을 뚫고 앞으로 나갔다네. 주위에는 검고 거친 바위산들이 기분 나쁘게 솟아 있었고, 앞에는 여전히 노란 불빛이 희미하게 타오르고 있었지. 어두운 밤에 보이는 불빛은 전혀 거리를 짐작할 수 없었다네. 지평선 너머에서 빛나고 있는 것처럼 보이기도 했고, 바로 몇 미터 앞에서 빛나고 있는 것처럼 보이기도 했다네.

하지만 마침내 우리는 불빛이 나오는 곳을 찾아낼 수 있었다네. 끝내 불빛이 있는 곳 바로 앞까지 다다른 거지. 바람을 피하기 위해서 바위틈 사이에 세워놓은 촛불이 촛농을 떨어뜨리며 타오르고 있었는데, 그건 바스커빌 저택 쪽에서만 볼 수 있도록 되어 있었다네. 들키지 않도록 커다란 화강암을 따라서 다가가 바위 뒤에 숨어서 신호용 불빛을 바라보았네. 아무도 없는 황야 한가운데서 촛불 하나가 타오르고 있는 광경을 보니, 말로 표현할 수 없는 신비함이 느껴졌다네. 노란 불꽃은 흔들림 없이 타오르며 주위의 바위들을 환하게 비춰주고 있었다네.

"어떻게 할까요?"

헨리 경이 작은 소리로 물었다네.

"여기서 기다립시다. 녀석은 불빛 가까이에 있을 겁니다. 어떤 사람인지 꼭 보고 싶군요."

그 말이 채 끝나기도 전에 사내가 모습을 드러냈다네. 초가 타오르고 있는 바위 바로 위로 난폭해 보이는 노란 얼굴을 가만히 내밀더군. 더러운 욕망을 그대로 드러내고 있는 짐승처럼 무시무시한 얼굴이었다네. 수염과 머리가 제멋대로 자라나 있었고, 진흙 범벅이 된 얼굴은 옛날 산등성이의 굴속에서 살았던 야만인의 모습 그대로였다네. 조그맣고 교활해 보이는 눈이 촛불을 받아 번뜩이고 있었다네. 그 눈은 사냥꾼의 발소리를 들은 영악하고 위험한 짐승처럼 주위의 어둠을 살피고 있었다네. 뭔가 좀 이상하다고 느낀 모양이었네. 배리모어만이 알고 있는 어떤 신호가 없었기 때문이었을까? 아니면 다른 이유로 이상하다고 생각했던 것일까? 그 흉측한 얼굴에 공포의 빛이 떠오르기 시작했네.

　지금이라도 당장 촛불을 끄고 어둠 속으로 모습을 감
추려는 기색이 보였다네. 나는 사내에게 뛰어들었다네.
뒤이어 헨리 경이 뛰어들었고 그 순간 탈옥수는 욕설을
퍼부으며 돌을 던졌다네. 돌은 우리가 숨어 있던 화강암
바위에 부딪쳐 부서졌다네. 사내는 자리에서 일어나 도망
치기 시작했어. 작고 땅딸막하지만 다부진 몸이 눈에 들
어왔다네. 순간 다행스럽게도 구름 사이로 달이 얼굴을
내밀었다네. 우리는 언덕의 능선으로 뛰어올랐어. 우리가
쫓고 있는 상대는 산양과도 같은 몸놀림으로 돌을 내딛으
며 경사면을 맹렬한 속도로 뛰어 내려가고 있었다네. 좀
거리가 멀었지만 잘 겨누면 쏘아 맞힐 수도 있을 것 같았
네. 하지만 권총은 습격을 받았을 때를 대비해서 준비한
것이었지 무기도 없이 도망치는 상대를 쏘기 위해 준비한
것이 아니었다네.

　우리 둘 다 발이 빠르고 몸이 날렸지만, 얼마 지나지 않
아서 도저히 따라 잡을 수 없을 것이라는 사실을 깨달았지.
달빛 속으로 도망치는 사내의 모습이 오랫동안 눈에 들어

왔다네. 그 모습은 점점 멀리 언덕의 바위 사이로 움직이는 조그만 점이 되었다네. 우리도 숨이 턱에 닿도록 뒤쫓아보았지만 거리가 더욱 멀어질 뿐이었다네. 결국 우리는 추적을 포기하고 바위 위에 주저앉아서 멀리 사라져가는 사내의 모습을, 숨을 헐떡이며 바라볼 수밖에 없었다네.

그 순간, 전혀 뜻밖의 아주 이상한 광경을 목격하게 됐다네. 더 이상 쫓아봐야 소용없을 것이라 생각하고 자리에서 일어나 집으로 돌아가려고 했지. 달은 오른쪽 하늘에 낮게 걸려 있었고 화강암 바위산의 꼭대기가 은빛 둥근 달의 밑부분을 찌르고 있었다네. 문득 바라보니, 거기에 밝은 달빛을 배경 삼아 흑단으로 만든 조각처럼 검은 윤곽만 보이는 사람이 서 있는 게 아니겠는가? 환각이 아니었다네, 홈즈. 그처럼 뚜렷하게 보였으니 말일세. 키가 크고 마른 사람이었다네. 다리를 벌리고, 팔짱을 끼고 서서 밑을 내려다보는 모습은 눈앞에 펼쳐진 토탄(土炭)과 화강암의 광활한 황야에 대해서 깊이 생각하고 있는 듯했네.

그건 무시무시한 황야의 정령이었을까? 탈옥수는 아니었다네. 그 녀석이 사라진 곳과는 상당히 거리가 있는 곳

231

이었으니까. 그리고 키도 훨씬 컸다네. 나도 모르게 소리를 질렀고, 준남작에게도 그 사실을 알리려고 뒤돌아서 그의 팔을 잡으려고 했다네. 그런데 그 순간 그 사람의 모습이 사라졌다네. 화강암 바위산의 날카로운 끝 부분은 달의 아래쪽을 여전히 찌르고 있었지만, 그 조각상과 같던 검은 사람의 모습은 신기루처럼 사라져버렸다네. 그 바위산까지 가서 조사해보고 싶었지만, 거리가 너무 멀었다네. 준남작은 그 울부짖는 소리를 들었기 때문에 집안에 전해 오는 어두운 전설을 떠올리고는 신경이 날카로워져서 더 이상 모험을 할 기분이 아니었던 듯했네.

그는 바위산 위에 서 있던 이상한 사람을 목격하지 못했기 때문에, 그의 신비한 출현과 위압적인 태도에서 받은 전율을 느낄 수 없었다네.

"틀림없이 간수였을 겁니다. 녀석이 탈옥한 뒤로 황야에 수도 없이 깔렸으니까요."

헨리 경은 이렇게 말했다네. 그럴 듯한 의견이었지만, 나는 좀 더 정확한 것을 알고 싶다네. 오늘 프린스타운 형무소에 연락해서 탈옥수에 대해 말할 생각인데, 우리 손으로 잡아 넘기지 못한 것은 정말 안타까운 일이었다네.

이상이 어젯밤에 겪었던 모험인데, 이번 보고에 대해서는 내가 제 역할을 충분히 수행했다는 사실을 자네도 인정해주게나, 홈즈. 내가 크게 잘못 생각하고 있는 부분이 있을지도 모르지만, 일단은 모든 사실을 보고하고 결론은 자네에게 맡기는 것이 가장 좋은 방법이라고 생각하네.

조사에 진전이 있었다는 사실만은 부인할 수 없을 것 같네. 배리모어 부부에 관한 한, 그 행동의 동기를 확실하게 밝혀냈으며, 그 외의 이곳 상황도 상당 부분 확실하게 알게 되었으니 말일세. 하지만 황야에는 아직도 몇몇 비밀이 숨겨져 있으며, 이해할 수 없는 사람도 있기 때문에 골머리를 썩고 있다네. 다음 보고서를 보낼 때쯤이면 조금만 단서라도 잡을 수 있을 것 같네. 자네가 이곳으로 와준다면 더할 나위 없이 좋겠지만 말일세. 어쨌든 2~3일 후에 다시 편지를 쓰겠네.

왓슨 박사의 일기장

이제까지 셜록 홈즈에게 보낸 나의 초기 보고서를 인용했다. 그러나 이제는 그 방법을 버리고 당시에 써놓은 일기장을 의거해야 하는 시점에 이르렀다. 당시의 일기장을 읽어보니 마음속에 뚜렷이 아로새겨진 기억이 새록새록 되살아난다. 이제 나는 탈옥수의 추적을 포기하고 돌아온 그다음 날 아침부터 시작해서, 우리가 황야에서 겪은 기묘한 일들에 관해 이야기하려 한다.

10월 16일. 안개가 낀 가랑비.

바스커빌 저택은 피어오르는 짙은 안개에 뒤덮여 있었
다. 때때로 안개가 걷힐 때면 음울한 황야의 기복, 구릉지
의 경사면을 흐르는 은빛 물의 흐름, 내리쬐는 햇빛에 둔
탁한 빛을 발하는 젖은 바위 등이 모습을 드러냈다. 저택
안팎이 모두 어두웠다. 준남작은 어젯밤에 겪은 흥분의
여파로 입을 다문 채 아무런 말도 하지 않았다. 나도 마음
이 매우 무거웠으며, 위험이 점점 다가오고 있는 것 같다
는 느낌에 사로잡혀 있었다. 무릇 위험이 주위에 맴돌고
있다는 사실은 알지만 그것이 무엇인지 정체를 알 수 없
으면 공포심은 더욱 커지기 마련이다. 그런데 왜 아무런
이유도 없이 이런 느낌이 드는 것일까? 일련의 사건들을
생각해보면 불길한 무엇인가가 우리를 천천히 죄어오고
있다는 사실을 알 수 있다.

이 집안에 내려오는 전설의 내용 그대로 찰스 경은 죽
음을 맞이했다. 그리고 농부들은 때때로 이 황야에 나타
나는 기괴한 짐승을 보았다고 말하고 있다. 나도 개의 울
부짖음 같은 소리를 두 번이나 들었다. 하지만 그것이 초
자연적 현상이라고는 도저히 믿을 수 없다. 또한 그런 일

은 있을 수도 없다. 개처럼 생긴 요괴가 실제로 발자국을 남기고, 울부짖는 소리로 공기를 떨게 만들다니 있을 수도 없는 일이다.

스태플턴이나 모티머 의사라면 그런 미신을 믿어버릴지도 모른다. 하지만 내게 딱 하나의 장점이 있다면, 그것은 상식에 입각해 사물을 판단한다는 것이다. 무슨 일이 있어도 미신 같은 것은 믿을 수가 없다. 그것을 믿는다면 농부와 별반 다를 게 없지 않겠는가? 그들은 단순한 미친 개가 아니라 귀와 입에서 불을 내뿜는 지옥의 사냥개로 말하지 않고는 견딜 수 없는 사람들이다. 홈즈라면 그런 공상에는 귀를 기울이지도 않을 것이다. 나는 그런 홈즈의 대리인이 아닌가? 그렇다고 해서 사실을 바꿀 수 있는 것은 아니다. 나는 황야에서 그 울부짖음을 두 번이나 들었다. 실제로 거대한 개가 황야를 어슬렁거리고 있는 것이라고 보면 모든 일이 자연스럽게 설명된다.

그렇다면 그 개는 어디에 숨어 있는 것일까? 어디서 먹이를 구하고 있는 것일까? 어디서 왔을까? 왜 밤에만 나타나는 것일까? 상식적으로 생각해도 초자연설과 마찬가지로 설명할 수 없는 부분이 너무나도 많다. 개에 관한 것은 그렇다 치더라도, 런던에서 마차에 타고 있던 사내, 황야에 접근하지 말라고 헨리 경에게 경고했던 편지 등은 틀림없이 인간에 의해서 이루어진 일들이다. 적어도 그 일들은 실제로 일어났다. 단지 친구를 걱정하는 아군인지 적군인지를 판단할 수 없었을 뿐이다. 그 적군인지 아군인지 알 수 없었던 사내는 지금 어디에 있는 것일까? 그 사내는 내가 바위산에서 본 그 이상한 사람과 같은 인물일까?

그 이상한 사람을 본 건 한순간에 지나지 않았지만, 확실하게 증언할 만한 사실이 얼마든지 있다. 이 부근에서 사는 사람들을 전부 만나보았지만, 그런 사람을 만난 적은 한 번도 없었다. 스태플턴보다 훨씬 더 키가 컸으며, 프랭클랜드보다 훨씬 더 말랐다. 집사인 배리모어일지도 몰랐지만, 그는 당시 저택에 있었으며, 분명히 우리 뒤를 밟지도 않았다. 그렇다면 런던에서 뒤를 밟았던 의문의 사내가 여기서도 우리의 뒤를 밟고 있는 것이라고 밖에는 달리 생각할 길이 없다. 그 사내를 잡는다면 모든 문제가 단번에 해결될지도 모른다. 앞으로는 그 사내에게만 모든 힘을 기울여야 할 것이다.

처음에는 헨리 경에게 모든 계획을 밝혀야겠다고 생각했다. 하지만 가만히 생각해보니, 다른 사람에게는 가능한 한 말하지 말고 혼자서 해결하는 것이 좋을 것 같다는 생각이 들었다. 헨리 경은 아직도 말이 없으며, 계속 멍한 상태다. 황야에서 들은 그 소리 때문에 정신을 차리지 못하고 있다. 더 이상 걱정하게 해서는 안 된다. 이번에는 내 힘만으로 목적을 달성하기 위해 노력하겠다.

오늘 아침 식사 후 조그만 사건이 하나 있었다. 배리모어가 헨리 경에게 하고 싶은 이야기가 있다고 했고, 서재로 들어간 두 사람은 한동안 나올 줄을 몰랐다. 당구대가 있는 방에 있던 나는 거친 말이 몇 번이나 오가는 것을 들었기 때문에 무슨 이야기 중인지 정도는 눈치 챌 수 있었다. 마침내 준남작이 문을 열더니 나를 불렀다.

"배리모어가 불만을 털어놓고 싶답니다. 스스로 비밀을 밝혔는데, 우리가 처남의 뒤를 쫓은 것은 비열한 행동이었다고 하는군요."

"제 말이 너무 지나쳤을지도 모르겠습니다. 만약 그랬다면 용서해주십시오, 하지만 오늘 아침 두 분이 셀든을 추격하고 돌아왔다는 사실을 알고는 놀라지 않을 수 없었습니다. 처남의 주위에는 온통 적뿐인데, 제가 그 적의 숫자를 더 늘린 꼴이 되어버리고 말았습니다."

"자네가 스스로 그 비밀을 밝혔다면 얘기가 달라졌을 걸세. 하지만 궁지에 몰리게 되자 하는 수 없이 자네가, 아니 오히려 자네의 부인이 말한 것뿐이지 않은가?"

준남작이 말했다.

"그를 뒤쫓으리라고는 생각도 못했습니다. 나리께서 설마 그런 일을 하실 거라고는 꿈에도 생각지 않았는데……"

"그 사람은 사회의 적일세. 이 황야에는 외로이 떨어져 있는 집들뿐이야. 그리고 그는 아무렇지도 않게 살인을 저지른 자가 아닌가? 그의 얼굴을 보고 단번에 알 수 있었다네. 스태플턴 씨 집을 한번 생각해보게나. 맞설 만한 남자라고는 스태플턴 씨 한 사람뿐이지 않은가? 그 사람이 다시 형무소에 들어갈 때까지는 누구도 마음을 놓을 수가 없다네."

"그는 누구의 집에도 침입하지 않을 겁니다. 맹세할 수 있습니다. 그리고 이 나라에서는 두 번 다시 나쁜 짓을 저지르지도 않을 것입니다. 앞으로 며칠만 더 있으면 모든 채비가 갖춰집니다. 그러면 남아메리카로 도망갈 수 있습니다. 부탁드리겠습니다. 나리, 처남이 황야에 숨어 있다는 사실을 경찰에게 알리지 말아주십시오. 경찰도 황야를 수색하는 일은 이미 포기했습니다. 그러니 배에 오를 때까지는 조용히 숨어 있을 겁니다. 신고하시면, 경찰이 저와 아내도 그냥 두지는 않을 겁니다. 제발 참아주십시오. 부탁드립니다."

"왓슨 박사님, 어떻게 생각하십니까?"

나는 어깨를 들썩여 보였다.

"무사히 외국으로 도망가주기만 한다면 납세자에게도 조금은 도움이 되는 게 아니겠습니까?"

"하지만 도망가기 전에 누군가가 피해를 입을지도 모르는 일 아닙니까?"

"그런 어리석은 짓은 하지 않을 겁니다. 필요한 것들은

243

전부 건네줬습니다. 다시 죄를 저지르면 자신이 있는 곳이 알려지게 됩니다."

"그도 그렇군. 배리모어, 그렇다면……."

헨리 경이 말을 꺼내기도 전에 배리모어가 말했다.

"감사드립니다. 진심으로 감사드립니다! 만약 이번에 처남이 다시 잡힌다면 아내가 죽을지도 모릅니다."

"우리가 중죄인을 도와야 할 것 같습니다, 박사님. 이런 얘기를 전부 들어버렸으니 경찰에 알릴 수도 없게 되었습니다. 이번 사건은 이것으로 끝을 맺어야 할 것 같습니다. 알았네, 배리모어. 이제 그만 가보게나."

집사는 몇 번이고 감사의 말을 한 뒤 방에서 나가려고 하다가, 결심한 듯 뒤돌아서더니 다가왔다.

"은혜를 베푸셨으니, 저도 도움을 드리고 싶습니다. 사실은 한 가지 사실을 알고 있습니다. 좀 더 빨리 말씀드려야 했겠지만, 검시가 끝난 뒤에야 알게 된 사실입니다. 이 일은 아무에게도 말하지 않았습니다. 찰스 경이 돌아가셨던 날의 일입니다."

준남작과 나는 자리에서 벌떡 일어났다.

"어떻게 돌아가셨는지 알고 있다는 말인가?"

"그건 아닙니다. 그건 저도 모릅니다."

"그럼 무슨 일을 말하려는 거지?"

"찰스 경이 그 시각에 황야로 통하는 쪽문 앞으로 간 이유입니다. 어떤 여자를 만나기 위해서였습니다."

"여자를 만나기 위해서였다고? 백부님께서?"

"그렇습니다."

"그 사람의 이름이 뭔가?"

"이름은 모르지만 머리글자는 압니다. 그것은 'L. L.'입니다."

"배리모어, 어떻게 그 사실을 알았지?"

"어느 날 아침 찰스 경 앞으로 편지 한 통이 왔습니다. 그분에게는 언제나 수많은 편지가 왔습니다. 유명한 분이었고, 마음이 따뜻한 분이라고 평판이 자자했기 때문에, 곤경에 처한 사람들이 늘 그분에게 도움을 청했습니다. 그런데 그때는 편지가 한 통밖에 없었습니다. 그래서 눈에 띄었습니다. 쿰 트레이시의 소인이 찍혀 있었고, 여자분의 필적이었습니다."

"그런데?"

"그 뒤로 잊고 있었는데, 아내 덕분에 다시 떠올리게 되었습니다. 며칠 전에 아내는 찰스 경의 서재를 청소했습니다. 돌아가신 뒤로 한 번도 청소하지 않았는데, 난로 속에서 타다 남은 편지를 발견했습니다. 거의 까만 재가 되어 있었습니다. 하지만 끝부분에 있는 글자가 회색으로 변해 희미하게 드러나 있어서 읽을 수 있었습니다. 편지 끝부분에 덧붙인 추신 같았는데, '제발 부탁입니다. 이 편지를 태워주십시오. 그럼 10시에 문이 있는 곳으로 와주시기 바랍니다.'라고 적혀 있었고, 그 밑에 'L. L.'이라는 머리글자의 서명이 있었습니다."

"그 편지를 가지고 있는가?"

"없습니다. 손으로 집으려는 순간 부서져버렸습니다."

"같은 필적으로 보낸 다른 편지가 있는가?"

"편지에는 신경 쓴 적이 거의 없습니다. 그날은 편지가 한 통밖에 오지 않아서 기억하는 것뿐입니다."

"L. L.이 누구인지 짚이는 사람이 없는가?"

"없습니다. 그 점에 있어서는 나리와 마찬가지로 저도

모릅니다. 하지만 그 여자가 누군지 알아낸다면 찰스 경의 마지막에 대해서 자세히 알 수 있을 것이라고 생각합니다."

"배리모어, 그렇게 중요한 정보를 왜 이제야 말하는 거지?"

"곧바로 처남의 일이 터졌기 때문입니다. 또한 돌아가신 찰스 경께서 저희에게 잘해주셨기 때문에 당연한 일입니다만, 저희는 진심으로 경을 존경합니다. 일을 복잡하게 만드는 것은 경에게 아무런 도움이 되지 않는다고 생각했습니다. 게다가 여자가 관계된 일이었기 때문에, 아주 신중하게 처리할 수밖에 없었습니다. 아무리 훌륭한 분이라 할지라도……."

"명예를 훼손할 염려가 있다고 생각한 거겠지?"

"네, 밝혀서 좋을 게 없다고 생각했습니다. 하지만 커다란 은혜를 베푸셨는데 모르는 척하고 있는 건 좋지 않다는 생각이 들어서."

"말해줘서 고맙네, 배리모어. 이제 가보게나."

집사가 나가자 헨리 경은 내 쪽으로 돌아서며 말했다.

"어떻습니까? 새로운 단서에 대해서 어떻게 생각하십니까?"

"수수께끼가 전보다 더욱 어려워진 것 같군요."

"저도 그렇게 생각합니다. 하지만 L. L.이라는 인물을 밝혀내기만 한다면, 모든 사실을 확실하게 알 수 있을 것 같습니다. 이것만 해도 큰 성과입니다. 문제의 여자를 찾아내기만 하면, 사실을 알고 있는 인물을 찾아낼 수 있을 것입니다. 하지만 어떻게 하면 좋겠습니까?"

"이 사실을 바로 홈즈에게 알려야겠습니다. 그가 찾고 있던 실마리가 되어줄지도 모릅니다. 이 얘기를 듣고도 그가 오지 않는다면, 내가 그동안 그를 잘못 알고 있었던 겁니다."

나는 곧 방으로 가서 오늘 아침에 들은 이야기에 대한 보고서를 작성했다. 요즘 홈즈는 아주 바쁜 것 같았다. 왜냐하면 베이커 가에서는 거의 편지가 오지 않았으며, 와도 아주 짧은 데다가 내가 보낸 정보에 대해서는 아무런 의견도 달지 않았고 내 임무에 대해서도 거의 언급이 없었기 때문이다. 공갈 사건에 온 신경을 집중하고 있는 듯했다. 하지만 그도 이 새로운 사실에는 주목하지 않을 수 없을 것이며, 다시 한 번 흥미를 느끼게 될 것이다. 어떻게 해서든 그를 이쪽으로 불러들이고 싶다.

10월 17일. 하루 종일 비.

빗줄기가 담쟁이 위로 떨어지는 소리가 들려왔으며, 처마 끝에서도 하루 종일 빗물이 떨어졌다. 마땅히 비를 피할 만한 곳도 없는 황량하고 쓸쓸한 황야에 있을 탈옥수가 생각났다. 그리고 또 다른 인물, 마차에 타고 있던 사람, 달을 배경으로 서 있던 사람을 생각해보았다. 얼굴을 드러내지 않은 미행자, 어둠의 인간인 그도 지금 저 황야에 있을까? 저녁때 나는 비옷을 걸치고 시커먼 형상이 가득한, 질퍽거리는 황무지로 나갔다. 비가 얼굴을 때리고 바람은 귓전에서 윙윙거렸다. 신께서 지금 대습지로 들어가는 짐승들을 보살펴주시기를, 오늘 같은 날은 고지대의 굳은 땅도 푹 빠지는 수렁이 되고 말 것이다.

나는 고독한 사나이가 서 있던 그 시커먼 바위산을 찾아냈다. 뾰족한 정상에서 음습한 산비탈을 내려다보니 거센 빗줄기가 적갈색 사면을 두드리고 있었다. 대지에 낮게 드리운 먹구름이 기기묘묘한 바위산의 비탈을 따라 회색 소용돌이를 이루며 내려가고 있었다. 멀리 왼쪽의 분지에는 비안개에 반쯤 가려진 바스커빌 저택의 뾰족한 탑 두 개가 나무 숲 위로 높이 솟아 있었고 그것은 산비탈에 촘촘히 뚫려 있는 선사 시대의 주거지를 빼고는 이곳에서 보이는 삶의 유일한 표시였다. 어디에도 내가 이틀 밤 전에 바로 이곳에서 보았던 고독한 사나이의 자취는 없었다.

집으로 돌아올 때 울퉁불퉁한 길에서 작은 마차가 내 뒤를 따라왔다. 모티머 의사였다. 황야의 외딴 곳에서 살고 있는 파울마이어라는 농부의 집에 왕진을 다녀오는 듯했다. 모티머 의사는 언제나 우리를 걱정하고 있었으며, 거의 매일 바스커빌 저택으로 와서 안부를 묻고는 했다. 그는 마차로 저택까지 데려다주겠다고 했다. 그는 애견 스패니얼이 없어져 걱정이 이만저만이 아니었다. 나도 나름대로 위로해주기는 했지만, 내 머릿속에는 그림펜의 늪지대에서 본 망아지의 모습이 떠올랐다. 그 개도 역시 다시는 돌아오지 못할 것이다.

"참, 모티머 선생, 마차로 이 일대를 돌아다니시니 이곳 사람들을 대부분 알고 계시겠네요?"

흔들리는 마차를 타고 울퉁불퉁한 길을 가는 도중 내가 물었다.

"그렇습니다. 대부분 거의 다 알고 있습니다."

"그럼 혹시 L. L.이라는 머리글자를 가진 여자가 있나요?"

모티머 의사가 몇 분 동안 생각해보다가 대답했다.

"글쎄요. 모르겠는데요. 집시나 고용인 중에는 모르는 사람이 더러 있기는 하지만, 농부나 지주 중에 그런 머리 글자를 가진 사람은 없습니다. 아니, 잠깐만요."

그는 잠시 생각에 잠겼다가 말했다.

"로라 라이언즈가 있었지! 머리글자가 L. L.입니다. 하지만 쿰 트레이시에 살고 있습니다."

"어떤 사람입니까?"

"프랭클랜드 씨의 딸입니다."

"네? 그 괴팍한 프랭클랜드 노인의?"

"그렇습니다. 황야에 그림을 그리러 왔던 라이언즈라는

251

화가와 결혼했죠. 하지만 그는 건달이었고, 그녀를 버렸습니다. 전적으로 남자가 잘못한 것도 아니라는 소문이었습니다만, 아버지는 자신의 동의 없이 결혼했다는 이유로 그녀를 자신의 집에 오지 못하게 했습니다. 그 외에도 이유가 있었겠지만요. 어쨌든 그녀는 괴팍한 아버지와 건달 남편 사이에서 상당한 괴로움을 겪었습니다."

"지금은 어떻게 살아가고 있습니까?"

"프랭클랜드 노인이 돈을 조금씩 부쳐주고 있는 듯합니다. 하지만 자신도 여러 가지 소송을 끌어안고 있기 때문에 많은 돈을 보내지는 못하겠지요. 자처한 일이기는 하지만, 그래도 딸이 밑바닥으로 떨어지는 걸 그냥 보고만 있을 수는 없었을 겁니다. 그녀의 사정이 전해지자, 주위에서 도와주는 사람들이 나타나기 시작했습니다. 스태플턴과 찰스 경도 그녀를 도왔습니다. 저도 조그만 도움을 주었습니다. 그래서 그녀는 타자 치는 일을 시작할 수 있었죠."

모티머 의사는 내가 왜 그런 질문을 하는 건지 알고 싶어 했다. 하지만 조사하고 있는 일에 대해서는 입을 다무는 것이 상책이기에, 나는 그의 궁금증을 다른 곳으로 돌리기 위해 애썼다. 내일 아침에는 쿰 트레이시에 가봐야겠다. 이런저런 소문에 휩싸여 있는 로라 라이언즈 부인을 만나면, 일련의 수수께끼를 풀 수 있는 단서를 잡게 될지도 모른다. 나도 꽤 요령을 터득한 듯하다. 모티머 의사가 귀찮을 정도로 이것저것 묻기에 태연하게 프랭클랜드의 두개골에 관한 얘기를 꺼냈더니, 그는 저택에 도착할 때까지 골상학에 대해서 열변을 토했다. 셜록 홈즈와 지낸 몇 년이 헛된 것은 아니었나 보다.

비바람이 치는 이 음울한 날에 한 가지 사건이 더 일어났다. 조금 전에 배리모어와 나눴던 대화가 그것인데, 이는 언젠가 결정적인 단서가 될 만한 것이었다.

모티머 의사는 우리와 함께 저녁 식사를 한 뒤, 준남작과 카드놀이를 즐겼다. 집사가 서재에 있던 내게 커피를 가져다주었다. 나는 집사에게 두어 가지 질문을 던졌다.

"자네 처남은 황야를 떠났는가, 아니면 아직도 그곳에 숨어 있나?"

"저도 잘 모르겠습니다. 떠났으면 좋으련만. 누가 뭐래도 사고뭉치니까요. 사흘 전에 먹을 것을 가져다준 뒤로 아직 소식이 없습니다."

"그때 그를 만났나?"

"아니요. 음식을 갖다 놓았는데 다음 날 가보니 없어졌습니다."

"그럼 그때는 틀림없이 있었군."

"아마 그랬을 겁니다. 하지만 다른 사람이 먹을 것을 가져간 것일지도 모릅니다."

나는 커피잔을 입으로 가져가려다 말고 그의 얼굴을 가만히 쳐다보았다.

"그렇다면 다른 사람이 있단 말인가?"

"그렇습니다. 황야에는 한 사람이 더 있습니다."

"본 적이 있는가?"

"아니오."

"그럼 어떻게 그 사실을 안 거지?"

"처남이 얘기해줬습니다. 한 일주일쯤 됐을 겁니다. 그 사내도 숨어 지내고 있는데, 탈옥수는 아닌 것 같습니다. 이젠 지긋지긋합니다. 왓슨 박사님, 정말 지긋지긋합니다."

자신도 모르게 힘이 들어간 듯한 말투였다.

"배리모어, 잘 들어보게나. 난 자네 주인에 관한 일에만 신경 쓰고 있네. 여기에 온 것도 그저 준남작에게 도움을 주기 위해서라네. 솔직하게 얘기해주지 않겠나? 지긋지긋 하다니, 그건 또 무슨 얘기지?"

배리모어가 잠시 망설였다. 쓸데없는 소리를 했다고 후 회하는 건지, 자신의 감정을 제대로 표현할 수 없어서 답 답한 건지는 모르겠지만. 잠시 후, 비 내리는 황야가 펼쳐 진 창밖을 가리키며 그가 커다란 소리로 말했다.

"요즘에는 지긋지긋한 일들만 일어나고 있습니다. 저기 서 어떤 음모가 꾸며지고 있습니다. 틀림없습니다! 헨리 경 이 런던으로 돌아가신다면 그보다 기쁜 일도 없을 겁니다."

"뭐가 그렇게 마음에 걸리지?"

"찰스 경의 최후에 대해서 어떻게 생각하십니까? 검사 관이 뭐라고 했던 간에 그건 끔찍한 일이었습니다. 밤이 면 황야에 울려 퍼지는 소리에 대해서는 어떻게 생각하 십니까? 해가 지고 나면 돈을 준다고 해도 황야로 나가는 사람이 아무도 없지 않습니까? 그곳에 숨어 있는 의문의 사내만 해도 그렇습니다. 그는 무엇인가를 기다리고 있습니다. 그렇다면 무엇을 기다리고 있는 걸까요? 왜 그런 짓을 하는 걸까요? 틀림없이 바스커빌 가의 사람에게 어떤 좋지 않은 일이 일어날 겁니다. 그러니 헨리 경을 모실 새로운 사람이 들어오면 그에게 모든 일을 넘겨주고 저는 그날로 당장 이 저택에서 떠나고 싶은 심정입니다."

"그 의문의 사내에 대해서 셀든은 뭐라고 하던가? 사내가 어디에 숨어 있는지, 무엇을 하고 있는지."

"한두 번 만난 적이 있다고 합니다. 정말 정체를 알 수 없는 사람이라고 했습니다. 처음에는 경찰인 줄 알았다고 합니다. 그러다가 어떤 음모를 꾸미고 있다는 느낌을 받게 되었다고 합니다. 겉모습은 신사처럼 보였지만, 무슨 일을 하는 건지는 전혀 짐작도 못하겠더랍니다."

"어디에 살고 있다고 했지?"

"언덕의 경사면에 있는 옛집이라고 했습니다. 옛날 사람들이 살았던 돌집 말입니다."

"먹을 것은 어디서 구하는 걸까?"

"그 사람은 심부름꾼 소년을 데리고 있는데, 필요한 건 전부 그 소년이 날라다 준다고 합니다. 이건 처남이 한 얘기입니다. 쿰 트레이시로 필요한 것을 구하러 가겠지요."

"잘 알았네, 배리모어. 다음에 더 얘기를 나누세."

집사가 물러간 뒤, 나는 어두운 창가로 가서 뿌연 유리창 너머로 격렬하게 움직이고 있는 구름과 바람에 흔들려 아우성치고 있는 나무를 바라보았다. 방 안에서도 음산한 저녁임을 느낄 수 있었다. 그러니 황야의 돌집은 또 어떻겠는가? 어떤 증오심을 품고 있기에 이런 밤에 그런 곳으로 숨어들게 되었을까?

나를 그토록 지독하게 괴롭혀 왔던 문제의 핵심이 황야의 그 돌집에 있는 듯하다. 내일이라도 당장 전력을 기울여서 수수께끼의 핵심을 살펴봐야겠다.

바위산 위의 사내

지금까지 보고서와 일기장의 일부를 발췌하여 10월 18
일까지의 일에 대해서 설명했다. 그런데 그다음부터 이상
한 일이 연속해서 일어나 사건은 끔찍한 절정으로 치닫았
다. 그 후 며칠 사이에 일어난 일들은 아직도 내 머릿속에
선명하게 각인되어 있기 때문에, 메모를 보지 않고도 충
분히 이야기할 수 있을 정도다.

우선 매우 중요한 두 가지 사실을 알게 된 그날의 일부
터 이야기를 풀어나가야 할 것 같다. 두 가지 중 하나는
쿰 트레이시에 살고 있는 로라 라이언즈 부인이 찰스 경
에게 편지를 보내 그가 마지막을 맞이한 시각, 장소에서

만날 약속을 했다는 것이고, 또 하나는 황야의 수상한 사내가 언덕의 경사면에 있는 돌집 중 하나에 숨어 있다는 것이다. 이 두 가지 사실을 알았으니 지혜와 용기를 발휘하여 사건에 접근해간다면, 틀림없이 어둠 속에 도사리고 있는 수수께끼에 빛을 비출 수 있을 것이다.

지난밤에는 새로 알게 된 라이언즈 부인에 대해서 준남작에게 이야기할 기회가 없었다. 그가 모티머 의사와 함께 밤이 깊도록 카드놀이를 즐겼기 때문이었다. 아침 식사를 할 때에서야 비로소 그 사실을 이야기해주면서, 함께 쿰 트레이시에 가지 않겠느냐고 물었다. 그는 기꺼이 같이 가겠다고 말했지만, 시간이 흐름에 따라 나 혼자 가는 편이 나을 것 같다는 생각이 들었다. 격식을 차린 방문으로는 얻는 것이 적을지도 모르기 때문이었다. 그래서 좀 미안하기는 했지만, 새로운 조사를 위해 헨리 경을 저택에 남겨둔 채 혼자 떠나기로 했다.

쿰 트레이시에 도착한 나는 마부 퍼킨스에게 말을 쉬게 하라고 명하고 나서 여자의 집을 수소문했다. 그녀의 집은 바로 알아낼 수 있었다. 깔끔한 집으로 마을의 중심부에 있었다. 상냥한 하녀의 안내를 받아 거실로 들어가니, 레밍턴 타자기를 치고 있던 여자가 다정하게 미소 지으며 자리에서 일어났다.

굉장한 미인이라는 것이 내가 받은 첫인상이었다. 눈과 머리카락은 밝은 갈색을 띠고 있었으며, 뺨은 주근깨가 좀 많기는 했지만 우아한 분홍빛으로 빛나고 있었다. 다시 한 번 말하지만, 첫눈에 반해 버릴 정도의 미인이라는 것이 내가 받은 첫인상이었다. 하지만 다시 바라보니 결점도 있었다. 얼굴에 어딘가 부자연스러운 면이 있었다. 표정도 어딘지 천박한 느낌을 주었다. 아마도 눈 때문에 차가워 보이는 듯했으며, 조금 벌어진 입술도 옥의 티라고 할 수 있었다.

하지만 이런 사실들은 시간이 흐른 뒤에야 알게 된 것들이었다. 당시에는 내가 지금 굉장한 미인 앞에 있으며, 그 미인이 내게 용건이 있냐고 물었다는 사실밖에는 깨닫지 못하고 있었다. 그리고 내가 하려는 일이 얼마나 조심스러운 것인가를 비로소 느낄 수 있었다.

"저는 당신의 아버님을 알고 있습니다."

내가 생각해도 참으로 한심한 인사였다. 그녀는 노골적으로 불쾌하다는 표정을 지어 보였다.

"아버지와 저 사이에는 아무런 관계도 없습니다. 저는 아버지의 도움을 받고 있지 않으며, 아버지의 친구가 제 친구는 아닙니다. 돌아가신 찰스 경과 그 외의 친절한 분들이 안 계셨다면, 저는 굶어 죽었을지도 모릅니다."

"오늘 이렇게 찾아뵌 것은 바로 찰스 경에 관한 일 때문입니다."

그녀 얼굴의 주근깨가 더욱 도드라져 보이는 듯했다.

"무엇에 대해서 알고 싶으신 거죠?"

그녀의 손가락이 신경질적으로 타자기 위에서 움직였다.

"그분을 알고 계셨죠?"

"제게 큰 친절을 베푸셨다고 말씀드렸을 텐데요. 이렇게 살아갈 수 있는 것도 전부 그분께서 곤경에 빠진 제게 신경 써주셨기 때문이에요."

"편지를 주고받은 적이 있습니까?"

부인의 밝은 갈색 눈에 노여워하는 빛이 어려 있었다.

"무슨 일 때문에 그런 걸 물으시는 거죠?"

"쓸데없는 소문이 나는 것을 막기 위해서입니다. 지금 여기서 확실하게 말씀해주시지 않으면, 우리가 손쓸 수 없게 되어버릴지도 모릅니다."

그녀는 입을 다물었고, 얼굴은 여전히 창백해 보였다. 마침내 부인은 대담하고 도전적인 눈으로 나를 올려다보았다.

"그럼 대답하겠습니다. 어떤 질문이지요?"

"찰스 경과 편지를 주고받으셨나요?"

"그분의 관대한 배려에 감사하기 위해 한두 번 편지를 보낸 적이 있어요."

"언제 쓰셨는지는 기억하고 계십니까?"

"기억하지 못합니다."

"만나신 적은?"

"네, 한두 번쯤. 그분이 쿰 트레이시에 오셨을 때요. 찰스 경은 아주 조용한 분이셨고 남몰래 선행을 베푸는 것을 좋아하셨어요."

"하지만 부인이 찰스 경을 뵌 적도, 경에게 편지를 쓴 적도 별로 없다면 도대체 어떻게 그분이 부인의 일을 알고 그렇게 많은 도움을 줄 수 있었다는 겁니까?"

부인은 내 질문을 간단하게 받아넘겼다.

"몇몇 분께서 저의 딱한 처지를 알고 도움의 손길을 내밀어주셨습니다. 스태플턴 씨도 그중 한 분인데, 찰스 경의 이웃이자 친한 친구셨습니다. 아주 친절한 분으로, 찰스 경은 그분에게서 제 얘기를 들었습니다."

찰스 바스커빌 경이 스태플턴을 통해서 몇 번인가 원조금을 넣었다는 사실을 알고 있었기에, 여자가 진실을 말하는 것이라는 인상을 받았다.

"찰스 경에게 만나고 싶다는 내용의 편지를 보내신 적은 없습니까?"

내가 계속해서 물었다. 라이언즈 부인의 얼굴이 다시 노여움으로 벌겋게 물들었다.

"아주 무례한 질문을 하시는군요."

"죄송합니다. 하지만 꼭 대답을 듣고 싶습니다."

"그렇다면 대답하겠습니다. 한 번도 없었습니다."

"찰스 경이 돌아가신 날에도 말입니까?"

그 순간 벌겋게 물들었던 얼굴이 죽은 자의 얼굴처럼

창백하게 변했다. "네."라고 대답하는 것도 목소리가 아닌 그 마른 입술의 움직임을 통해 알 수 있었을 뿐이었다.

"착각하고 계신 것 아닙니까? 그 편지의 한 구절을 인용할 수도 있는데요. '제발 부탁입니다. 이 편지를 태워주십시오. 그럼 10시에 문이 있는 곳으로 와주시기 바랍니다.'라고 적혀 있었죠."

나는 그녀가 기절하는 게 아닐까 걱정되었다. 하지만 그녀는 있는 힘을 다해 침착함을 되찾았다.

"그분을 신사라고 생각했는데……."

부인은 숨을 몰아쉬었다.

"오해하지 마십시오. 찰스 경은 틀림없이 편지를 태웠습니다. 하지만 타버린 편지도 해독 가능한 경우가 있으니까요. 부인은 이제 자신이 그 편지를 썼다는 것을 인정하십니까?"

"그래요. 내가 썼어요."

부인은 음절마다 영혼을 담아 짓씹듯 소리쳤다.

"그 편지는 내가 썼어요. 내가 왜 그걸 부정해야 합니까? 나는 부끄러워해야 할 이유가 하나도 없어요. 찰스 경의 도움을 받고 싶었어요. 찰스 경에게 이야기하면 그분의 도움을 얻을 수 있을 거라고 생각해서 그분께 만나자고 했어요."

"하지만 왜 그런 시간에?"

"다음 날 런던으로 가서서 몇 개월 동안 집을 비우실 예정이라는 사실을 그 전날에야 알았으니까요. 그리고 그보다 이른 시간에는 제가 갈 수 없었으니까요."

"저택이 아닌 정원에서 만나자고 했던 이유는 무엇입니까?"

"그런 시각에 혼자 살고 있는 분의 집을 여자 혼자서 방문할 수 있을 거라고 생각하시나요?"

"그도 그렇군요. 거기에 가셨을 때 뭔가 이상한 점은 없었습니까?"

"저는 그날 가지 않았어요."

"뭐라고요?"

"정말이에요 거짓말이 아니에요. 성물에 걸고 맹세해요. 저는 그곳에 가지 않았어요. 그럴 만한 사정이 생겨서."

"그건 어떤 사정이었습니까?"

268

"개인적인 일이기 때문에 대답할 수 없습니다."

"그러면 부인은 찰스 경이 죽음을 맞은 그 시각, 그 장소에서 경과 만나기로 했던 것은 인정하지만 그 약속을 지키지는 못했다고 말씀하시는 거지요?"

"예, 말씀하신 대로예요."

나는 몇 번이고 물었지만, 그녀는 결코 약속 장소에 못 나간 사정을 말하지 않았다. 오랜 시간에 걸쳐 이야기를 나누었지만 만족할 만한 성과를 얻지 못했다는 생각에 이번 방문을 마칠 생각으로 자리에서 일어난 나는 라이언즈 부인에게 말했다.

"알고 계신 일들을 전부 말씀해주시지 않는다면, 당신은 중대한 책임을 지게 될지도 모릅니다. 그리고 당신의 명예에 오점을 남기게 될지도 모릅니다. 내가 경찰의 힘을 빌릴 수밖에 없게 되어버리면, 그때 당신은 대단히 위태로운 지경에 놓이게 됩니다. 아시겠습니까? 마음에 걸리는 게 없었다면, 처음에 어째서 그 편지를 보냈다는 사실을 부인하셨던 겁니까?"

"오해를 받게 될까 봐 두려워서 그랬어요. 이상한 소문이 돌게 될지도 모르니까요."

"그러면 찰스 경께 편지를 태워달라고 부탁했던 이유는요?"

"편지를 읽으셨다면 그 이유도 이미 알고 계실 텐데요?"

"전부 읽었다고는 말씀드리지 않았습니다."

"하지만 인용까지 하셨잖아요?"

"그건 추신에 적은 내용이었습니다. 편지를 태웠다고 말씀드렸었죠? 그래서 전부 읽을 수는 없었습니다. 다시 한 번 묻겠습니다. 찰스 경이 돌아가신 날 밤은 편지를 왜 그토록 태워달라고 부탁했습니까?"

"그건 어디까지나 개인적인 문제예요."

"경찰의 심문을 피하시려면 그 정도의 대답으로는 부족합니다."

"그럼 말씀드리죠. 혹시 나의 불행한 과거 이야기를 들으신 적이 있는지 모르겠지만 나는 경솔하게 결혼을 결정했다가 후회할 만한 일을 겪었습니다."

"그 얘기는 들은 적이 있습니다."

"나는 혐오스러운 남편으로부터 끊임없이 고통을 당하

며 살아왔어요. 하지만 법은 남편의 편이고 법정의 동거 명령을 받은 남편이 언제 나를 끌고 갈지 모릅니다. 내가 찰스 경에게 편지를 쓴 것은 어느 정도의 비용만 있으면 내가 다시 자유를 얻을 수 있다는 것을 알게 되었기 때문이에요. 자유는 내게 마음의 평화, 행복, 자존감, 이 모든 것을 의미했지요. 나는 찰스 경이 관대한 분이라는 걸 알고 있었고, 그분에게 직접 호소한다면 날 도와주실 거라고 생각했어요."

"그런데 왜 약속 장소에 가지 않은 겁니까?"

"편지를 보낸 직후에 다른 분에게서 도움을 받았기 때문이에요."

"그런데 왜 찰스 경에게 편지를 보내 그 사실을 알리지 않았습니까?"

"다음 날 조간신문에서 그분의 사망 기사를 읽지 않았다면 그렇게 했을 거예요."

라이언즈 부인의 이야기는 상당히 논리적이었고, 어떤 질문을 던져도 빈틈을 보이지 않았다. 나는 부인이 정말 남편을 상대로 이혼 소송을 냈는지 여부와 비극이 일어난 시간에 대해 확인해보는 수밖에 없었다. 실제로 바스커빌 저택까지 갔으면서 가지 않았다고 우기는 것이라고 보기는 힘들었다. 쿰 트레이시에서 그곳에 가려면 마차가 필요했을 것이고, 또 아무리 서두르더라도 쿰 트레이시로 돌아오면 이른 아침이 되어버린다. 그런 짧은 여행을 남몰래 할 수는 없는 일이다. 그녀는 적어도 어느 정도는 진실을 이야기한 것이라고 생각되었다.

기세가 꺾인 나는 힘없이 그녀의 집에서 물러났다. 다시 두꺼운 벽에 부딪친 느낌이었다. 내가 조사하려고 나설 때마다 그 벽은 내 앞을 가로막았다. 어쨌든 그녀의 표정과 태도를 생각하면 할수록 뭔가를 감추고 있다는 느낌이 강해졌다. 왜 그렇게 창백하게 변해버린 것일까? 왜 그렇게 더 이상 부인할 수 없게 될 때까지 부인했던 것일까? 그 비극이 일어났을 때, 왜 입을 다물고 있었던 것일까? 어쨌든 그녀는 자신의 행동을 해명하기 위해 입을 열기는 했지만, 사건과 무관한 것처럼 보이지는 않았다.

결국 더 이상 그녀에게서 얻어낼 것이 없었기 때문에 또 하나의 단서, 즉 황야의 돌집으로 시선을 돌릴 수밖에 없었다. 하지만 돌집을 수사한다는 것도 크게 기대를 걸 만한 일은 아니었다. 마차를 타고 돌아오면서 고대인의 유적이 보이는 언덕이 차례차례로 나타났다가 사라지는 풍경을 바라보며 그 사실을 통감할 수 있었다.

배리모어가 제공한 정보는 그 이상한 사람이 폐허가 된 집 중 하나에 숨어 있다는 것뿐이었다. 그런데 수백 개 가 넘는 돌집이 끝없이 펼쳐진 황야 여기저기에 흩어져 있었다. 하지만 아주 막막하기만 한 것은 아니었다. 그 사 람이 검은 바위산 위에 서 있는 것을 보았기 때문이다. 그 러니 그 부근을 조사해나가면 될 것이다. 그 부근에 있는 돌집부터 샅샅이 뒤져나가면 내가 원하는 것을 발견할 수 있을 것이다.

만약 사내를 찾아낸다면, 경우에 따라서는 권총을 들이 대고서라도 그의 정체와 왜 뒤를 밟았는지를 밝혀내야만 한다. 리젠트 가에서는 인파를 헤집고 도망갈 수 있었겠 지만, 이 황야에서는 마음먹은 대로 되지 않을 것이다. 하 지만 돌집을 찾아냈는데 사내가 없을 경우에는 제아무리 시간이 걸려도 그가 돌아올 때까지 기다려야 한다. 홈즈는 런던에서 그자를 놓쳤었다. 스승의 적을 제자가 잡는다면, 그 얼마나 자랑스러운 일이 되겠는가?

이번 조사에서는 정말 운이 따라주지 않았지만, 드디어 내게도 운이 따르기 시작했다. 그 행복의 사자는 바로 프랭클랜드 씨였다. 잿빛 구레나룻, 발그스레한 얼굴의 노인은 길 쪽으로 나 있는 병원의 문 앞에 서 있었다. 쿰 트레이시에서 돌아오던 내가 그 앞을 지나가려고 했다.

"안녕하십니까? 왓슨 박사!"

그는 평소와는 달리 밝은 목소리로 인사했다.

"자, 말들도 좀 쉬게 해줄 겸, 안으로 들어가서 날 위해 축하 와인을 들고 가지 않겠습니까?"

그가 딸에게 어떻게 대했는지를 알았기 때문에 노인에 대한 호의는 완전히 사라져버렸지만, 퍼킨스와 마차를 빨리 저택으로 보내고 싶었던 나는 그의 청을 받아들였다.

나는 마차에서 내리면서 저녁 식사 전까지 걸어서 돌아가겠다고 헨리 경에게 전해달라고 퍼킨스에게 부탁했다. 그리고 프랭클랜드 씨의 안내를 받아 식당으로 들어갔다. 그가 껄껄 웃으며 말했다.

"오늘은 정말 멋진 날입니다. 내 평생의 기념비적인 날이 될 것입니다. 두 건의 재판에서 모두 멋진 승리를 거두었습니다. 즉 이 부근의 사람들에게 법이 엄격하다는 사실과 소송 같은 걸 조금도 두려워하지 않는 사람도 있다는 사실을 알려준 것입니다. 미들턴 영감의 집 한가운데에, 그것도 현관에서 100미터도 떨어지지 않은 곳의 통행권을 따냈습니다. 어떻습니까? 이것으로 우리 모두 토지에 대한 권리를 함부로 짓밟을 수 없다는 사실을 잘난 척하는 사람들도 알게 되었을 겁니다! 그리고 펀위시 사람들이 소풍 오는 숲을 출입금지 구역으로 만들어버렸습니다. 그 혐오스러운 사람들은 토지소유권에 대해서는 조금도 생각하지 않는다니까요. 제멋대로 들어와서 종이와 병을 함부로 버리고 갑니다. 판결이 났습니다, 왓슨 박사. 두 건 모두 소송에서 이겼습니다. 존 멀랜드 경이 자신의 토끼 사육장에서 총을 쏘아대는 건, 주위 사람들에게 피해를 주는 짓이라고 소송을 건 적이 있었는데, 그때 이후 오늘처럼 기쁜 날은 처음입니다."

"대체 어떻게 된 일입니까?"

"이 서류를 보세요. 읽어볼 만한 가치가 있습니다. 멀랜드 소송에 관한 내용입니다. 200파운드가 들기는 했지만 승리를 거뒀습니다."

"그래서 얻은 게 뭡니까?"

"아무것도 없습니다. 내 이익을 위해서 소송을 건 적은 한 번도 없었습니다. 어디까지나 시민으로서의 의무감으로 하는 일입니다. 오늘 밤쯤 편위시 사람들은 내 인형의 화형식을 거행할 겁니다. 전에 한번은 그런 부끄러운 짓을 못 하게 해달라고 경찰에 부탁한 적이 있었습니다. 하지만 주 경찰 녀석들, 건방지게도 내 권리를 지켜주려 들지 않았습니다. 그 건으로 소송을 걸어놓았으니, 이제 어떻게 될지 녀석들도 알게 될 겁니다. 나를 이렇게 대접하면 나중에 후회하게 될 거라고 말해주었는데, 이제 곧 그렇게 될 겁니다."

"어떻게 말입니까?"

내 물음에 그는 거만한 표정을 지으며 말했다.

"나는 녀석들이 알고 싶어 하는 것을 알고 있습니다. 하지만 나는 죽어도 그 악당들을 돕지 않을 겁니다."

처음에는 이런 쓸데없는 이야기에서 벗어날 방법이 없을까 생각했지만, 여기까지 오자 더 듣고 싶은 마음이 생겼다. 이 노인은 성격이 괴팍하기 때문에 내가 조금이라도 흥미를 보이면 아무런 말도 하지 않을 것이다.

"밀엽이라도 한 거겠죠."

나는 무관심을 가장하여 말했다.

"하하, 이런 젊은 친구하고는, 이것은 그보다 훨씬 중대한 문제라오! 황야에 숨은 탈옥수 기억나오?"

"설마 그자가 어디에 있는지 안다는 뜻은 아니겠지요?"

나는 깜짝 놀라지 않을 수 없었다.

"그자가 어디에 숨어 있는지는 알 수 없지만, 경찰이 그자를 체포하게 해줄 수 있다는 것은 분명하지요. 탈옥수가 먹을 것을 구하는 경로만 알아내면 확실히 잡을 수 있다는 생각이 안 드시오?"

프랭클랜드 노인은 위험할 정도로 진실에 가까이 가 있는 것이 분명했다.

"과연 그렇군요. 하지만 탈옥수가 황야의 어느 부근에 있는지 어떻게 아십니까?"

"심부름꾼이 음식 나르는 것을 내 눈으로 직접 봤으니 하는 말이오."

나는 배리모어를 생각하고 가슴이 철렁 내려앉았다. 남의 일에 참견하기 좋아하는 이 심술쟁이 영감에게 걸려들다니 정말 보통 일이 아니었다. 하지만 영감의 다음 말은 내 마음을 가볍게 해주었다.

"놀라지 마십시오. 음식을 나르는 건 소년입니다. 지붕 위 망원경으로 매일 보고 있습니다. 녀석은 매일 같은 시간에 같은 길을 지납니다. 틀림없이 탈옥수가 있는 곳으로 가는 겁니다."

나는 속으로 쾌재를 불렀다. 하지만 조금이라도 호기심이 드러나지 않도록 애썼다. 아이라니! 배리모어는 황야에 은거한 사나이에게 물건을 날라다 주는 사람이 아이라고 했다. 그게 탈옥수라고 생각하다니, 프랭클랜드는 완전히 잘못 짚은 것이다. 하지만 프랭클랜드의 정보를 얻을 수만 있다면 나는 한참 동안 힘들게 돌집들을 뒤지고 다니는 수고를 하지 않아도 될 것이었다. 하지만 내가 가진 가장 효과적인 카드는 불신과 무관심임이 분명했다.

"양치기의 아들이 황야에 있는 아버지에게 식사를 가져다주는 것일지도 모르지 않습니까?"

아주 사소한 이견을 제시했을 뿐인데도 이 늙은 독재자는 벌컥 화를 냈다. 그는 잿빛 수염을 성난 고양이처럼 곤두세우며 나를 노려보았다.

"아니, 왓슨 박사! 잘 보세요. 저쪽에 검은 산이 보이지 않습니까? 그리고 그 건너편에 가시나무들이 무성한 낮은 언덕이 있죠? 저 부근은 황야에서도 가장 바위가 많은 곳입니다. 양치기가 저런 곳에 양을 풀어놓을 리가 없습니다. 당신의 말은 정말 우습지도 않은 말입니다."

나는 잘 알지도 못하면서 쓸데없는 말을 해서 죄송하다고 사과했다. 그는 내가 순순히 사과하자 기분이 좋아졌는지 다음과 같은 정보를 스스로 들려줬다.

"한번 들어보세요. 내가 그렇게 생각한 데에는 다 그럴 만한 확실한 증거가 있기 때문입니다. 짐을 지고 가는 소년의 모습을 본 게 한두 번이 아닙니다. 하루에 한 번, 때로는 두 번 본 적도 있는데……. 앗, 잠깐만 기다리세요. 왓슨 박사, 내가 잘못 본 걸까요? 저 언덕의 경사면에 지금 뭔가가 움직이고 있는 것 같은데."

몇 킬로미터나 떨어진 곳이기는 했지만, 흐릿한 녹색과 회색 풍경 속에 조그만 점이 있는 것이 확실하게 보였다.

"이쪽으로 와보세요! 왓슨 박사 눈으로 직접 확인해보시라고요."

함석을 깔아놓은 평평한 지붕 위에, 삼발이 위에 놓인 뛰어난 명성의 사물, 망원경이 있었다. 그 망원경을 들여다보던 그는 환호성을 질렀다.

"자, 얼른요, 왓슨 박사. 서두르지 않으면 언덕 너머로 사라집니다."

틀림없이 보였다. 조그만 짐을 어깨에 짊어진 소년이 천천히 언덕 위로 기어오르고 있었다. 소년이 산꼭대기에 올라섰을 때 남루한 옷이 차가운 푸른 하늘을 배경으로 일순 뚜렷하게 부각되었다. 소년은 뒤를 밟는 사람이 있을까 봐 두려운 듯 도망자처럼 은밀한 기색으로 사방을 살폈다. 그런 다음 작은 산을 넘어서 사라졌다.

"어떻습니까? 내가 말한 그대로죠?"

"그렇군요. 남몰래 심부름을 하는 것 같군요."

"시골 순경이라도 누구의 심부름꾼인지 금방 알 수 있을 겁니다. 하지만 나는 녀석들에게 절대로 가르쳐주지 않을 겁니다. 왓슨 박사, 당신도 말씀하셔서는 안 됩니다! 아셨죠?"

"잘 알겠습니다."

"녀석들은 나를 무시했습니다. 이 내가 무시를 당했단 말입니다. 이번 소송에서 사실이 밝혀지면 나라 전체에서 들고 일어날 겁니다. 어쨌든 경찰에게는 절대로 도움을 주지 않을 겁니다. 마을의 멍청이들이 내 인형이 아니라 나를 화형에 처한다 해도 눈 하나 꿈적하지 않을 놈들이 바로 경찰입니다. 이런, 벌써 돌아가시게요? 이 굉장한 승리를 축하하며 술병이 빌 때까지 마시다 가세요."

하지만 나는 그의 청을 뿌리치고 집까지 바래다주겠다는 것을 말리느라고 애를 먹었다. 나는 그가 지켜보는 동안에는 큰길을 걷다가 옆으로 빠져나와 황야를 가로질러 그 소년이 사라진 돌투성이 언덕으로 향했다. 아무리 피곤하다 할지라도 행운의 여신이 가져다준 이 기회를 놓치고 싶지 않았다.

언덕 정상에 올랐을 때는 이미 태양이 저물기 시작할 무렵이었다. 눈앞에 펼쳐진 경사면의 한쪽은 금빛이 도는 푸른색으로 반짝이고 있었고, 다른 한쪽은 잿빛 그림자에 덮여 있었다. 저 멀리 지평선 위에 안개가 낮게 끼어 있었고, 그 위로 벨리버 바위산과 빅슨 바위산이 마치 신기루처럼 우뚝 솟아 있었다. 끝없이 펼쳐진 황야에 움직이는 것이라고는 하나도 보이지 않았으며, 아무런 소리도 들려오지 않았다. 갈매기인지 마도요인지 잿빛의 커다란 새 한 마리가 푸른 하늘 위로 날아가는 것이 보였다. 넓디넓은 푸른 하늘과 그 밑의 불모지 사이에 살아 있는 것이라고는 나와 그 새밖에 없다는 느낌이 들었다. 황량한 경치, 커다란 외로움, 그리고 내가 맡고 있는 수수께끼의 긴박감, 이 모든 것이 내 마음을 얼어붙게 했다.

소년의 모습은 어디서도 찾아볼 수가 없었다. 단지 바로 아래 언덕의 경사면에 고대 돌집들이 둥그런 원을 그리며 늘어서 있는 것을 볼 수 있을 뿐이었다. 그중에 비바람을 피할 수 있을 만큼의 지붕이 아직도 남아 있는 집이 있었다. 그것을 본 순간 나는 가슴이 뛰기 시작했다. 틀림없이 바로 저기가 의문의 사내가 숨어 있는 곳일 것이다. 드디어 은신처를 찾아냈다. 사내의 비밀을 손에 넣은 것이다.

스태플턴이 잠자리채를 들고 나비에게 접근할 때처럼 살금살금 걸어서 돌집으로 다가가는 동안 나는 그곳이 정말 은신처로 쓰이고 있다는 사실을 확인할 수 있었다. 돌 사이로 난 희미한 길이 문 역할을 하는 헐어빠진 틈새로 이어지고 있었다. 안쪽은 아주 조용했다. 문제의 인물은 저 안에 있든지, 아니면 황야를 배회하고 있을 것이다. 긴장감으로 인해 온몸의 신경이 다 찌릿찌릿했다. 나는 담배를 던져버리고 리볼버를 단단히 움켜쥔 다음 재빨리 문으로 다가가서 안을 들여다보았다. 집 안은 텅 비어 있었다.

하지만 뒤를 잘못 쫓고 있는 것이 아니라는 증거가 여기저기 널려 있었다. 여기에는 틀림없이 그 사나이가 살고 있다. 과거, 신석기 시대 사람이 침상으로 사용했을 돌바닥 위에는 방수용 봉투에 담긴 담요 몇 장이 놓여 있었다. 조그만 화덕에는 불을 피웠던 흔적인 재가 수북이 쌓여 있었다. 그 옆에 요리에 쓰는 도구와 물이 반쯤 담긴 양동이가 있었다. 빈 깡통들이 흩어져 있는 것으로 보아,

여기에 살기 시작한 지 꽤 시간이 흐른 듯했다.

바위틈으로 새어 들어오는 빛에 익숙해지자 돌집의 구석에 조그만 접시와 술이 아직도 반쯤 남아 있는 병이 놓여있었다. 돌집 중앙에는 식탁으로 쓰고 있는 것으로 보이는 평평한 돌이 있었고, 그 위에 조그만 꾸러미가 있었다. 망원경으로 봤을 때 소년이 어깨에 짊어지고 있던 꾸러미일 것이다. 헝겊으로 싼 꾸러미 안에는 빵, 소 혓바닥 통조림 한개, 복숭아 통조림 두 개가 들어 있었다. 꾸러미를 다시 싸려고 하다가, 무엇인가 적혀 있는 종이 쪽지가 밑에 깔려있는 것이 보여 순간 움찔했다. 나는 그것을 집어 들었다. 거기에는 다음과 같은 글이 연필로 아무렇게나 갈겨 써져있었다.

왓슨 박사님은 쿰 트레이시에 갔음.

한동안 종이 쪽지를 쥔 채 이 짧은 글에 대해서 생각해보았다. 정체불명의 사내가 감시하고 있던 사람은 헨리 경이 아니라 바로 나였단 말인가? 그 사내는 부하를 써서—소년일지도 모른다—내 뒤를 밟게 했다. 그리고 이것이 그에 대한 보고다. 이 황야에 온 이후부터 나의 일거수일투족은 감시와 보고의 대상이 되었던 것일지도 모른다. 언제나 눈에 보이지 않는 무엇인가를 느낄 수 있었다. 즉 정교한 그물이 우리 주위에 쳐져 있다는 사실을 느끼고는 있었지만, 그 그물은 우리가 생각했던 것보다 더 큰 범위로 느슨하게 쳐져 있었기 때문에 마지막 순간까지 내가 그물에 걸렸다는 사실을 알지 못했던 것이다.

이외에도 보고서가 있을지도 모른다고 생각한 나는 돌집을 뒤지기 시작했다. 하지만 그런 것은 어디서도 보이지 않았으며, 이런 기묘한 곳에서 살고 있는 사내의 성격이나 목적을 보여줄 만한 물건도 전혀 발견되지 않았다. 단지 알 수 있었던 것은, 이 사내가 스파르타식 습관을 가지고 있으며, 쾌적한 생활 같은 것은 전혀 생각지도 않는 사람이라는 사실이었다. 그날의 격렬했던 비와 구멍이 숭숭 뚫린 구멍을 보니, 비는 물론 이슬도 제대로 피할 수 없는 돌집에 살고 있는 사내의 의지가 얼마나 강한 것인지 잘 알 수 있었다.

그는 흉악한 적일까, 아니면 우리의 수호천사일까? 그것을 밝혀내기 전까지는 이 돌집을 떠나지 않겠다고 결심했다. 태양은 낮게 기울었으며, 서쪽 하늘은 주황색과 금색으로 타오르고 있었다. 그것이 멀리 그림펜 지대에 산재해 있는 조그만 늪을 붉게 물들이고 있었다. 바스커빌 저택의 탑 두 개도 보였다. 멀리서 희미하게 흐르는 연기는 그림펜 마을에서 피어오른 것이었다. 언덕에 가려 보이지는 않았지만, 그 중간쯤에 스태플턴의 집이 있었다.

금빛 저녁 햇살을 받아 모든 것이 아름답고 조용한 풍경을 이루고 있었다. 그러나 그런 광경에 빠져 있을 수가 없었다. 나는 지금 당장 나타날지도 모를 상대와의 만남을 생각하며 불안과 공포로 떨고 있었다. 극도의 긴장감을 느끼고는 있었지만 나는 반드시 해내고야 말겠다고 다짐하며 돌집의 어두운 구석에 앉아 주인이 돌아오기만을 끈질기게 기다렸다.

드디어 그가 돌아오는 소리가 들려왔다. 구둣발이 돌을 밟는 날카로운 소리가 한 걸음 한 걸음 가까워졌다. 나는 어두운 구석으로 몸을 숨긴 뒤, 주머니 속에 있는 권총의 공이를 뒤로 당겼다. 의문의 사나이가 모습을 나타내면 그때 밖으로 뛰어나갈 생각이었다. 발소리가 멈췄다. 사내가 한곳에 가만히 머물러 있는 듯했다. 곧 다시 발소리가 들리더니, 오두막 입구에 그림자가 어른거렸다.

"왓슨, 저녁노을이 정말 아름답다네. 그 안에 있는 것보다는 여기로 나오는 게 훨씬 더 기분이 좋을 거야."

그것은 아주 귀에 익은 목소리였다.

황야에서의 죽음

순간 나는 숨을 멈추었다. 내 귀를 의심하지 않을 수 없었다. 그러다가 감각과 목소리가 되돌아왔고 내 마음을 무겁게 짓누르고 있던 책임감이 어디론가 깨끗하게 날아가버린 듯했다. 저렇게 냉정하고 비웃는 듯한 목소리를 가진 사람은 이 세상에 단 한 사람밖에 없었다.

"홈즈! 홈즈지?"

내가 외쳤다.

"이리 나오게."

그가 말했다.

"그 권총 좀 조심하고."

나는 몸을 웅크리고 조잡한 입구를 통해 밖으로 나왔다. 홈즈는 바깥의 돌 위에 앉아 있었다. 그는 나의 놀란 표정을 보고 재미있다며 빙글거렸다. 그는 수척하게 여위었지만 여전히 눈빛이 날카로웠으며, 민감한 얼굴은 햇볕에 구릿빛으로 그을리고 바람에 거칠어져 있었다. 트위드 정장에 천 모자를 쓴 그는 황야의 여느 사람들과 다를 바 없어 보였다. 그리고 고양이 같은 청결함을 좋아하는 성격대로, 베이커 가에 있을 때와 다름없이 말끔하게 면도한 얼굴에 깨끗한 옷차림을 유지하고 있었다.

　"내 평생 사람을 보고 이렇게 반가워하긴 처음이네."

　나는 그와 힘주어 악수하며 말했다.

　"또 이렇게 놀란 적도 없었겠지? 그렇지 않은가?"

　"그래, 솔직히 말하면 그러네."

　"하지만 자네만 놀란 게 아닐세. 나는 자네가 내 비밀 아지트를 찾아낼 줄은 몰랐지. 더구나 자네가 여기에 와 있으리라고는 상상도 못했고. 적어도 문에서 20보 이내의 거리에 오기 전까지는 그랬다는 말일세."

　"발자국을 보고 알았겠지?"

"왓슨, 그렇지는 않아. 세상의 수많은 발자국 중에서 자네의 발자국을 찾아낼 자신은 없으니까. 자네가 나를 정말로 속이고 싶다면, 우선은 담배부터 바꾸는 게 좋을 걸세. 옥스퍼드 가에 있는 브래들리 마크가 찍혀 있는 담배꽁초를 보고 내 친구 왓슨이 가까이에 있다는 사실을 알 수 있었으니까. 보게, 저쪽 길옆에 버려져 있지 않은가? 이 텅 빈 돌집 안으로 뛰어들기 전에 버렸겠지."

"자네가 말한 대로일세."

"역시 그렇군. 나는 자네가 인내심이 강한 사람이라는 걸 잘 알고 있기 때문에 안에서 총을 손에 쥐고 주인이 돌아올 때까지 기다리고 있을 거라는 사실을 알 수 있었지. 그런데 자네는 내가 정말 범죄자인 줄 알았나?"

"아니, 누군지는 몰랐네. 하지만 꼭 밝혀내고야 말겠다고 생각하고 있었지."

"과연 자네답군, 왓슨! 그런데 여길 어떻게 찾아낸 거지? 탈옥수를 쫓던 날 밤에 봤나? 그때는 내 뒤에 달이 있었다는 사실을 깜빡하고 있었으니까."

"맞아, 그때 자네를 봤네."

"그래서 돌집들을 샅샅이 뒤졌고, 결국 여기까지 오게 된 건가?"

"아니, 심부름꾼 아이가 감시를 받고 있었네. 그래서 대략 어디쯤인지를 알게 되었지."

"그 망원경 노인이로군. 처음에는 반짝이는 게 렌즈일 줄은 생각지도 못했네."

홈즈가 일어나 집 안을 들여다보았다.

"이런, 카트라이트가 뭘 좀 갖다 놓았군. 이 쪽지는 뭐지? 그렇군. 자네, 쿰 트레이시에 다녀왔나?"

"그렇다네."

"로라 라이언즈 부인을 만나고 왔겠지?"

"맞아."

"정말 잘했네! 우리의 수사는 지금까지 같은 방향으로 진행된 게 분명하니까 둘의 조사 결과를 합치면 사건의 전모를 웬만큼 이해할 수 있을 것 같네."

"그래, 나는 자네가 여기에 와 있는 것이 말할 수 없이 기쁘다네. 책임감과 풀리지 않는 수수께끼는 내 신경에 지나친 부담이 되고 있었으니까. 헌데 자네는 도대체 어떻게 이곳에 오게 되었나? 그리고 무슨 일을 하고 있었지? 나는 자네가 베이커 가에서 그 공갈 사건을 처리하고 있는 줄 알았는데."

"나는 자네가 그렇게 생각해주기를 바랐네."

"그럼 내게 일을 부탁해놓고도 나를 믿지 못했던 게로군. 나는 그래도 내가 자네에게 대접받을 만하다고 생각하고 있었다네, 홈즈."

나는 화가 났다.

"너무 화내지 말게. 자네는 이번 일도 아주 잘 처리해주었어. 전에 있었던 다른 사건들과 마찬가지로 말이야. 자네를 속인 거라고 생각했다면, 정말 미안하네. 사과하겠네. 사실 이렇게 행동한 건 자네를 걱정해서이기도 하네. 여기 와서 내가 직접 사건을 조사하기 시작한 건 자네가 위험하다고 판단했기 때문이야. 내가 헨리 경과 함께 있었다면, 나도 자네와 같은 견해를 갖게 되었을 걸세. 그리고 내가 있다는 것이 알려지면, 만만치 않은 우리의 적은 더욱 경계를 늦추지 않았을 걸세. 몰래 온 덕분에 나는 자유롭게 움직일 수 있었다네. 내가 저택에 있었다면 그렇게 하지는 못했을 걸세. 이 사건에서 나는 숨겨진 존재이기 때문에 만일의 경우에 전력을 다 쏟아부을 수가 있네."

"그래도 왜 나한테까지 숨겼던 거지?"

"밝힌다고 해봐야 별로 달라질 것도 없었고, 내가 들킬 염려도 있었으니까. 자네는 나와 이야기를 나누고 싶어 할 거고, 또 정이 많은 사람이니 이것저것 내게 건네주고 싶어 했을 걸세. 그렇게 되면 일부러 위험을 자초한 결과가 되었을 거야. 카트라이트를 이리로 데리고 왔네. 그 왜, 속달 우편 취급 회사에 있던 아이 말일세. 카트라이트가 빵이나 옷가지 등 최소한도로 필요한 물품들을 날라다 주고 있네. 이 정도면 충분하지 않겠나? 그 아이는 나의 눈과 발이 되어주고 있어. 그 아이는 다리가 아주 튼튼하거든. 상당한 도움이 되고 있네."

"그렇다면 내 보고는 아무런 도움이 되지 않았겠군."

보고서를 쓸 때의 고통과 완성했을 때의 벅찬 마음이 생각나자 나도 모르게 목소리가 떨렸다. 홈즈는 주머니에서 편지 뭉치를 꺼냈다.

"자네가 쓴 보고서는 여기 있네. 물론 자세하게 읽어보았지. 빈틈없는 전달 체계를 만들어놓아 편지가 내 손에 들어오기까지 하루가 더 걸렸을 뿐이네. 이런 어려운 사건을 여기까지 잘도 조사했다고 감탄하고 있던 차였어."

홈즈의 행동을 생각하면 좀처럼 화가 가라앉지 않았지만, 따뜻한 말로 칭찬하는 것을 들으니 나도 모르게 마음이 차분하게 가라앉았다. 그의 모든 말이 옳은 것처럼 여겨지기도 했다. 그리고 그가 황야에 와 있다는 사실을 모르고 있었던 것이 오히려 잘된 일이었다고 진심으로 생각하게 되었다. 밝아진 내 얼굴을 보면서 홈즈가 말했다.

"기분이 나아졌군. 자, 그러면 이제 로라 라이언즈 부인을 만난 결과를 들려주겠나? 자네가 그녀를 만나러 갔을 거라고 추측하는 것은 별로 어렵지 않았네. 나는 이 사건을 해결하는 데 도움이 될 만한 인물이 바로 쿰 트레이시의 라이언즈 부인이라는 걸 알고 있었거든. 사실 자네가 오늘 그곳에 가지 않았다면 내가 내일 직접 그곳에 가야 했을 걸세."

태양은 이미 저물었고, 황야는 어둠에 잠기기 시작했다. 날이 추워졌기에 우리는 돌집 안으로 들어가서 불을 피웠다. 희미한 어둠 속에 함께 앉아서 나는 부인과의 대화를 홈즈에게 들려주었다. 홈즈는 커다란 흥미를 느낀 듯했다. 두 번이나 이야기를 반복해서 간신히 납득시킨 부분도 한두 군데가 아니었다.

"아주 중대한 일일세. 자네의 이야기는 이 복잡하기 짝이 없던 사건 중에서 아직 메워지지 않았던 부분을 이어주는 가교 역할을 하는군. 자네도 눈치 챘겠지만, 라이언즈 부인과 스태플턴이라는 사람은 아주 친밀한 관계야."

"그건 몰랐네."

"의심의 여지가 없네. 만나서 이야기하기도 하고 편지를 주고받기도 하고, 두 사람은 확실히 의기투합했다네. 좋았어. 이걸로 강력한 무기를 손에 넣은 셈일세. 이걸 이용해서 그 남자의 아내를 떼어놓으면……."

"아내라니?"

"자네가 여러 가지 정보를 제공했으니, 그 답례로 나도 새로운 사실을 알려주겠네. 다들 스태플턴의 동생으로 알고 있는 그 여인이 사실은 스태플턴 부인이라네."

"맙소사, 홈즈! 그게 사실인가? 그렇다면 어떻게 헨리 경이 자기 아내를 사랑하도록 놔둘 수 있지?"

"그 일로 해서 상처받는 사람은 헨리 경밖에 없으니까. 헨리 경이 그녀에게 접근하지 못하도록 그가 감시의 눈길을 보내고 있다는 사실은 자네도 알고 있겠지? 다시 한번 말하지만, 그 여자는 아내이지 동생이 아닐세."

"하지만 왜 그런 귀찮은 속임수를 쓰는 걸까?"

"독신이라고 하는 것이 훨씬 더 쓸모가 있을 거라고 생각한 거겠지."

지금까지 본능적으로 느끼고 있었던 박물학자에 대한 의문들이 한꺼번에 떠올랐다. 밀짚모자를 쓰고 잠자리채를 손에 든 평범하기 짝이 없는 남자 속에 있는 무시무시한 것이 보이기 시작했다. 그는 웃는 얼굴 속에 살의를 숨기고 있으며, 보기 드문 인내력과 교활함을 갖추고 있는 사람이었다.

"그렇다면 적은 그 사람이란 말인가? 런던에서 미행했던 것도 그 사람이었단 말인가?"

"나는 그렇게 생각하고 있네."

"그렇다면 경고의 편지를 보낸 것은 그의 아내였다는

말이 되지 않는가?"

"바로 그렇다네."

오랫동안 나를 둘러싸고 있던 어둠 속으로 무시무시한 범죄의 모습이 떠오르기 시작했다.

"정말 확실한 건가, 홈즈? 어떻게 아내라는 사실을 알았지?"

"그 사람, 자네를 처음 만났을 때 자신도 깜빡하고 진짜 경력을 잠깐 얘기하지 않았나? 틀림없이 후에 굉장히 후회했을 걸세. 그 사람은 잉글랜드 북부에서 학교 교장을 지낸 적이 있네. 그런데 교장처럼 조사하기 쉬운 직업도 없다네. 교사 소개소라는 곳이 여기저기 널려 있어서 한 번이라도 교직에 있었던 사람의 신원은 쉽게 알아낼 수 있지. 한 학교가 입에 담기도 싫은 사정으로 문을 닫았다네. 그 경영자는―이름은 달랐지만―아내와 함께 행방을 감추어버렸네. 생김새가 똑같았다네. 이 정도는 잠깐의 조사만으로 알아낼 수가 있었지. 더구나 행방을 감춘 사람이 곤충학에 심취해 있다는 사실을 알게 되었다면, 그게 누군지는 금방 알 수 있는 법이지."

어둠의 장막이 서서히 걷히고 있었지만, 그래도 여전히 어두운 부분이 많았다.

"가령 그 여자가 진짜 부인이라고 치더라도, 그게 로라 라이언즈 부인과 무슨 상관이 있지?"

"그걸 알게 된 건 자네의 조사 덕분일세. 자네가 라이언즈 부인과 만남으로써 어떻게 된 일인지 확실하게 보이기 시작했어. 나는 라이언즈 부부의 이혼에 관한 얘기는 전혀 모르고 있었거든. 그녀는 스태플턴이 독신인 줄 알고 그의 아내가 되려고 하는 것임에 틀림없네."

"그럼 그녀가 속은 걸 알게 되면 어떻게 될까?"

"바로 그걸세. 그걸 알게 되면 그녀는 우리 편이 되어줄지도 모르지. 내일 찾아가봐야지, 우리 둘이서. 그런데 왓슨, 자네의 임무를 너무 소홀히 하고 있는 것이 아닌가? 바스커빌 저택으로 돌아가는 것이 좋을 것 같은데."

이미 서쪽 하늘에 남은 마지막 붉은 기운이 스러져갔고 황야에는 밤이 내렸다. 짙은 보랏빛 하늘에서 별들이 희미하게 반짝거렸다.

"홈즈, 마지막으로 하나만 더 묻고 싶네."

나는 일어서며 말했다.

"자네와 나 사이에 더 이상 비밀이 있을 필요는 없을 것 같네. 그런데 이 모든 것은 무엇을 의미하지? 스태플턴의 목적은 무엇인가?"

홈즈는 착 가라앉은 목소리로 대답했다.

"왓슨, 그것은 살인이라네. 아주 교묘하게 계획된 냉혹한 살인일세. 자세한 얘기는 아직 묻지 말아주게. 스태플턴은 헨리 경에게 쳐놓은 그물을 잡아당기려 하네만, 나도 스태플턴에게 그물을 쳐놓았다네. 자네가 도와준 덕분에 그는 더 이상 움직일 수 없게 되어버렸지. 단 한 가지 위험이 아직도 남아 있다네. 우리의 준비가 끝나기 전에 스태플턴이 행동을 개시할지도 모른다는 거야. 하지만 하루, 길어야 이틀 정도면 마무리 지을 수 있네. 그러니 그때까진, 병에 걸린 아이를 보호하는 엄마처럼 헨리 경을 확실하게 보호해주기를 바라네. 오늘 자네의 행동은 옳았다고 할 수 있지만, 그래도 나는 자네가 헨리 경 곁에 있어주기를 바란다네. 앗, 이게 무슨 소리지?"

무서운 비명 소리, 고요한 황야에서 공포와 고통에 찬

외침이 길게 터져 나왔다. 그 끔찍한 소리를 듣자 온몸의 피가 얼어붙는 듯했다.

"오, 하느님!"

나는 숨을 헐떡이며 말했다.

"맙소사! 뭘까? 무슨 일이 벌어진 걸까?"

홈즈는 자리에서 벌떡 일어났다. 나는 어느새 문 앞에 나가 있는 그의 검은 윤곽을 보았다. 그는 상체를 구부리고 얼굴을 내밀어 어둠 속을 가만히 응시하고 있었다.

"쉿, 조용히!"

홈즈가 속삭였다. 비명 소리는 그 격렬함으로 인해 크게 들렸으나 멀리 어두운 평원 어딘가에서 난 것이었다. 이제 그 소리는 좀 더 가까운 곳에서 더 크고 급박하게 귓전을 울렸다.

"대체 어디지?"

홈즈가 떨리는 목소리로 속삭였다. 이 철의 사나이도 영혼 깊이 동요하고 있는 것이다.

"왓슨, 저 소리가 어디서 나는 것인가?"

"저쪽인 것 같은데."

나는 어둠 속을 손가락으로 가리켰다.

"아니, 저쪽이야."

고통에 찬 비명 소리가 훨씬 가까운 곳에서 더 크게, 고요한 밤하늘에 울려 퍼졌다. 이번에는 조금 다른 소리가 섞여 있었다. 그것은 끊임없이 들려오는 낮은 파도 소리처럼 높낮이가 있는 소리였다. 음악적이면서도 위협적인, 굵게 으르렁거리는 소리였다.

"사냥개다! 가세, 왓슨, 이미 늦은 걸까?"

홈즈는 맹렬한 기세로 황야를 달리기 시작했다. 나도 그 뒤를 따라갔다. 그런데 바로 우리 앞에 있는 울퉁불퉁한 땅바닥 어딘가에서 단말마의 절규가 들리더니, 뒤이어 무거운 것이 떨어지는 소리가 들려왔다. 우리는 멈춰 서서 귀를 기울였다. 바람 한 점 불지 않는 밤의 침묵을 깨는 소리는 더 이상 들려오지 않았다.

"당했네, 왓슨. 이젠 모든 것이 끝이야."

"그럴 리가 없네."

"어리석었어. 일을 너무 신중하게 처리했네. 왓슨, 자네도 마찬가지야. 임무 수행 장소에서 벗어나 있었기 때문

304

에 이런 일이 벌어진 걸세. 그렇지만 최악의 사태가 벌어진 거라면 반드시 복수하고야 말겠네."

우리는 어둠 속에서 길을 막고 있는 바위를 돌아서, 금작화 덩굴을 헤치고, 숨이 끊어져라 언덕의 경사면을 오르락내리락하면서 무시무시한 소리가 들려온 방향을 향해 달려갔다. 높은 곳에 올라설 때마다 홈즈는 주위를 둘러보았지만, 황야에는 어둠만이 깔려 있을 뿐 움직이는 것이라고는 무엇 하나 보이지 않았다.

"보이는 게 있나?"

"아니."

"잠깐, 이건 뭐지?"

낮은 신음 소리가 들려왔다. 이번에는 오른쪽이었다. 그쪽은 바위가 그대로 드러나 있었는데, 능선이 끊어진 절벽을 이루고 있었다. 그리고 깎아지른 듯한 절벽의 경사면은 온통 바위투성이였다. 그 경사면에 날개를 펼친 채 축 늘어진 듯한 모습의 검은 물체가 쓰러져 있었다. 서둘러 내려가보니, 물체가 확실하게 눈에 들어왔다. 남자가 고꾸라져 쓰러져 있었다. 고개가 상상할 수 없을 정도의 각도로 안쪽을 향해 꺾여 있었으며, 공중제비를 돌듯 어깨와 등이 둥글게 굽어져 있었다. 너무나도 괴상한 모습이었기 때문에, 그 순간 나는 조금 전에 들려온 소리가 마지막 신음소리였다는 사실조차도 깨닫지 못했다.

그 옆에 웅크리고 앉아 찬찬히 들여다보니, 그 시커먼 물체는 손가락 하나 움직이지 않았으며 더 이상 신음 소리도 내지 않았다. 홈즈는 사내를 안아 일으키려다 비명을 지르며 손을 떼었다. 그가 켠 성냥 불빛이 그의 피 묻은 손가락과, 시체의 부서진 머리에서 천천히 흘러내린 핏물이 웅덩이를 이루고 있는 모습을 비쳤다.

성냥불에 모습을 드러낸 시체를 바라보던 우리는 심장이 멎어버리는 줄 알았다. 헨리 버스커빌 경이었다. 붉은 빛이 감도는 트위드자켓을 우리가 잊을 리가 없었다. 베이커 가에서 처음 만났던 날 아침에 그가 입고 있던 옷이었다. 우리가 그것을 본 순간, 마치 희망의 불빛이 꺼지듯 성냥불이 흔들리면서 꺼졌다. 홈즈가 신음 소리를 냈다. 그의 얼굴은 어둠 속에서도 창백하게 보였다.

"짐승 같은 놈! 짐승 같은 놈!"

나는 두 주먹을 불끈 쥐며 외쳤다.

"아, 홈즈, 경을 혼자 남겨두어 이런 운명으로 몰아넣다니, 나 자신을 절대로 용서하지 못할 걸세."

"아니, 왓슨. 비난받아야 할 사람은 자네가 아니라 날세. 나는 사건을 완벽하게 설명하기 위해서 의뢰인의 생명을 도외시했어. 탐정 일을 시작한 이래 가장 큰 실수를 저지르고 말았네. 하지만 알 수 없군. 내가 그토록 경고를 했음에도 불구하고 왜 황야에 혼자 나온 것일까?"

"헨리 경의 비명 소리를 들었는데⋯⋯. 아, 그 비명! 왜 그를 돕지 못했을까? 그를 뒤쫓아 죽게 만든 악마와도 같은 개는 어디에 있는 거지? 아직 이 부근의 바위 사이에 숨어 있을지 모르네. 그리고 스태플턴은 어디에 있는 거지? 반드시 대가를 치르도록 하겠네."

"물론이지. 반드시 그렇게 될 걸세. 백부와 조카 두 사람이 살해당했어. 백부는 그 짐승을 보고 마견이라고 착각하여 심장마비를 일으켰다네. 조카는 그것에 쫓겨 어둠 속으로 도망쳐 숨으려다 죽었다네. 하지만 나는 그 사내와 개의 관계를 입증해야만 하네. 우리는 개의 소리밖에

307

는 듣지 못했어. 정말 있다는 사실조차도 증언할 수 없는 상태야. 헨리 경의 사인이 추락 때문이라는 사실만은 확실하네. 정말 교활하기 짝이 없는 놈일세. 하지만 내일은 꼭 그놈을 잡고 말겠어."

우리가 오랫동안 해온 고생은 돌이킬 수 없는 참극이라는 형태로 막을 내리고 말았다. 시체를 앞에 두고 우리는 의기소침해져서 멍하니 서 있을 수밖에 없었다.

곧 달이 오르기 시작했다. 우리는 가엾은 친구가 굴러 떨어진 절벽 위로 기어올라갔다. 반쯤은 은빛에 물든, 반쯤은 어둠에 잠긴 황야가 펼쳐져 있었다. 몇 킬로미터나 떨어진 곳에 있는 그림펜 쪽에서 노란 불빛 하나가 반짝이고 있었다. 스태플턴의 집에서 나오는 불빛이었다. 나는 그 불빛을 바라보며 주먹을 쥐고 외쳤다.

"왜 지금 당장 잡지 않는 거지?"

"아직 부족한 부분이 있다네. 그자는 영악하기 짝이 없어서 쉽게 모습을 드러내지 않는다네. 녀석이 범인이라는 사실은 알고 있지만, 증거를 잡지 않으면 안 되네. 섣불리 움직였다가는 녀석을 놓칠 우려가 있어."

"이제 우리는 어쩌면 좋을까?"

"내일은 할 일이 아주 많아. 오늘 밤에는 우리의 가엾은 친구를 위해 마지막 임무를 다하도록 하세."

우리는 시체를 향해 다가갔다. 달빛을 받아 은빛으로 빛나는 바위 사이에 시커먼 시체가 누워 있었다. 고통으로 뒤틀린 손을 보자 내 가슴은 아픔으로 떨려 왔으며, 눈에는 눈물이 고였다.

"홈즈, 사람들을 불러야겠네. 우리 힘으로는 시신을 바스커빌 저택까지 옮길 수 없겠어. 맙소사, 자네 미쳤나?"

홈즈가 갑자기 뭐라고 소리를 지르며 시체 위로 몸을 웅크렸다가 벌떡 일어나 큰 소리를 내며 내 손을 쥐었다. 이게 자제심이 뛰어난 내 친구란 말인가? 숨어 있던 광기가 드디어 모습을 드러낸 것이다!

"수염이 있어! 턱수염이! 이 사람은 턱수염을 길렀네."

"턱수염이라고?"

"이건 준남작이 아닐세. 맞아, 내 황야의 이웃이었군. 탈옥수였어."

서둘러 시체를 똑바로 눕히고 보니, 차가운 달빛을 받아 피로 범벅이 된 수염이 보였다. 튀어나온 이마와 짐승처럼 움푹 패인 눈, 그가 틀림없었다. 바위틈에 켜놓은 촛불 속에서 나를 노려보던 그 사내, 틀림없이 탈옥수 셀든이었다. 그 순간 모든 사실을 알 수 있었다. 집사인 배리모어에게 자신이 입던 옷을 주었다던 준남작의 말이 떠올랐던 것이다. 부츠며 모자며 모두 헨리 경의 것이었다.

끔찍한 참극이기는 했지만, 어쨌든 사형을 받는다고 해도 조금도 이상할 것이 없는 그런 사내였다. 홈즈에게 사정을 설명하는 나의 가슴이 안도감과 기쁨으로 부풀어 올랐다.

"그럼 이 사람은 이 옷 때문에 죽은 거로군. 틀림없이 그 개에게 헨리 경이 가지고 있던 물건의 냄새를 맡게 했던 것일세. 호텔에서 사라진 부츠겠지. 그것 외에는 달리 생각할 길이 없어. 그래서 사냥개가 이자를 뒤쫓았던 거지. 하지만 이상한 점이 한 가지 있는데, 셀든은 어둠 속에서 사냥개가 뒤쫓고 있다는 것을 어떻게 알았을까?"

"소리를 듣고 알았겠지."

"황야에서 사냥개 소리를 들었다고 해서 이 냉혹한 탈

옥수가 그처럼 공포에 사로잡혔을까? 잡힐지도 모르는데 살려달라고 비명을 지르지 않았나? 조금 전에 들려온 비명 소리로 보아서는 사냥개가 온다는 걸 깨닫고 상당한 거리를 뛰어서 도망쳤다네. 어떻게 알 수 있었을까?"

"자네의 추측이 옳은 가설이라 치더라도, 나는 도무지 이해할 수가 없네. 대체 왜 그 사냥개가······."

"가설이 아닐세."

"좋아, 아무튼 이 사냥개를 왜 하필이면 오늘 밤에 황야에 풀어놓았느냐는 것이네. 나는 그놈의 개가 항상 황야를 돌아다닌다고 생각하지는 않네. 스태플턴은 헨리 경이 여기에 올 거라는 확신이 있었기 때문에 개를 풀어놓았을 거야."

"내 의문이 더 풀기 힘든 것이군. 자네의 의문은 금방 해명이 될 테지만 내 의문은 영원히 수수께끼로 남을 수도 있어. 이제 문제는 이 불쌍한 탈옥수의 시신을 어떻게 처리할 것인가이네. 여기 남겨두면 까마귀의 밥이 될 텐데, 그냥 놓아둘 수는 없지 않은가?"

"일단 저 돌집에 넣어두었다가 경찰에 연락하는 게 어

떨까?"

"그렇게 하는 게 좋겠군. 거기까지라면 둘이서 옮길 수
도 있을 테니. 앗, 왓슨. 이럴 수가. 당사자께서 직접 행차
하셨다네. 정말 대담하기 짝이 없는 자로군. 의심을 받을
만한 말은 한마디도 해서는 안 되네. 절대로. 아니면 내
계획이 물거품이 되고 마네."

한 사람이 황야 저쪽에서 다가오고 있었다. 빨간 담배
불빛이 희미하게 보였다. 달빛에 조그만 키와 거만한 걸
음걸이를 확실하게 볼 수 있었는데, 그는 박물학자였다.
우리를 알아본 그는 잠시 멈춰 섰다가 바로 우리 곁으로
다가왔다.

"아니, 왓슨 박사님 아니십니까? 이런 밤중에, 그것도 황
야에서 뵙게 될 줄은 몰랐습니다. 무슨 일이 있었습니까?
누가 사고라도 당했나요? 설마 헨리 경은 아니겠지요?"

스태플턴이 내 옆을 스쳐 지나가더니, 시체 위로 몸을
구부렸다. 숨을 들이마시는 소리가 들렸고, 담배가 그의
손가락에서 떨어졌다.

"누, 누구죠? 이게 누굽니까?"

그가 더듬거리며 물었다.

"셀든입니다. 프린스타운 형무소에서 탈출한 죄수이지요."

스태플턴은 창백해진 얼굴로 우리를 바라보았는데, 실망과 놀라움을 간신히 감추고 있음을 쉽게 알 수 있었다. 그는 홈즈와 내게 날카로운 시선을 던졌다.

"이럴 수가! 얼마나 끔찍한 일입니까! 이 사람은 어떻게 죽었나요?"

"절벽 위에서 떨어져 목이 부러진 듯합니다. 우리는 황야를 산책하다가 비명 소리를 들었습니다."

"저도 비명 소리를 들었습니다. 제가 여기까지 나온 것은 그 때문이지요. 헨리 경이 염려스러워서요."

"왜 헨리 경의 일을 걱정하시는 거지요?"

나는 참지 못하고 물었다.

"오늘 밤에 우리 집으로 초대를 했습니다. 그런데 영 오시지를 않아서 이상하게 생각하고 있었죠. 그래서 비명 소리를 듣는 순간, 헨리 경일지도 모른다는 생각을 하게 된 겁니다. 그런데 그 비명 소리 외에 다른 소리는 듣지 못했습니까?"

스태플턴이 홈즈 쪽을 바라보며 물었다.

"네. 당신은?"

홈즈가 되물었다.

"저도 못 들었습니다."

"그럼 왜 그런 질문을 하시는 거죠?"

"아, 왜 농부들이 사냥개 유령이 나온다는 둥 떠들어대지 않습니까. 밤에 황야에 나와 돌아다닌다고 하는 것 같던데요. 오늘 밤 혹시 그런 소리에 대한 증거라도 잡지 않았나 궁금해서요."

"그런 소리는 전혀 못 들었습니다."

내가 대답했다.

"그렇다면 이 사내가 죽은 건 무엇 때문이라고 생각하십니까?"

"쫓기고 있다는 불안감과 초조감 때문에 미쳐버린 거겠지요. 미친 듯이 황야를 달리다 가엾게도 여기서 떨어져 목이 부러진 것 같습니다."

"그렇게 보는 게 가장 합당할 것 같군요. 당신은 어떻게 생각하십니까, 셜록 홈즈 씨?"

이렇게 말한 스태플턴은 한숨을 내쉬었는데, 내게는 그것이 안도의 한숨으로 들렸다.

"저를 잘도 알아보시는군요."

홈즈가 말했다.

"왓슨 박사님이 오신 이후부터 우리는 당신이 오시기만을 기다리고 있었습니다. 그런데 오시자마자 이런 비극을 보게 되셨군요."

"그러게 말입니다. 나도 왓슨의 말이 사건의 진상일 것이라고 생각합니다. 내일 런던으로 돌아가는데, 영 뒤끝이 좋지 않군요."

"아, 내일 돌아가신다고요?"

"네, 그럴 생각입니다."

"홈즈 씨는 우리가 골머리를 썩고 있는 일련의 사건에 대해서 뭔가 아시는 게 있겠죠?"

홈즈가 어깨를 들썩였다.

"누구든 언제나 성공만 하라는 법은 없어요. 조사에 필요한 건 확실한 사실이지 전설이나 소문이 아니에요. 그런 점에서 이번 사건은 정말 불만투성이입니다."

홈즈는 이번 사건에 전혀 관심이 없는 투로 말했다. 스태플턴은 그런 홈즈에게서 시선을 떼지 않았다. 잠시 후 스태플턴이 나를 보며 말했다.

"이 사람을 우리 집으로 옮기고 싶지만, 그러면 동생이 두려움에 떨지도 몰라서 그렇게 할 수는 없을 것 같네요. 얼굴을 덮어두면 아침까지는 괜찮을 겁니다."

그렇게 하기로 했다. 스태플턴이 자기 집에 들렀다 가라고 말했지만, 홈즈와 나는 그의 청을 거절하고 그와 헤어진 뒤 바스커빌 저택을 향해 출발했다. 박물학자는 혼자 집으로 돌아갔다. 뒤돌아보니 넓은 황야를 천천히 걸어가는 그의 모습이 보였다. 뒤편으로는 은빛 사면에 검은 얼룩 하나가 끔찍한 최후를 맞은 사내가 누워 있는 위치를 나타내고 있었다.

"일촉즉발의 상황이었어. 정말 대담하기 짝이 없는 사람이로군. 다른 사람이 덫에 걸렸다는 사실을 알게 되면 보통은 정신을 못 차릴 텐데, 아주 태연하게 처신을 했으니 말이야. 왓슨, 런던에서도 말한 적이 있지만, 정말 대단한 사건을 만났네."

"자네가 와 있다는 사실이 밝혀졌으니 큰일 아닌가?"

"처음에는 나도 그렇게 생각했지만, 내게서 아무것도 알아낸 게 없으니 상관없겠지."

"자네가 왔다는 사실을 알았으니, 그가 계획을 변경할까?"

"경계를 하든지, 앞뒤 가릴 것 없이 바로 행동으로 옮기든지 하겠지. 머리가 좋은 범죄자들은 자신의 꾀에 빠지기 십상이네. 그도 자기의 꾀를 너무 믿는 나머지 우리를 멋지게 속였다고 생각하고 있을지도 모르지."

"왜 지금 당장 그를 잡아들이지 않는가?"

"왓슨, 자네는 타고난 행동가로군. 언제나 무엇인가를 하고 있지 않으면 마음이 놓이지가 않지? 하지만 잘 들어보게. 오늘 밤 그를 체포했다고 치세. 그게 우리에게 무슨 득이 된단 말인가? 아무런 증거도 없지 않은가? 바로 그 점이 그의 영악한 점일세. 그가 사람을 부리고 있었다면 한두 개쯤은 증거를 잡을 수도 있었을 걸세. 하지만 우리가 거대한 사냥개를 잡아들인다 해도, 그것은 주인의 목을 조일 끈이 되어주지는 않는다네."

"하지만 실제로 범죄가 벌어지지 않았는가?"

"아니, 범죄의 냄새조차 나지 않는다네. 있는 것이라고는 추측과 억측뿐이지. 이 정도의 이야기와 증거를 법정에서 제시한다면, 우리는 그저 웃음거리만 되고 말 걸세."

"찰스 경이 죽지 않았나?"

"어디에도 외상은 없었잖나. 자네와 나는 찰스 경이 두려움 때문에 죽었다는 사실을 알고 있네. 그리고 두려움의 원인도 알고 있어. 하지만 멍청한 배심원 열두 명에게 어떻게 그걸 납득시킬 수 있겠는가? 사냥개가 있었다는 증거는? 이빨 자국이라도 나 있었나? 물론 우리는 사냥개가 시체에는 덤벼들지 않는다는 것과 찰스 경은 사냥개가 달려들기 전에 죽었다는 사실을 알고 있네. 하지만 우리는 그 모든 사실을 입증해내지 않으면 안 되네. 지금으로선 불가능한 얘기지 않나?"

"그렇군. 그렇다면 오늘 밤 일은 어떤가?"

"오늘 밤 일도 마찬가지일세. 탈옥수는 죽었지만, 사냥개가 죽였다고 확실하게 말할 수는 없다네. 무엇보다도 개를 보지 못하지 않았나? 그저 울음소리만 들었을 뿐이라네. 사냥개가 사내를 뒤쫓았다는 사실을 증명할 방법이 없지. 동기도 전혀 알 수가 없다네. 현재로서는 범죄가 발생했다는 사실조차도 입증할 수가 없네. 그것을 입증하기 위해서는 그 어떤 위험도 감수할 각오를 하고 있어야만 할 걸세."

"그래, 어떻게 할 생각인가?"

"로라 라이언즈에게 사정을 잘 설명하면 우리에게 도움을 줄지도 모르지. 거기에 기대를 걸고 있다네. 내게도 작전이 있네. 내일의 일은 내일 걱정하세. 어쨌든 내일이 가기 전에 모든 일을 해결하고 싶으니까."

홈즈는 그 이상 아무런 말도 하지 않았다. 그는 바스커빌 저택의 문 앞에 이를 때까지 가만히 생각에 잠긴 채 발길을 옮겼다.

"같이 들어갈 거지?"

"그래, 더 이상 숨어 있을 필요도 없으니까. 한 가지만 부탁하겠네. 왓슨, 헨리 경에게 사냥개에 대한 이야기는 하지 말게. 셀든의 죽음에 대해서는 자네가 스태플턴에게 얘기했던 대로만 얘기해두도록 하세. 그러면 내일 시련에 부딪친다 해도 잘 빠져나올 수 있을 테니까. 자네의 보고

319

를 내가 잘못 기억하는 것이 아니라면, 헨리 경은 내일 스태플턴의 집에서 저녁 식사를 하기로 되어 있더군."

"맞아. 나도 초대를 받았다네."

"그럼 구실을 만들어서 헨리 경이 혼자 가도록 해주게. 그 정도는 쉽게 할 수 있겠지? 저녁 식사 시간은 이미 지나버렸지만, 지금이라면 야식 정도는 먹을 수 있겠지?"

그물망 좁히기

헨리 경은 홈즈의 얼굴을 보고 놀라기보다는 기뻐하는 듯했다. 왜냐하면 요 며칠 동안 여러 가지 사건이 계속해서 일어났기 때문에 그가 와주기를 진심으로 기다리고 있었기 때문이었다. 하지만 홈즈가 짐도 없이 갑자기 나타난 이유도 설명하지 않자 당황한 눈치였다. 헨리 경과 나는 바로 그에게 필요한 것들을 챙겨주었다. 늦은 저녁을 먹으며 우리는 오늘 있었던 일 중에서 준남작이 알아야 할 것들을 이야기해주었다.

나는 그전에 배리모어 부부에게 셀든의 죽음을 알리는 괴로운 일을 해야만 했다. 배리모어는 마음을 놓은 듯했지만 일라이자는 앞치마로 얼굴을 가리고 격렬한 울음을 터뜨렸다. 세상 사람들은 그를 짐승이나 악마처럼 난폭한 자라고 했지만, 그녀에게만은 변함없이 귀여운 말썽꾸러기이자 자신을 따르는 동생이었던 것이다. 슬퍼해줄 사람이 한 명도 없는 자는 악마밖에 없는 법이다.

"오늘 아침에 왔슨 박사님께서 외출하신 뒤로는 계속 집에서 멍하게 보냈습니다. 약속을 지켰으니, 조금은 칭찬을 해주십시오. 혼자 외출하지 않겠다고 약속한 덕분에 즐거운 저녁 시간을 놓치고 말았습니다. 스태플턴 씨가 놀러 오라고 심부름꾼을 보냈었거든요."

준남작이 말했다.

"틀림없이 즐거운 저녁이 되었겠죠. 하지만 목이 부러진 사람 옆에서 슬퍼하는 모습이 그리 마음에 들지는 않았을 겁니다."

홈즈가 차갑게 말했다. 헨리 경이 놀란 눈을 둥그렇게 떴다.

"그게 무슨 말씀이십니까?"

"가엾은 그 사내가 당신의 옷을 입고 있었거든요. 그 옷을 건네준 집사가 경찰에 끌려가 조사를 받게 될지도 모르겠어요."

"그럴 리는 없을 겁니다. 아마 제 것이라는 표시는 어디에도 없을 겁니다."

"다행이네요. 집사뿐만이 아닙니다. 당신도 아주 운이 좋았어요. 이번 사건에서는 당신들이 법을 어긴 셈이니까요. 제가 양심적인 탐정이라면, 맨 먼저 이 저택에 있는 사람들을 체포해야 한다고 말할 것입니다. 왓슨의 보고서가 유죄를 인정하는 결정적인 단서가 될 거고요."

"그런데 사건 조사는 어떻게 되었지요?"

준남작이 물었다.

"웬만큼 단서를 잡으셨나요? 우리가 여기 내려온 다음에는 별로 알게 된 것이 없는 것 같은데요."

"곧 사정을 자세히 설명드릴 수 있을 것 같습니다. 조사하는 데 상당히 애를 먹었죠. 아직 확실하지 않은 점도 몇 가지 남아 있습니다. 하지만 곧 모든 문제가 해결될 겁니다."

"이미 왓슨 박사님께 들으셨겠지만, 우리는 기묘한 일을 겪었습니다. 황야에서 사냥개 소리를 들었습니다. 모든 게 신빙성 없는 미신이라고만 할 수는 없을 겁니다. 미국 서부에 있을 때 개를 키워보았기 때문에 그게 개의 소리라는 것을 금방 알 수 있었습니다. 만약 당신이 그 개를 사슬로 묶고 재갈을 물릴 수만 있다면, 저는 당신이 역사상 최고의 탐정이라 단언하겠습니다."

"제게 힘을 빌려주신다면 틀림없이 사슬로 묶고 재갈을 물릴 수 있을 겁니다."

"뭐든 말씀만 하십시오."

"고맙군요. 한 가지 부탁이 있는데, 이유는 묻지 말고 그저 제 말대로만 해주셨으면 합니다."

"알겠습니다."

"그렇게만 해주신다면 문제는 곧 풀릴 겁니다. 저는 틀림없이……."

홈즈는 갑자기 말을 멈추고 내 머리 위로 시선을 고정했다. 고요히 열중한 그의 얼굴이 램프의 불빛을 받아서 섬세하게 깎아놓은 조각상처럼 보였다. 그의 집중한 얼굴에 어떤 강렬한 기대의 표정이 떠올랐다.

"왜 그러나?"

"왜 그러십니까?"

나와 헨리 경이 동시에 물었다.

홈즈가 시선을 떨어뜨렸을 때, 그가 격렬한 흥분을 억누르고 있다는 사실을 알 수 있었다. 그의 표정은 여전히 고요했지만 그 눈은 참을 수 없는 기쁨으로 빛나고 있었다. 홈즈가 정면의 벽에 나란히 걸려 있는 초상화를 가리키며 말했다.

"죄송합니다. 저도 모르게 그림에 빠져버렸군요. 왓슨은 제가 그림을 모른다고 말하지만 그건 질투에 불과합니다. 관점에 차이가 있을 뿐이죠. 정말 훌륭한 초상화들이군요."

헨리 경이 놀란 표정으로 친구를 바라보았다.

"그렇게 말씀하시니 정말 고맙습니다. 하지만 솔직히 말씀드린다면 저는 잘 모릅니다. 말이나 소라면 좀 볼 줄 압니다만, 홈즈 씨가 이런 것에 관심이 있는 줄은 정말 몰랐습니다."

"뛰어난 작품은 알아볼 수가 있죠. 저쪽에 푸른 옷을 입은 여인은 틀림없이 넬리가 그린 걸 겁니다. 그리고 가발

을 쓴 뚱뚱한 신사는 레이놀즈의 솜씨로군요. 전부 집안
사람들 초상화겠지요?"

"네, 그렇습니다."

"이름을 알고 있나요?"

"배리모어가 가르쳐주어서 대부분 알고 있습니다."

"손에 망원경을 들고 있는 사람은?"

"바스커빌 해군 소장입니다. 서인도 제도에서 로드니
제독의 부하로 있었습니다. 파란 옷에 두루마리를 들고
있는 분은 윌리엄 바스커빌 경입니다. 피트 수상 아래서
하원 의장을 지내셨습니다."

"제 바로 정면에 보이는 기사는요? 레이스가 달린 검은
벨벳으로 만든 옷을 입고 있는 사람이오."

"그 사람이야말로 당신이 알아야 할 사람입니다. 재앙
의 원흉이 된 휴고로, 바스커빌 가의 전설은 저 사람에서
부터 시작됩니다. 잊으려 해도 잊을 수가 없습니다."

나는 놀라움과 흥미가 섞인 눈빛으로 그 초상화를 바
라보았다.

"그렇군요. 조용하고 온순한 사람처럼 보이는데요. 하

지만 눈에 악마가 서려 있군요. 좀 더 건장하고 그냥 보기에도 악한처럼 생긴 사람일 거라 생각했습니다.”

“틀림없는 휴고의 초상화입니다. 이름과 1674년이라는 연도가 그림 뒤에 적혀 있습니다.”

그 후부터 홈즈는 별로 말을 하지 않았는데, 악행을 저지른 인물의 초상화에 매료되었는지 식사를 하는 동안 줄곧 그림을 쳐다보았다. 헨리 경이 자기 방으로 가자, 홈즈는 그제야 처음으로 무슨 생각을 했는지 내게 밝혔다. 홈즈는 침실에서 초를 가져오더니, 나를 연회장으로 데리고 가서 세월의 흐름을 떠안고 있는 벽에 걸린 초상화를 촛불로 비췄다.

“뭔가 생각나는 게 없나?”

나는 깃털 장식이 달린 챙이 넓은 모자, 어깨까지 늘어뜨린 곱슬머리, 하얀 레이스가 달린 목깃에 둘러싸여 엄숙한 표정을 짓고 있는 근엄한 얼굴을 들여다보았다. 냉혹한 얼굴은 아니었다. 하지만 굳게 닫힌 얇은 입술, 차갑고 고집이 있어 보이는 눈에 사람이 쉽게 접근할 수 없는 험악함이 드러나 있었다.

"누구와 닮지 않았나?"

"턱 부분이 헨리 경과 비슷한 것 같은데."

"말을 듣고 보니 그렇군. 그럼 이렇게 하면 어떤가?"

의자 위로 올라간 홈즈는 왼손에 든 초로 그림을 비추며 오른손을 들어 커다란 모자와 곱슬머리 부근을 가려 보였다.

"이건!"

나는 놀라 소리를 질렀다. 그림 속에서 갑자기 스태플턴의 얼굴이 떠올랐기 때문이었다.

"이제야 눈치 챈 모양이군. 나는 장식물에 현혹되지 않고 얼굴만 보는 훈련을 쌓았다네. 변장한 사람을 꿰뚫어 보는 능력은 범죄 수사에 종사하는 사람이 가장 먼저 갖춰야 할 자질이거든."

"정말 놀랍군. 스태플턴의 초상화라고 해도 믿을 수 있을 정도야."

"그래, 신체적·정신적 측면에서 동시에 나타나는 격세유전의 흥미로운 사례일세. 한 가문의 초상화를 연구하다 보면 저절로 환생 이론을 믿게 되지. 스태플턴은 바스커빌 가의 후손임이 틀림없어."

"그 흉계까지 대물림하는군."

"맞아. 이 그림 덕분에 우리는 가장 찾기 힘들었던 연결 고리를 확보하게 되었네. 왓슨, 그자는 우리 손아귀에 들 어왔어. 그자는 내일까지는 스스로 휘두른 잠자리채에 걸 린 나비 같은 꼴로 우리가 쳐놓은 그물에 걸려들 걸세. 우 리는 핀과 코르크와 카드 하나만 있으면 그자를 베이커 가의 수집품 품목에 끼워 넣을 수 있겠어."

홈즈는 그림에서 시선을 거두며 웃음을 터뜨렸다. 그가 웃는 일은 드물었다. 그런데 그의 그런 웃음은 누군가에 게 항상 불길한 전조가 되고는 했다.

이튿날 아침에 나는 일찍 일어났다. 옷을 입는 동안 창 밖을 바라보니 홈즈가 마차가 다니는 길을 통해 집으로 들어오고 있는 모습이 보였다. 그는 더 일찍 일어난 모양 이었다.

"오늘은 좀 바쁠 것 같네. 이미 그물은 다 쳤네. 이제 끌 어올리기만 하면 돼. 오늘이 지나기 전에 날카로운 이빨 을 가진 커다란 꼬치고기가 걸릴지, 그물을 뚫고 도망칠지 알 수 있을 걸세."

홈즈는 그렇게 말하며 기쁘다는 듯이 두 손을 비볐다.

"벌써 황야까지 다녀온 건가?"

"그림펜에 가서 프린스타운 형무소에 셀든의 죽음을 알리고 왔다네. 약속하네만 그 문제 때문에 이 집에서 누군가가 다치는 일은 없을 걸세. 그리고 충실한 카트라이트에게도 메모를 남겨놓았지. 내가 안전하다는 사실을 알려주지 않으면 그 애는 무덤을 지키는 개처럼 걱정하며 돌집 문 앞을 떠나지 않을 테니까."

"다음에 할 일은 무엇인가?"

"헨리 경을 만나야지. 아, 마침 저기 오는군."

"안녕히 주무셨습니까? 홈즈 씨."

준남작이 말했다.

"홈즈 씨는 마치 참모를 데리고 전투 계획을 세우는 장군처럼 보이십니다."

"맞습니다. 왓슨은 지시를 기다리고 있었지요."

"그러면 저한테도 명령을 내려주십시오."

"그렇게 하죠. 오늘 저녁에 스태플턴과 저녁 약속을 하셨지요."

"홈즈 씨도 같이 가십시다. 스태플턴 오누이는 아주 좋은 사람들입니다. 선생을 뵙게 되어 매우 기뻐할 겁니다."

"왓슨과 저는 아무래도 런던으로 돌아가야 할 것 같습니다."

"런던으로요?"

"네. 지금 같아서는 런던에서 조사하는 편이 나을 것 같군요."

준남작이 풀이 죽은 듯한 표정을 지었다.

"사건이 해결될 때까지 여기 계실 줄 알았습니다. 저 혼자 지내기에는 이 저택도 황야도 너무 기분 나쁜 곳입니다."

"너무 걱정하지 마세요. 끝까지 저를 믿고 제가 말한 대로 하세요. 스태플턴 남매에게는 함께 오고 싶었지만 급한 일이 생겨서 런던으로 가게 되었다고 전해주세요. 우리는 곧바로 데번셔로 돌아올 겁니다. 잊지 말고 제 말을 전해주세요."

"그렇게 하라시니 그렇게 해야죠."

"어쩔 수가 없어요."

준남작의 얼굴이 어두워졌다. 우리에게 버림을 받았다는 생각에 기분이 상한 듯했다.

"언제 출발하실 겁니까?"

헨리 경이 차가운 목소리로 물었다.

"아침 식사를 마친 뒤 곧 가겠습니다. 우리는 쿰 트레이시까지 마차를 타고 갈 생각입니다. 하지만 왓슨은 다시 오겠다는 뜻으로 소지품을 남겨두고 갈 겁니다. 왓슨, 스태플턴 씨에게 저녁 만찬에 참석하지 못해 유감이라는 쪽지를 보내도록 하게."

"나도 두 분과 함께 런던으로 가고 싶습니다."

준남작이 말했다.

"여기가 당신이 있어야 할 곳입니다. 제 명령대로 하겠다고 약속하시지 않았습니까? 그러니 여기 있으세요. 부탁이니까."

"좋습니다. 그럼 여기 있기로 하지요."

"한 가지 더! 이따가 메리핏까지 마차를 타고 가고, 그곳에 도착하면 마차를 돌려보내십시오. 그 집 사람들에게 걸어서 집에 돌아갈 생각이라는 걸 분명히 알려주세요."

"걸어서 집에 가라고요?"

"그렇습니다."

"하지만 그것만은 절대로 해서는 안 되는 일이라고 엄중하게 주의를 주시지 않았습니까?"

"오늘 밤만은 걸어서 돌아오셔도 안전합니다. 당신이 용기 있는 분이라는 걸 알기 때문에 드리는 부탁이에요. 그리고 꼭 그렇게 해주시길 바라고 있고요."

"알겠습니다. 그렇게 하겠습니다."

"그리고 목숨이 중요하다면, 메리핏 저택에서 돌아오실 때, 그림펜 도로로 통하는, 늘 다니시는 길로 돌아와주세요. 절대로 황야의 다른 길로 가서는 안 됩니다."

"말씀하신 대로 하겠습니다."

"오후까지는 런던으로 가야 하니, 아침을 먹은 뒤 바로 출발하겠습니다."

어젯밤에 홈즈가 내일이라도 그물을 끌어올릴 것이라고 한 말을 기억하고 있었지만, 이 계획에는 놀라지 않을 수 없었다. 함께 돌아가리라고는 전혀 생각지도 못했으며, 자기 스스로 드디어 결정적인 순간이 왔다고 말해놓고 우리 두 사람이 떠나버려도 괜찮은 건지 도무지 이해할 수가 없었다. 그래도 말없이 그를 따를 수밖에 없었다. 원망스럽다는 듯한 표정을 짓고 있는 준남작에게 작별을 고하고, 두 시간 후 쿰 트레이시 역에 도착한 우리는 마차를 돌려보냈다. 소년이 플랫폼에서 우리를 기다리고 있었다.

"무슨 지시라도?"

"카트라이트, 너는 이 기차를 타고 런던으로 돌아가거라. 도착하거든 바로 내 이름으로 헨리 바스커빌 경에게 전보를 쳐주렴. '수첩을 놓고 왔으니 찾는 대로 베이커 가로 보내주기 바람'이라고."

"네. 알겠습니다."

"그리고 역 사무실로 가서 내 앞으로 온 전보가 없는지 물어봐주겠니?"

소년이 전보 한 통을 가지고 돌아왔다. 홈즈가 그것을 내게 건네줬다. 내용은 다음과 같았다.

전보 받았음. 서명(署名)이 없는 영장을 가지고 5시 40분 도착 예정. 레스트레이드

"오늘 아침에 보낸 전보의 답장일세. 레스트레이드 형사는 용감한 형사이니, 그의 도움이 필요할 걸세. 그건 그렇고 왓슨, 어제 자네가 알게 된 로라 라이언즈 부인을 찾아가봐야 할 것 같네."

드디어 홈즈의 의도를 알아챌 수 있었다. 스태플턴 남매에게 우리가 런던으로 간 것처럼 보이기 위해 준남작을 이용한 것이었다. 그리고 결정적인 순간에 우리는 그곳으로 돌아가 있을 것이었다. 헨리 경이 런던에서 온 전보에 관한 이야기를 스태플턴 남매에게 하면, 그들은 우리가 런던으로 돌아갔다는 사실을 조금도 의심하지 않을 것이다. 나는 날카로운 이빨을 가진 꼬치고기 주위에 쳐진 그물이 조여지는 모습이 눈에 보이는 듯했다.

로라 라이언즈 부인은 작업장에 있었다. 홈즈는 단도직입적으로 이야기를 꺼내 그녀를 당황하게 만들었다.

"저는 돌아가신 찰스 바스커빌 경의 죽음에 대해서 조사하고 있습니다. 여기 있는 제 친구 왓슨 박사를 통해서 이 건에 대해 말씀해주신 내용, 또는 숨기는 것이 있다는 말을 들었습니다."

"제가 무엇을 숨기고 있단 말이지요?"

그녀가 도전적으로 물었다.

"10시에 문이 있는 곳까지 와달라고 부탁했다는 사실은 인정하셨죠? 그 시각에 찰스 경은 거기서 돌아가셨습니다. 당신은 그 사실들의 관계를 숨긴 채 얘기를 끝내셨더군요."

"아무런 관계도 없으니까요."

"그렇다면 정말로 희한하게도 우연의 일치인가 보군요. 하지만 저는 두 사실의 관계가 결국은 밝혀질 것이라고 생각합니다. 라이언즈 부인, 아주 솔직하게 말씀드리죠. 우리는 이 사건을 살인 사건으로 보고 있습니다. 그리고 우리가 수집한 증거에 따르면 이 사건에는 부인의 친구 스태플턴 씨뿐만 아니라 그의 아내까지 연루되어 있는 듯합니다."

라이언즈 부인이 자리에서 벌떡 일어났다.

"그 사람에게 부인이 있다고요?"

"그 사실도 알게 되었죠. 그의 동생이라고 알려진 사람이 사실은 아내였더군요."

그녀는 다시 자리에 앉았다. 양손으로 의자의 팔걸이를 움켜쥐고 있었다. 힘껏 잡았기 때문에 분홍색 손톱이 하얗게 변했다.

"그 사람에게 아내가! 그분은 결혼하지 않았어요."

홈즈가 어깨를 들썩해 보였다.

"증거가 있나요? 증거가 있다면 보여주세요."

당장이라도 덤벼들 듯한 그녀의 눈이 그 어떤 말보다도 그녀의 진심을 잘 보여주고 있었다. 홈즈가 주머니에서 서류 몇 장을 꺼내며 말했다.

"저도 그럴 생각이었습니다. 이 사진은 4년 전 요크에서 찍은 스태플턴 부부의 사진입니다. 뒤에 '벤델레르 부부'라고 적혀 있지만, 남자가 누군지는 바로 알아보실 수 있을 것입니다. 만일 당신이 그 여자도 본 적이 있다면 누군지 아실 겁니다. 이 세 장의 서류는 당시 세인트 올리버 사립학교를 경영하고 있던 벤델레르에 부부에 대한, 믿을 만한 사람들의 증언입니다. 읽어보시면 이 두 사람이 누구인지에 대한 의문이 말끔히 풀릴 겁니다."

라이언즈 부인은 사진과 서류를 대충 훑어본 다음 절망

으로 굳어진 얼굴로 우리를 올려다보았다. 부인이 말했다.

"홈즈 씨, 그 사람은 제가 남편과 이혼하면 결혼하겠다는 조건으로 내게 청혼했습니다. 이 악당은 온갖 거짓말을 늘어놓았지요. 이 사람의 입에서 나온 말치고 거짓말이 아닌 것은 한마디도 없었습니다. 그런데 왜, 왜 그랬을까요? 나는 모두가 다 나를 위한 것이라고 생각했습니다. 하지만 이제 보니 나는 이 사람이 손에 쥔 도구에 지나지 않았군요. 내가 왜 내게 거짓말만 한 사람에게 신의를 지켜야 하지요? 내가 왜 악행을 저지른 사람을 감싸주어야 하나요? 뭐든지 물어보세요. 아는 대로 솔직히 다 털어놓겠습니다. 한 가지 꼭 말씀드리고 싶은 것은 제가 찰스 경에게 편지를 썼을 때 저는 그것이 그분에게 해가 되리라고는 추호도 생각지 못했다는 것입니다. 그분은 제게 누구보다 큰 은혜를 베풀어준 저의 친구셨으니까요."

"저는 부인이 하시는 말씀을 다 믿습니다."

홈즈가 말했다.

"그때의 일들을 반복하는 것이 어려울 것 같으니 제가 말하겠습니다. 부인께서는 사실 여부만 확인해주시기 바랍니다. 그 편지를 쓰도록 권유한 것은 스태플턴이었나요?"

"그 사람이 불러주는 대로 썼어요."

"스태플턴은 부인에게 이혼과 관련된 법적 비용 문제에 관해 찰스 경의 도움을 받아야 한다고 주장했지요?"

"맞아요."

"그런데 편지를 보낸 뒤에 약속 장소에 가지 말라고 스태플턴이 말했겠죠?"

"그 사람은 이렇게 말했어요. 다른 사람이 이혼 비용을 내는 것은 자존심이 허락하지 않는다면서, 자신은 비록 가난하지만 우리 사이를 가로막는 장애물을 제거하기 위해서라면 전 재산을 털어서라도 직접 마련하겠다고요."

"정말 앞뒤가 꼭 들어맞는 얘기군요. 사망 기사를 읽기 전까지 그에게서 아무런 연락이 없었습니까?"

"네."

"그리고 찰스 경과의 약속에 대해서는 아무에게도 말하지 말라고 했겠죠?"

"네. 죽음에 의심스러운 점들이 있기 때문에 편지에 관한 내용이 밝혀지면 제가 의심받게 될 거라고 했어요. 입

다물고 있으라고 협박한 셈이지요."

"그렇군요. 하지만 당신도 이상하다고는 생각하셨겠죠?"

부인은 잠시 머뭇거리다가 고개를 떨궜다.

"그랬습니다. 하지만 그 사람이 내게 신의를 지켰다면 나도 그렇게 했을 거예요."

부인은 말했다.

"그동안 부인은 대단히 운이 좋으셨습니다. 부인은 스 태플턴을 의심했고 그도 그 사실을 알고 있었지요. 하지 만 부인은 지금 살아 있습니다. 지난 몇 달 간 부인은 낭 떠러지의 가장자리를 따라 아주 위태롭게 걸어온 것과 같 습니다. 라이언즈 부인, 이제 일어서야겠군요. 조만간 다 시 연락하겠습니다."

라이언즈 부인의 집을 나와 우리는 역으로 향했다.

"사건의 진상은 거의 다 밝혀졌네. 산적했던 어려움은 점점 사라지고 있어."

런던에서 출발하는 기차를 기다리며 홈즈가 말했다.

"사건이 결말을 향해 흘러가면서 어려운 문제들이 하 나하나 풀리기 시작하는군. 최근의 사건들 중에서 가장 기괴하고 충격적인 범죄 사건이 이제 곧 막을 내리게 될 걸세. 범죄학 연구가라면 1866년에 소러시아에서 일어난 사건과 비슷하다고 말할지도 모르지. 물론 노스캐롤라이나 주에서 일어났던 앤더슨 사건과도 비슷한 점이 있다네. 하지만 이번 사건은 다른 사건들에는 없는 몇몇 특징이 있다네. 아직까지도 그 교활한 사나이의 범행이라는 증거가 없으니까 말일세. 하지만 오늘밤 침대에 들기 전까지는 틀림없이 끝장을 내고 말겠네."

런던에서 출발한 급행열차가 우렁찬 소리와 함께 역 안으로 들어왔다. 우리는 악수로 레스트레이드 형사를 맞았다. 홈즈를 바라보는 레스트레이드 형사의 눈에는 존경의 빛이 어려 있었다. 처음 홈즈와 함께 일을 한 이후 그는 홈즈로부터 많은 점을 배워왔던 것이다.

"무슨 재미있는 일이라도?"

레스트레이드가 물었다.

"몇 년 만의 대사건입니다. 두 시간 후에 출발할 예정이오. 그동안 저녁 식사라도 해두는 게 좋겠군요. 그런 다음 당신에게 다트무어의 맑은 밤공기를 쐬게 하겠소. 목구멍

에 들러붙은 런던의 안개가 쏙 빠져나갈 겁니다. 그곳에
한 번도 가 본 적이 없지요? 아, 좋습니다. 그곳을 찾은 첫
날밤을 절대로 잊지 못할 겁니다."

바스커빌 가의 개

글쎄, 그걸 결점이라고 부를 수 있는지는 모르겠지만, 셜록 홈즈의 결점 중 하나는 실행의 순간까지 다른 사람에게 전체 계획을 알려주는 것을 지나치게 싫어한다는 것이다. 본질적으로 그것은 주위 사람들을 압도하고 놀라게 하기를 좋아하는 그의 개인적 기질 탓임에 틀림없었다. 또한 부분적으로 그것은 만약의 경우를 염려하는 직업적 조심성 탓이기도 했다. 그러나 그것은 그의 대리인이나 조수 역할을 하는 사람에게는 아주 가혹한 일이었다.

나는 그런 고통을 몇 번이고 경험했지만, 긴 시간 동안 마차를 타고 달려가던 그날 밤보다 고통스러웠던 적은 없었다. 커다란 시련이 코앞에서 우리를 기다리고 있었다. 드디어 마지막 승부를 걸 때가 찾아온 것이다. 그런데도 홈즈는 입을 열지 않았다. 나는 그저 홈즈가 다음에 어떻게 할지를 추측해볼 뿐이었다.

드디어 마차가 황야로 접어들었을 때 차가운 바람이 얼굴에 부딪치고 좁은 길 양편으로 어두운 공간이 펼쳐지기 시작했다. 내 마음은 기대감으로 떨렸다. 말이 한 걸음 내디딜 때마다, 마차 바퀴가 한 바퀴 돌 때마다 우리는 마지막 모험에 점점 가까워졌다. 임대 마차의 마부가 있었기 때문에 중대한 이야기는 할 수 없었으며, 기대와 흥분에 휩싸여서 신경만이 점점 날카로워질 뿐이었다. 그런 팽팽한 긴장 상태가 계속되는 중에 드디어 프랭클랜드 씨의 집 앞을 지나 활약의 무대가 된 바스커빌 저택에 가까워지자 오히려 마음이 놓였다. 우리는 마차로 현관까지 가지 않고 오솔길 입구에서 내렸다. 요금을 지불하고 마차를 그대로 쿰 트레이시로 돌려보낸 뒤, 메리핏 저택을 향해 걷기 시작했다.

"레스트레이드 씨, 무기는?"

작은 체구의 형사가 빙그레 웃으며 말했다.

"바지를 입으면 뒷주머니가 있고, 뒷주머니가 있으면 거기에는 늘 무엇인가가 있습니다."

"좋아요. 우리도 만약의 경우를 대비해 준비해왔죠."

"홈즈 씨, 끝까지 비밀로 하려는 겁니까? 대체 뭘 하려는 거지요?"

"매복이에요."

레스트레이드 형사가 언덕의 어두운 경사면과 그림펜 늪지대 부근을 덮고 있는 안개의 바다를 바라보며 몸서리를 쳤다.

"여긴 썩 기분 좋은 곳은 아니군요. 저기 인가의 불빛이 보입니다."

"저기가 바로 목적지인 메리핏 저택이에요. 걸을 때 발소리를 내지 마세요. 말을 할 때도 작은 소리로 하시고요."

우리는 조심스럽게 똑바로 앞을 향해서 나갔는데, 저택에서 200미터쯤 떨어진 곳에 도착했을 때 홈즈가 멈추라는 신호를 보냈다.

"여기가 좋겠군. 오른쪽에 있는 바위에 몸을 숨기면 꼭

알맞겠어."

"여기서 기다립니까?"

"그래요. 매복하는 겁니다. 레스트레이드 씨, 당신은 저쪽 움푹 파인 곳에 몸을 숨기세요. 왓슨, 자네 저 집에 들어가본 적이 있지? 방들의 위치를 설명해줄 수 있겠나? 이쪽 끝에 있는 격자창은 어디의 창이지?"

"부엌의 창일 걸세."

"저 불이 켜져 있는 방은?"

"저건 식당이 분명하네."

"커튼을 활짝 열어놓았군. 이곳 지형을 알고 있으니, 가만히 다가가서 안의 상황을 살피고 와주겠나? 하지만 절대로 들키면 안 돼."

나는 살금살금 걸어서 키 작은 나무로 둘러싸인 울타리 밑에 몸을 숨겼다. 그 울타리를 따라서 커튼이 열려 있는 창을 통해 안을 잘 들여다볼 수 있는 위치까지 이동했다. 방 안에는 헨리 경과 스태플턴의 모습밖에 보이지 않았다. 그들은 내 위치에서 옆모습이 보였는데, 둥근 테이블 앞에 앉아 있었다. 커피와 와인을 앞에 두고 두 사람 모두 담배를 피우고 있었다. 스태플턴은 신나는 듯이 이야기하고 있었지만 준남작은 창백한 얼굴로 멍하니 앉아 있었다. 저주받은 황야를 홀로 걸어서 돌아가야 한다는 사실 때문에 우울한 모양이었다.

내가 지켜보는 동안 스태플턴은 일어나 방 밖으로 나갔다. 헨리 경은 다시 잔을 채운 다음 의자에 몸을 기댄 채 담배를 빨았다. 문이 삐걱 열리는 소리가 들리고, 자갈 위를 밟는 구둣발 소리가 들렸다. 발소리는 내가 몸을 숨기고 있는 담 앞을 지나갔다. 담 위로 넘겨다 보니, 박물학자가 과수원 한쪽 구석에 있는 헛간 문 앞에 서 있었다. 그는 빗장을 풀고는 안으로 사라졌다. 싸움이 벌어진 듯 기묘한 소리가 헛간 안에서 들려왔다. 다시 한 번 빗장을 거는 소리가 들려왔고, 스태플턴은 내 옆을 지나서 안으로 들어갔다. 그가 손님이 기다리고 있는 방으로 들어가는 모습을 본 뒤 나는 친구들이 있는 곳으로 가만히 다가가서 목격한 내용을 보고했다.

"스태플턴의 아내가 거기 없다고?"

내가 보고를 마치자 홈즈가 물었다.

"그렇다네."

"그러면 어디 있을까? 부엌 말고는 달리 불 켜진 방도 없지 않은가?"

"어디에 있는지 나도 모르겠네."

앞서 얘기했지만, 그림펜 늪지대에는 하얀 안개가 깔려 있었다. 그 안개가 천천히 이쪽으로 흘러오더니, 늪과 우리 사이에서 낮고 두꺼운 벽처럼 피어오르기 시작했다. 달빛을 받은 안개의 벽이 거대한 빙원처럼 빛을 발했으며 멀리 있는 바위산은 빙원의 바위처럼 보였다. 천천히 움직이는 안개를 바라보며 홈즈가 초조하게 중얼거렸다.

"이쪽으로 오고 있네, 왓슨."

"방해가 될 것 같나?"

"아주 나빠. 저 안개는 내 계획을 완전히 망쳐놓을 수도 있어. 하지만 헨리 경이 오래 있지는 않을 걸세. 벌써 10시가 다 되어 가니까. 저 안개가 길을 덮기 전에 나오지 않으면, 계획은 고사하고 헨리 경의 목숨마저 위태로워질 거야."

밤하늘은 한없이 맑았다. 별들이 밝게 빛나고 있었으

며, 반달은 세상을 온통 부드러운 빛으로 적셔주었다. 은가루를 뿌려놓은 듯한 밤하늘을 배경으로 메리핏 저택이 시커멓게 서 있었는데, 톱니처럼 생긴 지붕과 우뚝 솟은 굴뚝이 뚜렷하게 도드라져 보였다. 아래쪽 창문들에서 흘러나오는 황금빛 빛줄기들이 과수원을 지나 황야까지 뻗어 있었다. 그런데 갑자기 한 줄기 빛이 사라졌다. 하인들이 부엌에서 나온 것이다. 이제 남은 건 식당에 켜놓은 램프의 불빛뿐이었다. 거기서 살의를 감춘 주인과 아무것도 모르는 손님이 담배를 피우며 이야기를 나누고 있었다.

황야를 반쯤 뒤덮은 하얀 양털 같은 안개가 시시각각 집 쪽으로 다가오더니 어느새 빛이 새어나오고 있는 네모난 창 부근에서 희미하게 소용돌이치고 있었다. 과수원의 맞은편 쪽 벽이 안개에 가려 보이지 않았다. 나무들은 하얀 증기의 소용돌이에 감긴 채 서 있었다. 안개는 순식간에 메리핏 저택을 양쪽에서부터 감싸고 천천히 소용돌이치면서 두 개의 벽으로 변해갔다. 2층과 지붕은 안개의 바다 위에 떠 있는 유령선처럼 보였다. 홈즈는 눈앞에 있는 바위를 손으로 세게 치기도 하고, 답답하다는 듯이 땅을 발로 차기도 했다.

"15분 안에 나오지 않으면 길을 알아볼 수 없을 거야. 앞으로 30분만 더 있으면 눈앞에 있는 손도 보이지 않을 거라고."

"좀 더 높은 곳까지 물러나는 건 어떻겠나?"

"그래, 그러는 편이 낫겠어."

안개의 둑에 쫓겨 우리는 집에서 800미터쯤 떨어진 곳까지 물러났다. 달빛이 그 위를 은은히 비추는 가운데 짙은 백색의 바다는 서서히 그러나 가차 없이 밀려들었다.

"우리가 너무 멀리 왔어. 우리가 있는 곳에 이르기 전에 습격하면 큰일일세. 이제 더 이상은 뒤로 물러설 수 없네."

홈즈가 무릎을 꿇더니 땅바닥에 귀를 갖다 댔다.

"다행이야. 헨리 경의 발소리 같군."

황야의 정적을 깨고 서둘러 걷는 구둣발 소리가 들려왔다. 우리는 바위 사이에 몸을 웅크린 채 눈앞의 은빛 벽을 뚫어져라 응시했다. 발소리는 점점 커졌다. 그리고 우리가 기다리던 사나이가 커튼을 젖히고 나오듯 안개 속에서 걸어 나왔다. 별이 빛나는 맑은 대기 속으로 들어오자 준남작은 깜짝 놀라 사방을 두리번거렸다. 그리고 잔걸음으로 우리가 숨어 있는 곳 바로 앞을 지나서 긴 비탈길을 오르기 시작했다. 그는 불안한 듯 걸으면서도 끊임없이 좌우를 살폈다.

"조용히!"

홈즈의 외침과 함께 권총을 장전하는 날카로운 소리가 들렸다.

"저길 봐! 놈이 오고 있다!"

천천히 밀려오는 짙은 안개 속에서 희미하기는 하지만 서둘러 다가오는 발소리가 들려왔다. 안개는 우리가 숨어 있는 곳에서 50미터도 떨어지지 않은 곳까지 밀려들었다. 우리 세 사람은 그 안개 속에서 어떤 끔찍한 것이 튀어나올지 불안감에 휩싸인 채 가만히 바라보고만 있었다. 나는 바로 옆에 있는 홈즈의 얼굴을 바라보았다. 창백해지기는 했지만 그의 얼굴은 생기를 띠고 있었으며, 눈은 달빛을 받아 반짝이고 있었다. 그런데 갑자기 그 눈이 둥그레지며 앞을 노려보더니 놀라움에 입이 떡 벌어졌다.

레스트레이드는 공포를 못 이기고 비명을 지르더니 땅

에 얼굴을 박았다. 나는 마비된 손으로 권총을 손에 움켜
쥔 채 벌떡 일어났다. 안개 속에서 튀어나온 끔찍한 형상
앞에서 내 마음은 얼어붙었다. 그것은 석탄처럼 새까만
사냥개였는데, 그런 개는 지금까지 한 번도 본 적이 없었
다. 쩍 벌린 입에서는 불길이 뿜어져 나왔고, 두 눈은 휘
황한 빛으로 번쩍거렸다. 주둥이와 목덜미와 턱은 타오르
는 불길에 휩싸여 있었다. 꿈을 꾸는 듯 뒤죽박죽이 된 머
리로는 안개의 벽 속에서 튀어나온 저 시커먼 몸뚱이와
무시무시한 머리보다 무섭고 소름끼치고 흉악한 모습은
상상으로도 불가능한 것이었다.

그 거대하고 검은 짐승은 몸을 들썩이며 헨리 경의 뒤
를 쫓고 있었다. 요괴의 출현에 넋을 놓고 있던 우리가 제
정신을 차렸을 때는 이미 그 개가 우리 앞을 지나쳐버린
뒤였다. 홈즈와 나는 동시에 권총을 발사했다. 끔찍한 울
부짖음이 들려왔다. 적어도 한 발은 맞은 듯했다. 그런데
꿈쩍도 하지 않고 그 개는 계속 달렸다. 길을 따라 저 멀
리까지 갔던 헨리 경이 뒤를 돌아보았다. 쫓아오는 괴물
을 본 그는 겁에 질린 나머지 두 손을 치켜든 채 멍하니

멈춰서고 말았다. 달빛을 받은 그의 얼굴이 하얗게 질려 있었다.

하지만 개가 울린 비명 소리에 우리는 두려움을 완전히 떨쳐 낼 수 있었다. 상처를 입은 것이라면 틀림없이 짐승이었다. 상처를 입혔다면 죽일 수도 있을 것이다. 홈즈의 발이 그렇게 빠르리라고는 상상도 못했다. 나도 발이 빠르다는 소리는 꽤 들었는데, 나와 작은 체구의 형사 사이에 벌어진 거리만큼 홈즈와 나 사이의 거리가 벌어져 있었다.

앞쪽에서 헨리 경이 지르는 비명 소리가 거듭 들려왔고, 개가 울부짖는 소리가 그 소리를 뒤덮었다. 짐승이 사냥감을 향해 뛰어들어 땅바닥에 쓰러뜨린 뒤, 목을 물어뜯으려는 것이었다. 그 순간 홈즈가 괴물의 옆구리에 연속해서 다섯 발의 총알을 쏘았다. 단말마와도 같은 비명 소리가 들리더니, 거대한 사냥개가 허공을 한 번 물어뜯고는 그대로 쓰러져 다리를 격렬하게 떨다가 힘없이 축 늘어졌다. 나는 숨을 헐떡이며 몸을 굽혀 섬뜩한 빛을 발하고 있는 머리에 총구를 댔다. 하지만 방아쇠를 당길 필요는 없었다. 거대한 사냥개의 숨통은 이미 끊어져 있었다.

헨리 경은 쓰러진 채 인사불성 상태였다. 우리는 그의 단추를 풀어 목을 확인했다. 목에는 아무런 상처도 없었다. 구조가 제때 이루어졌다는 것을 깨닫고 홈즈는 감사의 기도를 토해냈다. 우리 친구는 이미 눈꺼풀을 가늘게 떨고 있었고 조금씩 몸을 움직이려고 애를 쓰고 있었다. 레스트레이드가 준남작의 입안에 브랜디를 흘려 넣자 그는 공포의 빛이 가득한 눈을 뜨고 우리를 올려다보았다.

"오, 하느님!"

그는 속삭이듯 말했다.

"그게 뭐였습니까? 대체 뭐였습니까?"

"무엇이든 간에 그것은 죽었습니다."

홈즈는 말했다.

"우리는 바스커빌 가의 유령을 영원히 끝장낸 것입니다."

그 크기와 힘만으로 앞에 죽어 넘어져 있는 짐승은 충분히 무서웠다. 그것은 순종 블러드하운드도 아니었고 순종 마스티프도 아니었다. 포악하고 말라빠진 데다가 웬만한 암사자 뺨치게 몸집이 큰 그 개는 그 둘의 잡종인 듯했다. 죽어 자빠져 있는 지금도 무지막지하게 큰 턱에서는 푸른 불꽃이 흘러내리는 듯했고, 오목하게 들어간 작고 흉포한 눈에는 불의 테가 둘려 있었다. 나는 번쩍거리는 주둥이를 만져보았다. 손에 반짝이는 빛이 묻어났다.

"인(燐)이군."

나는 말했다.

"교묘한 연출이야."

홈즈가 죽은 짐승의 냄새를 맡으며 말했다.

"개의 후각을 어지럽힐 만한 다른 냄새는 묻어 있지 않군. 헨리 경, 이렇게 놀라게 해드린 데 대해 깊이 사과드립니다. 개가 있는 줄은 알았지만 이런 괴물인 줄은 미처 몰랐습니다. 그런 데다 안개가 짙게 끼어서 놈을 쏠 시간이 거의 없었습니다."

"당신 덕분에 목숨을 건졌습니다."

"천만에, 내가 경을 위험에 빠뜨린 거요. 이젠 일어나실 수 있겠습니까?"

"브랜디를 한 모금만 더 주시오. 그럼 기운을 되찾을 수 있을 것 같습니다. 이제 어떻게 할 겁니까?"

"당신은 여기서 기다리고 계세요. 오늘은 더 이상 모험을 하면 안 될 것 같네요. 조금만 기다려주시면 우리 중 한 사람이 댁까지 모셔다 드리겠습니다."

헨리 경은 자리에서 일어나려다 중심을 잃었다. 아직도 얼굴이 하얗게 질려 있었으며, 손발을 떨고 있었다. 바위가 있는 곳까지 데리고 가 앉히자, 그는 두 손으로 얼굴을 감싸 쥐었다.

"우리는 나머지 일을 처리해야 합니다. 한순간도 지체할 수 없어요. 혐의를 잡았으니 이제 범인을 붙잡기만 하면 모든 일이 끝납니다."

빠른 걸음으로 좁은 길을 걸어가며 홈즈가 말했다.

"저 집에 있을 가능성은 거의 없네. 총소리를 듣고 실패했다는 사실을 깨달았을 테니 말이야."

"거리도 꽤 멀고 이 안개 때문에 총성이 들리지 않았을 수도 있지 않겠나?"

"녀석은 개를 따라 나섰을 거야. 다시 데려가야 하니까 틀림없이 그랬을 거야. 벌써 도망갔을 걸세. 하지만 집을 뒤져서 확인해보는 것도 괜찮겠지."

현관문이 열려 있었기 때문에 우리는 일제히 뛰어들어 차례차례로 방을 뒤지며 돌아다녔다. 복도에서 마주친 나이 든 하인은 완전히 넋이 나가 있었다. 식당에 불이 켜져 있었기 때문에 홈즈가 램프에 불을 붙여서 구석구석 집 안을 살피며 돌아다녔다. 하지만 우리가 찾는 남자의 그림자도 보이지 않았다. 그런데 2층에 있는 한 방의 문이 잠겨 있었다.

"누군가 안에 있습니다. 움직이는 소리가 들립니다. 문을 열어야겠어요."

레스트레이드 형사가 외쳤다. 희미한 신음소리와 옷깃이 스치는 소리가 들려왔다. 홈즈가 구둣발로 자물쇠를 차자 문이 열렸다. 세 사람은 권총을 손에 들고 안으로 쏟아져 들어갔다. 하지만 방 안에도 우리가 찾는 대담무쌍한 악당의 모습은 없었다. 우리의 눈에 들어온 것은 전혀 예상치 못한 인물이었다. 너무 놀라 우리는 한동안 멍하니 서 있었다.

방 안은 조그만 박물관처럼 만들어져 있었다. 벽에는 나비와 나방의 표본이 가득 담긴 유리 뚜껑이 달린 상자가 나란히 늘어서 있었다. 광기 어린 사내가 자신의 즐거움을 위해서 만들어놓은 것이다. 방 한가운데에 기둥이 있었는데 낡고 벌레 먹은 대들보를 지탱하기 위해 세운 것이었다. 그 기둥에 사람이 묶여 있었는데 시트로 둘둘 감아놓았기 때문에 처음에는 남자인지 여자인지도 알 수 없었다. 목에 수건을 걸어 기둥 뒤에서 묶어놓았고, 또 다른 수건 한 장으로 얼굴을 반쯤 가려놓았다. 그 위로 슬픔과 부끄러움이 묻어 있는, 그리고 의문으로 가득한 눈이 우리를 바라보고 있었다.

서둘러 입을 막고 있던 수건을 풀고 시트를 풀었다. 바닥으로 힘없이 쓰러진 것은 스태플턴 부인이었다. 그녀가 힘없이 아름다운 얼굴을 아래로 숙이자, 목에 채찍으로 맞아 벌겋게 부어오른 자국이 보였다. 홈즈가 외쳤다.

"짐승 같은 놈! 레스트레이드 씨, 어서 브랜디를! 부인을 의자에 앉히시오! 부인은 학대와 피로 때문에 기절한 겁니다."

부인은 다시 눈을 떴다.

"그는 무사한가요? 잘 빠져나갔나요?

"우리 손에서 벗어날 수는 없습니다. 부인."

"아니, 아니요, 남편의 일을 묻고 있는 게 아니에요. 헨리 경은요? 무사하신가요?"

"네, 무사해요."

"그러면 개는?"

"죽었습니다."

그녀는 마음이 놓인다는 듯 커다랗게 한숨을 쉬었다.

"하느님 감사합니다! 그런 악한도 없을 거예요. 그가 무슨 짓을 했는지 보세요."

그녀가 옷소매를 걷어 올렸다. 팔 전체에 상처가 가득해서 보기만 해도 소름이 돋았다.

"하지만 이런 건 아무것도 아니에요. 아무것도 아니죠. 그 사람은 제 마음과 영혼을 짓밟고 상처를 주었어요. 사랑받고 있는 거라고 생각하는 동안에는 아무리 괴롭힘을 당해도, 속아도, 견딜 수 있었습니다. 하지만 깨닫게 되었죠. 속았다는 걸, 도구로 이용당하고 있었다는 걸."

이렇게 말하며 그녀는 격렬하게 흐느끼기 시작했다.

"이제는 더 이상 그를 감싸지 않으시는군요. 그러면 우

363

리가 어디로 가야 그를 찾을 수 있는지 말씀해주십시오. 부인은 남편의 악행을 도운 적이 있으니 지금 우리를 돕는 것이 속죄하는 길입니다."

"그 인간이 갈 데라고는 한 군데밖에 없어요."

부인은 대답했다.

"늪 가운데에 있는 섬의 오래된 주석 광산이지요. 그는 거기에 개를 숨겨놓았을 뿐만 아니라 나중에 은신처로 쓸 수 있도록 모든 준비를 마쳐놓았어요. 그가 도망쳤다면 그곳으로 갔을 겁니다."

하얀 양털 같은 안개의 벽이 창을 감싸고 있었다. 홈즈가 램프로 창을 비추었다.

"보세요. 이런 안개 속에서 그림펜 늪지대로 가는 길은 찾을 수 없을 거예요."

부인이 깔깔거리며 손뼉을 쳤다. 그녀의 눈과 이에 이상한 빛이 감돌았다.

"그 인간이 그곳으로 들어갈 수는 있더라도 나오지는 못할 거예요. 이런 밤에 표시로 박아놓은 막대기를 어떻게 볼 수 있겠어요? 그 사람과 저는 늪을 빠져나갈 수 있도록 막대기를 박아놓았거든요. 오늘 그것을 전부 뽑아버렸더라면! 그랬다면 더 이상 어디로 도망가지 못했을 텐데.”

안개가 걷힐 때까지 추격을 포기할 수밖에 없었다. 그래서 메리핏 저택은 레스트레이드 형사에게 맡긴 뒤, 홈즈와 나는 준남작과 함께 바스커빌 저택으로 돌아왔다. 더 이상 스태플턴 가의 진실을 숨길 수 없었기 때문에 준남작에게 모든 사실을 이야기했는데, 그는 사랑하는 여인의 정체를 알았으면서도 태연하게 그 고통을 견뎌냈다. 하지만 그날 밤 받은 충격으로 신경이 극도로 쇠약해져서 날이 밝기 전에 쓰러지고 말았다. 모티머 의사가 고열과 신음에 떠는 헨리 경을 간호해주었다. 그 후 헨리 경은 저주받은 저택의 주인이 되기 전처럼 다시 건강한 몸을 되찾기 위해 모티머 의사와 함께 세계일주 여행을 떠났다.

이제 나는 이 기괴한 이야기를 서둘러 마치려 한다. 나는 오랫동안 우리를 시커멓게 둘러싸고 있다가 비극적으로 끝난 공포와 억측들을 독자들에게 들려주고자 한다.

그 사냥개가 죽은 날 아침, 안개는 걷혔고 우리는 스태

플턴 부인의 안내로 늪지를 빠져나갈 수 있는 길이 시작
되는 지점까지 갔다. 그것은 단단한 토양질로 이루어진
좁다란 반도였는데, 반도의 끝에서부터 작은 막대기가 늪
지 여기저기에 불규칙하게 꽂혀 있었다. 골풀 주위에 꽂
혀 있는 막대기들은 단단한 지대를 표시하고 있었다. 녹
색 거품이 떠 있는 수렁과 고약한 냄새가 진동하는 늪지
에 이방인들이 접근하는 것은 불가능했다.

우리는 부인을 반도에 남겨둔 채 막대기 표시를 따라
걸음을 옮겼다. 무성한 갈대와 물 위에 빼곡하게 떠있는
진흙투성이 수생 식물에서는 부패한 냄새가 풍겨 왔고 유
독 가스가 코를 찔렀다. 우리는 한 발짝만 잘못 디뎌도 허
벅지까지 빠지는 출렁거리는 시커먼 수렁에 발이 빠진 게
한두 번이 아니었다. 발을 디딜 때마다 주위의 습지가 몇
미터씩 부드럽게 출렁거렸다. 진흙탕은 끊임없이 발꿈치
를 잡아당겼다. 그 속으로 발이 빠질 때마다, 그것은 마
치 알 수 없는 깊이 속으로 우리를 끌어당기려 하는 악의
를 품은 손길처럼 집요하고 끔찍하게 느껴졌다. 딱 한 번,
누가 먼저 이 길을 지나간 흔적이 보였다. 황새풀 군락 한

복판에, 시커먼 진흙투성이의 물체가 삐죽 튀어나와 있었다. 홈즈는 늪지의 좁은 길을 벗어나 수렁에 허리까지 빠져가며 그것을 건져냈다. 우리가 끌어당겨주지 않았다면 그는 두 번 다시 단단한 땅을 밟지 못했을 것이다. 그는 허름한 구두 한 짝을 끌어올렸다. '토론토, 메이어스'라는 글씨가 가죽 구두 옆면에 찍혀 있었다.

"진흙 목욕을 하고 건져낼 만한 물건이야."

홈즈가 말했다.

"이건 우리의 친구 헨리 경이 잃어버린 구두일세."

"스태플턴이 도망가다가 던져버린 것이로군."

"그럴 거야. 그자는 사냥개를 풀어놓기 전에 이것을 한 번 사용했네. 그런 다음 사태를 파악하자 이걸 손에 든 채 도망친 거야. 그리고 이 지점에서 던져버렸어. 그자가 적어도 여기까지는 무사히 온 게 분명해."

그러나 결국 우리는 그 이상 알아내지 못했다. 물론 짐작해볼 수 있는 단서는 많았다. 늪지대에서 발자국을 찾아낸다는 것은 불가능했는데, 솟아오르는 진흙이 빠른 속도로 흔적을 지워버리기 때문이었다. 습지 건너편의 단단한 땅에 도착했을 때 우리는 열심히 발자국을 찾았다. 그러나 우리가 찾는 것은 없었다. 땅이 진실을 말한다면 스태플턴은 지난밤 안개 속에서 이 섬의 은신처에 오기 위해 발버둥을 쳤지만 결국 이곳에 도달하지 못한 것이 분명했다. 잔인하기 짝이 없는 냉혈한은 악취를 풍기는 그림펜 대습지의 어딘가에, 그의 몸을 삼켜버린 거대한 진흙 수렁 속에 영원히 잠든 것이다.

스태플턴이 그 괴물 같은 짐승을 숨겨놓았던 늪지의 섬에서, 우리는 그가 남긴 많은 흔적을 찾아냈다. 커다란 수레바퀴와 쓰레기로 반쯤 차 있는 굴대는 예전에 광산이 있던 자리를 나타내고 있었다. 그 옆에는 무너진 광원 사택들이 줄지어 있었다. 광부들은 늪지의 지독한 악취에 쫓겨 이곳을 떠났을 것이다. 그중 한 곳에는 물어뜯은 뼈 한 무더기가 쌓여 있었고, 거멀못과 사슬이 굴러다니고 있었다. 개를 가두어 기르던 장소임에 틀림없었다. 그중에는 한 웅큼의 갈색 털이 붙어 있는 해골도 있었다.

"개의 유골이로군!"

홈즈가 말했다.

"맙소사, 털북숭이 스패니얼일세. 불쌍한 모티머 선생은 다시는 애완견의 모습을 못 보겠군. 어쨌든 이곳에 우리가 알지 못하는 비밀이 남아 있을 것 같지는 않네. 그자는 개를 숨길 수는 있었지만 입을 막을 수는 없었어. 그래서 대낮에 들어도 섬뜩한 울음소리가 흘러나왔던 것이지. 그자는 급할 때는 메리핏 가의 헛간에 개를 숨겨놓았지만 그것은 항상 위험을 동반하는 일이었네. 그래서 아주 특별한 날, 자신의 노력이 결실을 맺는 날이라고 생각되는 때에만 개를 데리고 나왔지. 여기에 든 풀은 보나마나 그 짐승에게 칠한 발광(發光) 도료일 걸세. 이런 소품은 물론 바스커빌 가의 지옥의 사냥개 이야기에서 착상한 것이겠지만, 찰스 경에게 극도의 공포를 안겨 죽이고 싶다는 욕구에서 비롯된 것이기도 하네. 그 불쌍한 탈옥수가 비명을 지르며 달아났던 것도 무리는 아니었어. 우리라도 그랬을 걸세. 우리 친구 헨리 경도 괴물 같은 개가 황무지의 어둠 속에서 자신을 향해 펄쩍펄쩍 뛰어오는 것을 보았을 때 그랬지 않았는가. 이것은 정말 간교한 도구였네. 이것은 목표물을 죽음으로 몰아넣기 위한 것만이 아니었어.

어느 농부가 지옥의 괴물을 보았다고 해서 감히 그것에 대해 자세히 알아보려고 하겠나? 이것은 효과적으로 목적을 달성했지. 왓슨, 누차 말했지만 우리가 추적했던 인간들 중에서 저기 누워 있는 자보다 더 위험한 인간은 없었네."

이렇게 말한 홈즈는 여기저기 파란 부평초가 널려 있는 거대한 늪을 가리켰다. 그 너머에는 늪으로 쏟아져버릴 것만 같은 적갈색 황야가 있었다.

사건에 대한 회상

그것은 11월 말이었다. 초가을 밤안개가 낀 으스스한 밤에, 홈즈와 베이커 가의 거실에 앉아 난로의 불을 쬐고 있었다. 데번셔에서의 사건이 비극적인 결말을 맺은 뒤, 홈즈는 매우 중대한 사건을 두 건 의뢰받았다. 그중 하나는 넌파레일 클럽의 카드 사기 사건과 관련된 업우드 대령의 비열한 범죄를 밝혀내는 일이었고, 또 하나는 수양 딸 카레르 양을 살해했다는 혐의를 받고 있던 몽팡시에 부인의 무죄를 증명하는 일이었다. 그런데 6개월 후, 그 딸은 결혼을 해서 뉴욕에 있다는 사실이 밝혀졌다. 이 일에 관해서는 아직도 기억하고 있는 분이 계실 것이다.

어렵고 중요한 사건을 연속해서 해결했기 때문에 홈즈는 기분이 매우 좋은 상태였다. 그래서 나는 바스커빌 사건에 대한 자세한 이야기를 들을 수 있었다. 사실 나는 적당한 때가 오기를 기다리고 있었다. 왜냐하면 그는 두 가지 사건을 동시에 생각하지 않을 뿐만 아니라, 그의 명석하고 논리적인 정신은 과거의 추억을 반추하기 위해 현재의 작업을 미뤄놓지 않음을 잘 알고 있었기 때문이다.

그러던 중에 신경 쇠약에는 여행이 좋다는 권고를 받아들인 헨리 경이 모티머 의사와 함께 런던에 들렀다. 그리고 그날 오후에 두 사람이 홈즈를 찾아왔고, 나는 자연스럽게 바스커빌 사건에 대한 이야기를 꺼낼 수 있었다.

"그 사건은 말일세, 스태플턴이라는 가명을 썼던 사내의 입장에서 생각해보면 모든 것이 간단명료하게 풀린다네. 하지만 처음에 우리에겐 그자의 동기를 발견할 수 있는 방법이 없었던 데다가 단편적인 사실들만 알려져 있던 까닭에 모든 게 몹시 복잡해 보였지. 나는 스태플턴 부인과 두 차례 대화를 나누었고, 사건의 전모에 대해서는 이제 모르는 것이 없다네. 사건 파일에서 목차 B를 보면 그 사건에 관한 메모가 있어."

"그보다는 자네가 직접 이 사건의 경위에 대해서 얘기해주지 않겠나?"

"좋고 말고. 하지만 나도 사실을 전부 기억하고 있다고는 장담할 수가 없네. 정신을 집중한 뒤에는 묘하게도 지나간 일들의 기억이 사라져. 사건을 의뢰받아서 어떤 분야에 대해 전문가에게도 뒤지지 않을 만큼 조사한 법정 변호사라 해도, 다른 사건으로 한두 주 정도 법정에 나가면 전에 조사했던 것들을 깨끗하게 잊어버리고는 하는 것과 마찬가지라네.

나도 예외는 아니어서, 카테르 양 사건 때문에 바스커빌 저택에 대한 기억이 희미해졌네. 내일 내 관심을 끌 만한 사건이 일어나면, 이번에는 그 아름다운 프랑스인 부인과 악명 높은 업우드 대령에 관한 기억이 희미해질 걸세. 어쨌든 그 사냥개 사건에 대해서는 가능한 한 순서에 따라서 얘기해보겠네. 내가 빠뜨린 게 있으면 자네가 지적을 좀 해주게나.

조사해보니, 역시 그 초상화를 보고 했던 내 짐작이 옳았다네. 그 사내는 바로 바스커빌 가의 직계 후손이었어. 로저 바스커빌의 아들이었지. 찰스 경의 막내 동생인 로저는 좋지 않은 평판 때문에 남아메리카로 도망을 갔고, 거기서 독신으로 살다가 죽은 것으로 알려져 있었지. 하지만 사실 로저는 결혼했었고, 아들이 하나 있었다네. 그게 바로 스태플턴으로, 이름도 아버지와 같았다네. 그는 코스타리카 제일의 미녀인 베릴 가르시아와 결혼했고, 거액의 공금을 횡령했네. 그러고는 벤델레르라고 이름을 바꾼 뒤, 영국으로 도망와서 요크셔 주의 동부에다 학교를 설립했지.

왜 그런 특수한 분야에 종사하게 됐는가 하면, 귀국하는 배에서 우연히 폐병을 앓고 있는 교사를 알게 되었기 때문일세. 그 교사의 재능을 이용하면 학원을 성공적으로 운영할 수 있을 거라고 생각한 거지. 처음에는 순탄하게 일이 풀렸지만 그 프레이저라는 교사가 죽고 난 뒤부터는 평판이 나빠졌고, 결국에는 추문마저 나돌게 되었다네. 벤델레르 부부는 재산을 정리하고 이름을 스태플턴이라고 바꾸었어. 곤충학에 취미가 있었던 그는 앞으로의 계획을 가슴에 품은 채 영국 남부로 왔지. 대영 박물관에서 조사한 바에 의하면 그는 그 분야의 권위자로 인정받고 있더군. 그리고 그가 요크셔에 있을 때 발견한 한 나방에는 '벤델레르'라는 학명이 붙여졌다고 하네.

지금부터 우리의 흥미를 끄는 시기로 접어든다네. 그는 여러 가지 조사를 한 끝에 거액의 재산을 손에 넣기 위해서 단 두 사람만 제거하면 된다는 사실을 알게 되었네. 데번셔에 살기 시작할 무렵에는 아직 계획이 세워지지 않았을 것으로 생각되네. 하지만 아내를 동생이라고 속이고 데리고 간 걸 보면, 처음부터 무슨 일을 꾸미려고 한 것만은 틀림없는 사실일세. 구체적인 계획은 세우지 않았지만 그녀를 미끼로 삼을 생각이었겠지. 마지막에는 재산을 손에 넣을 생각으로, 그것을 위해서라면 그 어떤 수단이라도 동원하고, 그 어떤 위험이라도 감수하겠다고 각오했을 걸세. 처음으로 취한 행동은 조상 대대로 내려온 저택에서 가능한 한 가까운 곳에 집을 장만하는 일이었고, 다음으로 취한 행동은 찰스 바스커빌 경뿐 아니라 주위 사람들과도 친구가 되는 일이었다네.

당시 집안에 내려오는 개에 대한 전설을 얘기한 것은 찰스 경이었고, 결국은 자신의 죽음을 자초한 결과가 되어버리고 말았어. 스태플턴은 노인의 심장이 약해서 충격을 받으면 죽을 거라는 사실을 알고 있었지. 그 얘기는 모티머 의사에게서 들었을 거야. 머리가 좋은 스태플턴은 찰스 경을 죽이고 자신은 그 혐의에서 벗어날 수 있는 방법을 바로 생각해냈다네.

그는 그 생각을 교묘하게 실행에 옮겼지. 보통 사람 같으면 그저 사나운 개를 이용하는 정도에 그쳤을 걸세. 악마의 개처럼 보이기 위해 궁리한 부분에서 그의 천재성을 엿볼 수 있네. 그 개는 런던의 풀햄 가에 있는 로스 앤 맹글스라는 상점에서 샀더군. 그 상점에 있는 개들 중에서 가장 사납고 거친 개를 고른 거지. 그는 노스 데번셔에서 열차로 개를 옮긴 뒤, 광활한 황야를 걸어서 집까지 갔네. 사람들의 눈에 띄지 않으려고 말이야. 곤충 채집 때 그림펜의 늪지대에 들어간 적이 있었던 스태플턴은 개를 남몰래 키울 장소도 이미 찾아놓았지. 거기에 숨겨놓고 기회를 엿보고 있었다네.

하지만 기회는 쉽게 찾아오지 않았어. 밤에 노인을 저택 밖으로 끌어낼 재간이 없었던 걸세. 개를 데리고 노인을 기다린 적도 있었지만, 전부 무위로 끝나고 말았다네. 그러는 동안에 그의 개가 농부들의 눈에 띄게 되었고, 그래서 다시 악마의 개에 대한 전설이 부활했다네.

스태플턴은 그의 아내가 찰스 경을 유혹해서 파멸의 길로 가기를 바랐지만, 그의 아내는 남편의 말을 들어주지 않았네. 노신사를 사랑의 덫으로 유인해 꼼짝 못하게 만든 다음 요리하겠다는 생각을 그녀는 도저히 받아들일 수 없었던 거지. 을러보기도 하고 달래보기도 하고 심지어는 폭력을 휘두르기도 했지만, 그녀는 말을 듣지 않았다고 하네. 그건 죽어도 싫다고 하는 바람에 스태플턴은 한동안 방법을 찾아낼 수가 없었다네.

그러던 그가 드디어 방법을 찾아냈지. 그를 친구라고 착각하고 있던 찰스 경은 불운한 로라 라이언즈 부인을 도울 때, 스태플턴을 대리인으로 내세웠다네. 그는 독신인 척하며 그녀의 마음을 사로잡았지. 이혼이 성립되면 결혼할 것처럼 행동했다네. 그런데 찰스 경이 모티머 의사의 의견에 따라 바스커빌 저택을 떠나려 한다는 사실을 알고 계획이 물거품으로 돌아가게 될지도 모른다는 생각을 하게 되었지. 겉으로는 자신도 모티머 의사와 같은 생각인 척했지만 말이야.

서둘러 실행에 옮기지 않으면 상대는 손이 닿지 않는 곳으로 떠나버리게 될 거라고 생각한 스태플턴은, 라이언즈 부인의 마음을 움직여 런던으로 떠나는 날 밤에 만나 달라는 내용의 편지를 쓰도록 했지. 그런 다음에 그럴 듯한 이유를 붙여 그녀가 약속을 어기도록 했다네. 이렇게 해서 기다리던 기회를 얻게 된 걸세. 저녁에 마차로 쿰 트레이시에서 돌아온 스태플턴은 개를 지옥의 개로 분장시킨 뒤 찰스 경이 기다리고 있는 문까지 서둘러 데리고 갔다네. 주인의 명령이 떨어지자 개는 나무문을 넘어서 찰스 경을 쫓았고, 찰스 경은 비명을 지르며 주목 오솔길을 따라 뛰었지.

거기는 나무가 무성하게 자라나 어두운 터널처럼 생긴 길이 아니었나? 그런 곳에서 거대한 검은 괴물이 입에서 퍼런 불을 내뿜고, 눈에 불꽃을 튀며 뒤쫓아 온다고 생각해보게. 온몸의 털이 곤두설 정도의 공포를 느꼈을 걸세. 결국 찰스 경은 길이 끝나는 곳까지 와서 심장 발작 때문에 쓰러져 죽었다네. 찰스 경은 오솔길로 도망갔지만 개는 길옆에 있는 잔디를 밟으며 달렸지. 그래서 그의 발자국밖에 보이지 않았던 거야. 쓰러져 움직이지 않는 찰스 경을 본 개는 다가가서 냄새만 맡고 그대로 돌아가버렸을 거야. 모티머 의사가 봤다고 했던 개의 발자국은 그때 찍힌 거고. 개의 주인은 자신에게로 돌아온 개를 데리고 그대로 그림펜 늪지대로 갔다네. 경찰은 사건의 수수께끼를 풀 수 없었고, 그곳 사람들은 공포에 빠지게 되었지. 결국은 우리가 조사를 하게 된 거야.

찰스 경의 죽음에 대한 얘기는 이 정도로 해두겠네. 정말로 교활하기 짝이 없는 범행이었다네. 범죄라는 사실을 입증하고 진범을 잡아 고발하기가 거의 불가능했을 정도니까. 유일한 공범자는 절대로 배신하지 않을 것이며, 쉽게 생각해낼 수 없는 기발한 수법을 썼기 때문에 그 효과를 톡톡히 본 셈이지. 이 사건에 관련된 두 여자, 스태플턴 부인과 로라 라이언즈 부인은 스태플턴이 범인일지도 모른다고 의심을 했다네. 스태플턴 부인은 남편이 찰스 경에 대해서 음모를 꾸미고 있으며 개가 있다는 사실도 알고 있었지. 라이언즈 부인은 그런 사실은 알지 못했지만, 약속 시간에 찰스 경이 죽었다는 사실, 그 약속을 알고 있었던 것은 스태플턴밖에 없다는 사실 때문에 일의 중대성을 깨닫게 됐지. 하지만 스태플턴은 이 두 여자들을 손아귀에 쥐고 있었네. 그래서 완전히 마음을 놓을 수가 있었지. 이렇게 해서 목적의 반은 달성했지만, 나머지 반이 그리 만만치 않았다네.

스태플턴은 캐나다에 상속인이 있다는 사실을 모르고 있었을지도 모르네. 어쨌든 친구인 모티머 의사에게서 그 이야기를 들었고, 헨리 바스커빌이 올 거라는 이야기도 자세히 들었다네. 처음에는 캐나다에서 온 청년을 런던에서 죽일 수 있을 거라고 생각했다네. 그는 노인을 덫으로 유인하는 걸 거부한 아내를 믿을 수가 없었지. 또 아내가 자신의 눈에서 벗어나 있는 것을 염려했기 때문에, 아내를 혼자 남겨둘 수가 없었네. 자신의 영향력 밖에서 무슨 일이 벌어질지 모르니까. 그래서 아내를 데리고 런던으로 왔던 걸세. 두 사람이 머문 곳은 크레이븐 가에 있는 맥스 버러 호텔이었다네. 카트라이트가 증거를 찾기 위해 돌아다녔던 호텔 중 하나였다지.

스태플턴은 아내를 호텔 방에 가두어놓고 턱수염으로 변장한 후에 모티머 의사를 미행해서 베이커 가까지 따라왔다네. 그다음에 노섬버랜드 호텔까지 미행한 거지. 스태플턴의 아내는 계획을 어렴풋이 눈치 채고 있었다네. 하지만 남편이 너무나 두려웠기 때문에 목표가 된 사람에게 편지를 쓰지 못했지. 만약 편지가 남편의 손에 들어가기라도 하는 날에는 생명까지도 보장할 수 없는 상황이었으니까. 그러다 신문을 오려 문장을 만들어 편지를 보내야겠다는 생각을 하게 되었고, 받는 사람의 이름을 쓸 때는 필적을 바꿨다네. 그건 자네도 잘 알고 있을 걸세. 그것이 최초의 경고로 헨리 경에게 배달된 것일세.

개를 사용하려면 확실하게 뒤를 쫓게 해야만 했지. 그래서 스태플턴에게는 헨리 경이 몸에 지니고 있던 물건이 필요했던 거야. 타고난 민첩성과 대담함을 발휘해서 스태플턴은 바로 일에 착수했다네. 틀림없이 호텔의 구두닦이나 하녀를 돈으로 매수해서 부츠를 훔쳐 오도록 했을 걸세. 그런데 처음 훔친 부츠는 새로 산 것이었기 때문에 아무런 도움도 되지 않았지. 그래서 그것을 다시 가져다 놓고 다른 부츠를 가져간 것이라네. 참으로 많은 것을 암시해주는 일이었다네. 그때 나는 진짜 개가 연관된 사건이라는 사실을 알 수 있었지. 새로 산 부츠는 필요 없고, 어떻게 해서든 낡은 부츠를 손에 넣으려 했으니까. 그것도 한쪽으로 충분한 듯했으니 말이야. 개가 연관되어 있을 거라고 밖에는 달리 생각할 길이 없지 않겠는가? 일이 이상하고 기괴하게 보일수록 더욱 확실하게 조사해볼 필요가 있다네. 사건을 복잡하게 만들고 있는 점을 과학적으로 잘 생각해보면, 대부분은 확실히 설명할 수가 있지.

그 일이 일어난 다음 날 아침에 헨리 경과 모티머 의사가 이곳을 찾아왔을 때도 스태플턴은 마차로 둘을 미행했다네. 그가 우리 집 주소와 나의 인상착의를 알고 있던 점을 감안하면, 그리고 그 외의 행동들로 보아 스태플턴은 바스커빌 사건 이외의 범죄도 일으켰을 것이라고 생각되네. 지난 3년간 서부 지방에서 커다란 도난 사건이 네

건 있었는데, 네 건 모두 범인을 잡지 못했다는 것은 뭔가 의미심장하네. 이 네 건 중 마지막 사건은 올 5월 포크스톤에서 일어났다네. 복면을 한 도둑이 자신을 노린 소년에게 무자비하게 총질을 해서 단번에 쏴 죽였다는 것이 좀 특이한 점이었지. 자금을 모으기 위해서 스태플턴이 저지른 범행임에 틀림없네. 그는 요 몇 년간 가장 위험하고 난폭한 사람이었을 걸세.

그날 아침, 우리를 따돌리고 도망친 것이나 마부를 통해서 내 이름을 내가 듣게 한 대담성은, 그가 놀라운 기지를 가졌다는 것을 알게 해준 좋은 예였네. 그때 그는 내가 사건에 관여했다는 사실을 알고는 런던에서 헨리 경을 해치우기 어렵다는 사실을 깨달았지. 그래서 다트무어로 돌아가 준남작을 기다리기로 했던 것이고."

"잠깐! 사건의 경과는 틀림없이 자네가 말한 대로라고 생각하네만, 한 가지 빠진 게 있네. 스태플턴이 영국에 가 있는 동안 그 개는 어떻게 한 거지?"

"그 점에 대해서도 생각해봤다네. 그것도 틀림없이 중요한 문제니까. 스태플턴에게는 동료가 있었을 것으로 생각되네. 그렇다고 해서 계획을 완전히 밝혀서 약점을 드러내는 짓은 하지 않았을 걸세. 메리핏 저택에 안소니라는 나이 든 하인이 있었네. 안소니와 스태플턴 부부의 관계는 몇 년 전, 그러니까 학교를 운영하고 있던 때로 거슬러 올라가네. 그렇다면 스태플턴 남매가 실은 부부였다는 사실도 알고 있었다는 얘기가 되지. 이 사람은 벌써 외국으로 도망갔다네. 영국에는 안소니라는 이름을 가진 사람이 그다지 많지 않지만, 스페인이나 스페인어를 사용하는 중남미에 가면 아주 흔히 볼 수 있다네. 어때, 재미있지 않나? 스태플턴 부인도 마찬가지로, 그 사람도 영어를 아주 잘했다네. 하지만 약간 혀 짧은 소리를 내지.

그림펜 늪지대에서 이 노인을 본 적이 있었는데, 스태플턴이 표시해놓은 막대기를 따라서 들어가고 있었다네. 그러니 주인이 없는 동안 개를 돌본 사람은 틀림없이 그일 걸세. 하지만 그는 무슨 목적으로 개를 기르는 건지는 몰랐을 걸세.

그 후 스태플턴 부부는 데번셔로 내려갔고 뒤이어 헨리 경과 자네가 내려갔지. 여기서 잠깐 그 당시 내가 어떻게 지냈는지에 대한 이야기를 하겠네. 자네도 아마 내가 그 경고 편지를 조사할 때 물방울이 떨어진 흔적이 없는지 자세히 들여다보았던 일을 기억할 걸세. 그때 나는 편지를 눈앞에 바짝 대고 살펴보다가 '하얀 자스민'이라는 이름의 향수 냄새를 맡았네. 세상에는 75종의 향수가 있는데 범죄 전문가라면 반드시 그 냄새를 구분할 줄 알아야 하지. 나만 하더라도 냄새를 재빨리 알아채는 능력 덕분에 사건을 해결한 적이 몇 번이나 되지. 향수 냄새는 여성의 존재를 암시했고 그때 이미 스태플턴 부부를 주목하고 있었어. 나는 또 사냥개의 존재를 확인했고, 서부 지역으로 가기 전부터 범인을 대략 짐작하고 있었네. 그래서 스태플턴을 감시하기로 했다네. 하지만 자네들과 함께 있으면 그는 틀림없이 경계할 거라서 하는 수 없이 자네를 포함한 모든 사람을 속여 마치 런던에 있는 것처럼 해놓고 조용히 무대 위로 뛰어든 걸세.

그때 나는 자네가 생각하는 것만큼 고생하지는 않았다네. 수사를 위해서 신변의 사소한 고통 정도는 감수해야 하는 것도 사실이지만, 꼭 필요한 때만 사건의 무대 가까이에 있는 황야의 돌집에 머물렀고, 대부분은 쿰 트레이시에서 보냈다네. 카트라이트를 시골 소년으로 변장시켜 데려갔는데, 정말 열심히 일해주었다네. 카트라이트가 음식과 깨끗한 옷가지 등을 날라다 주었지. 내가 스태플턴을 감시할 때는 카트라이트가 자네의 움직임을 감시해주었다네. 그래서 모든 움직임을 알 수 있었던 거지.

자네가 보낸 보고서는 일단 베이커 가로 도착하면 바로 쿰 트레이시로 보내지도록 손을 써놓았다네. 이건 전에도 얘기했었지? 자네의 보고서는 정말 큰 도움이 되었네. 특히 스태플턴이 별생각 없이 얘기했던 자기의 경력은 결정적이었다고 할 수도 있지. 덕분에 스태플턴 일가에 대해서 확실하게 알 수 있었고 상황도 파악할 수 있었으니까. 이 사건에 탈옥수 소동과 배리모어 부부가 얽혀들어 일이 아주 복잡해졌다네. 그 건도 자네가 아주 잘 해결했어. 나도 나름대로 조사해서 같은 결론을 내리기는 했지만 말이야.

자네가 황야에서 나를 발견했을 때는 이미 사건의 전모를 확실하게 파악하고 있었다네. 하지만 고소할 수 있을 만한 확실한 증거는 없었지. 그날 밤에 스태플턴은 헨리 경을 살해하려다 탈옥수를 살해하고 말았지만, 그것도 그를 살인범이라고 할 만한 결정적인 증거는 되지 못했다네. 결국 현행범으로 잡아들일 수밖에 없다고 생각했지. 그렇게 하기 위해서는 헨리 경을 미끼로 쓸 수밖에 없었고, 지키는 사람 없이 혼자 있는 것처럼 보이게 했어야 했네. 간신히 사건을 해결하고 스태플턴을 파멸로 몰고 가기는 했지만, 의뢰인은 상당한 충격을 받게 되었지.

헨리 경을 그런 지경에 빠트린 것은, 솔직히 말하자면 내 수사가 완벽하지 못했기 때문이네. 설마 개가 그토록 무시무시한 모습을 하고 있을 줄은 꿈에도 생각하지 못했던 거지. 그리고 그 개가 튀어나올 때까지 전혀 보이지 않을 정도로 짙은 안개가 낄 줄은 꿈에도 몰랐네. 수사에 성공하기는 했지만 희생을 치른 셈일세. 전문의와 모티머 의사가 일시적인 것이라고 진단했지만 말일세. 오래 여행하는 동안 신경 쇠약도 좋아질 거고, 마음의 상처도 아물겠지. 헨리 경은 그 여자를 진심으로 사랑하고 있었으니, 이 음산한 사건 중에서 그에게 가장 커다란 상처를 준 것은 그녀에게 속았다는 사실일 걸세.

　이제 남은 부분은 스태플턴 부인이 사건 전체에서 어떤 역할을 했느냐에 관한 것이네. 스태플턴이 부인에게 영향력을 행사했던 것은 분명하네. 남편에 대한 부인의 감정은 사랑이었을 수도 있고 두려움이었을 수도 있어. 어쩌면 둘 다였을 수도 있지. 그 두 가지가 양립할 수 없는 감정은 아니니까 말이야. 어쨌든 스태플턴의 지배가 대단히 효과적이기는 했어. 남편의 명령에 따라 부인은 누이동생 행세에 동의했으니까. 하지만 스태플턴은 부인을 살인의 공범으로 만들려고 했을 때 자신의 지배력에 한계를 실감했네. 부인은 남편에게 해를 끼치지 않는 범위 내에서 헨리 경에게 경고하려고 마음먹었고, 반복해서 경에게 경고를 보냈지. 스태플턴은 준남작이 부인에게 구애하는 모습을 보고 질투를 억누르지 못한 것 같아. 그것이 자신의 작전이었음에도 그는 미친 듯 화를 내며 두 남녀 사이에 끼어들 수밖에 없었지. 그것은 그자가 점잖은 태도로 교묘하게 감추고 있던 불같은 기질 탓이었네.

　어쨌든 스태플턴은 두 사람이 친해지게 했고 헨리 경

을 종종 메리핏 저택으로 찾아오도록 만들었다네. 그러다 보면 기회를 잡을 수 있을 거라고 생각했던 거지. 그런데 결정적인 순간에 그녀가 갑자기 반항을 했다네. 탈옥수의 죽음에 대해 뭔가 들은 얘기가 있었고, 헨리 경이 식사하러 갔던 날 저녁에 개가 창고에 있다는 사실을 알게 되었기 때문이지. 그녀는 남편이 계획하고 있던 살인에 대해서 따지듯 덤볐고, 결국은 큰 싸움이 벌어지게 됐지. 스태플턴은 그때 처음으로 다른 여자가 있다는 사실을 얘기했다네.

그 순간 그녀의 사랑이 증오로 변했다는 사실을 깨달은 스태플턴은 그녀가 틀림없이 배신할 거라고 생각했다네. 그래서 그녀가 헨리 경에게 경고하지 못하도록 그녀를 묶어두었던 거지. 그 지역 사람들이 헨리 경의 죽음 역시 바스커빌 가에 내려오는 저주 때문이었다고 믿게 된다면, 이미 끝난 일이니 아내의 입을 충분히 막을 수 있을 거라고 생각했던 거지. 하지만 그건 스태플턴의 오산이 아니었을까? 우리가 사건 현장에 없었더라도 그의 운명은 거의 결정된 거나 마찬가지였을걸세. 그 정도의 일을 당하면 스페인 여자들은 상대를 쉽게 용서하지 않지. 왓슨, 이제 메모가 없으면 이 기괴한 사건을 자세히 설명할 수 없을 것 같네. 내가 뭔가 중요한 설명을 놓치지 않았나?"

"나이 든 찰스 경은 악마의 개로 위협해서 죽일 수 있었겠지, 헨리 경은 겁을 줘서 죽일 수 있을 거라고 생각되지는 않는데."

"그 개는 매우 난폭하고 먹이도 거의 주지 않았다네. 모습을 보고 그 충격 때문에 죽는 일은 없을지 몰라도, 습격을 받는다면 틀림없이 싸울 기력을 완전히 잃고 말 걸세."

"그도 그렇군. 한 가지 더 이해할 수 없는 부분이 있다네. 만약 스태플턴이 재산을 상속받게 되었다면, 상속인인데도 자신의 이름을 숨기고 가명으로 저택 가까이에서 살았다는 사실을 어떻게 설명할 생각이었을까? 상속권을 주장한다면 세상 사람들로부터 의심을 받아 조사를 받게 될 것이 아닌가?"

"꽤 어려운 질문이로군. 그것까지 대답해달라는 건 자네의 욕심일지도 모르겠네. 나는 과거와 현재만을 조사하니까. 미래에 관한 일은 그 누구도 대답하지 못할 걸세.

스태플턴 부인은 남편이 그 문제에 대해서 이야기하는 것을 몇 번 들은 적이 있었다고 했네. 세 가지 방법을 생각해두었다더군. 우선, 남아메리카에 재산권을 청구하고, 그곳의 영국 기관으로부터 신원을 확인받아 재산을 입수하는 방법이 있네. 그렇게 하면 영국에 발을 들여놓지 않아도 일을 처리할 수가 있네. 그리고 한동안 런던에 살면서 감쪽같이 변장하는 방법도 생각했었다고 하네. 마지막으로 공범자를 끌어들여서 증명서와 그 외의 서류를 만들어 그를 상속인으로 내세운 다음 자기 몫을 요구하는 방법도 있고. 그는 머리가 좋은 사람일세. 틀림없이 어떤 타개책을 발견했을 거네. 우리는 지난 몇 주 동안 과중한 업무에 시달려 왔네. 그러니 하루 정도는 즐거운 방향으로 생각을 돌려도 괜찮지 않을까? 난 오페라 〈레 위그노〉의 특석을 예약해놓았네. 자네, 레슈케의 노래를 들어본 적이 있나? 그럼 30분 뒤에 나갈 수 있도록 준비하게. 가는 길에 마르치니에 들러서 간단하게 저녁 식사를 하는 건 어떻겠나."

작품 해설

아서 코난 도일의 추리소설 시리즈의 주인공 셜록 홈즈는 1800년대 말부터 1900년대 초기의 영국을 배경으로 일어나는 사건을 해결해나가는 명탐정이다. 작품이 발표된 지 100년이 넘었음에도 현재까지 전 세계적으로 수많은 팬이 이 시리즈를 좋아하며 지금도 여러 나라에서 영상매체를 통해 각색되어 방영되는 중이다.

이러한 인기 때문인지 셜록 홈즈 시리즈를 출간했을 당시에도 코난 도일은 셜록이 가져다주는 부담감으로 다른 작품 활동에 매진할 수가 없었다. 그래서 단편인 「마지막 사건」을 끝으로 셜록 홈즈를 죽은 것으로 설정하고 시리즈를 절필하려고 했다. 하지만 독자들의 아우성으로 인해 다시 셜록 홈즈를 살려내어 시리즈를 이어나갔다. 세상에 존재하지 않는 소설 속 인물이 당시의 그 어떤 살아 있는 사람보다 큰 영향력이 있었던 것이다.

셜록 홈즈 시리즈가 추리소설에 미친 영향력은 실로 대단했다. 동시대의 다른 소설들이 범죄자가 실토하는 알리바이를 토대로 탐정이 추리해나가는 단순하면서 구술적인 방법이었다면 셜록 홈즈는 증거를 수집하여 이를 분석하면서 범인의 흔적을 통해 추리해나가는 방법을 구사하였다. 현대의 추리기법과도 맞아떨어지는, 당시로서는 매우 진보적인 방법이었다.

1901년에 출간된 『바스커빌 가의 개』는 네 개의 장편 중 세 번째로 발표된 작품이다. 이 소설은 「마지막 사건」에서 절필하고 나서 다시 복귀하면서 발표한 작품으로 「마지막 사건」 이전에 일어난 사건이라는 설정으로 출간하였다. 하지만 『바스커빌 가의 개』 이후에도 홈즈를 살려달라는 독자들의 요구가 이어지자 결국 『셜록 홈즈의 귀환』을 발표하여 홈즈를 완전히 복귀시켰다.

이 작품은 셜록 홈즈 시리즈 중에서도 가장 독특한 구성을 가진 작품으로 손꼽힌다. 배경과 설정이 기존의 작품과 차별화되어 이로 인해 현대 미스터리 소설의 클리셰를 만든 소설로 불리기 때문이다. 배경이 되는 바스커빌 저택 주변의 황무지와 늪지대는 쉽게 드나들지 못하는 장치로 금기시되는 설정을 작품에 부여하여 소설에 긴장감과 공포감을 심어주었다. 그리고 선사 시대 유적지와 옛 광산 터는 미스터리 소설에 자주 등장하는 주요 상징 구조물을 의미한다. 이는 미스터리 소설에서 중요한 단서가 되기도 하는데, 이 작품에서는 셜록과 수배범의 은신처로 동시에 활용되어 독자들에게 혼선을 주는 트릭이 되었다. 그 외에도 불을 뿜는 개의 전설과 기묘한 행동을 하는 주변 인물들을 통해 소설에 미스터리함을 더욱 가중시키고 있다. 『바스커빌 가의 개』는 셜록 홈즈 시리즈 중에서도 가장 완성도 높은 대표 작품이 되었으며 세계적인 추리소설로도 손색이 없는 작품이다. 이러한 장르의 소설을 사랑하는 독자라면 꼭 읽어보기를 권한다.

작가 연보

1859년 스코틀랜드 에든버러 시의 피커디 플레이스에서
　　　　왕립 건설원 관리인이던 아버지 찰스와 어머니 메
　　　　어리 사이에서 넷째로 태어남.

1871년 스토니 허스트에 있는 예수회 칼리지의 예비교인
　　　　호더 학원에서 3년간 수학한 뒤, 그해에 칼리지에
　　　　입학.

1875년 가을에 스토니허스트 학교 교장의 권유로 오스트
　　　　리아의 페르트키르히 학교로 유학.

1876년 뛰어난 성적으로 페르트키르히를 졸업한 후 에든
　　　　버러 대학 의과에 입학. 가계를 돕기 위해 의사의

조수로 일함. 은사였던 조셉 벨 교수는 독특한 유머와 날카로운 관찰력을 지닌 사람으로, 후에 홈즈의 모델이 됨.

1881년 대학을 졸업. 의사 자격을 획득한 뒤 아프리카 서해안을 항해하는 화물선의 선의(船醫)로 승선.

1882년 포츠머스 시 교외에 위치한 사우스 시에서 병원을 개업.

1885년 의학 박사 학위를 획득함. 8월 6일에 루이즈 호키스와 결혼.

1886년 전부터 동경해 오던 포와 가보리오의 영향으로 탐정 소설을 쓰기로 결심하고 홈즈 시리즈 최초의 작품『진홍색 연구』를 완성하지만, 출판사에서 출판을 원하지 않아 이듬해에 발표.

1889년 역사소설인『마이커 클라크』가 출간되어 인기를 얻음.

1891년 런던에서 안과 전문의로 개업했지만 뜻대로 되지 않자, 의사 생활을 접고 전업 작가가 되기로 결심.《스트랜드》지에 홈즈 시리즈의 단편들을 차례로 발표.

1892년 《스트랜드》지에 발표되었던 열두 개의 단편들을 모아 『셜록 홈즈의 모험』이라는 단편을 출간.

1893년 《스트랜드》지 12월호에 발표되었던 「마지막 사건」을 끝으로 홈즈 시리즈를 끝냄.

1894년 두 번째 단편집인 『셜록 홈즈의 추억』을 출간.

1899년 보어 전쟁이 일어나자 군의관으로 남아프리카 전선에서 종군.

1900년 애국적인 작품 『대 보어 전쟁』을 출간.

1902년 독자들의 요청으로 다시 홈즈 시리즈를 집필.

1905년 세 번째 단편집 『셜록 홈즈의 귀환』을 출간.

1906년 아내인 루이즈 사망.

1907년 9월 18일에 제인 레키와 재혼. 서식스 주로 이주.

1912년 SF 소설 『잃어버린 세계』를 출간.

1917년 《스트랜드》지에 단문 「셜록 홈즈 씨의 성격에 대한 소고」를 발표. 네 번째 단편집인 『셜록 홈즈의 마지막 인사』를 출간.

1927년 다섯 번째 단편집 『셜록 홈즈의 사건집』을 출간.

1930년 7월 7일. 윈돌 섬의 자택에서 사망.